CAETÉS

CAETÉS

GRACILIANO
RAMOS

35ª edição

EDITORA RECORD
RIO DE JANEIRO • SÃO PAULO
2021

CIP-BRASIL. CATALOGAÇÃO NA PUBLICAÇÃO
SINDICATO NACIONAL DOS EDITORES DE LIVROS, RJ

Ramos, Graciliano, 1892-1953
R143c Caetés / Graciliano Ramos. – 35ª ed. – Rio de Janeiro:
35ª ed. Record, 2021.

ISBN 978-85-01-11618-5

1. Romance brasileiro. II. Título.

19-54629 CDD: 869.3
CDU: 82-3(81)

Meri Gleice Rodrigues de Souza – Bibliotecária – CRB-7/6439

Projeto gráfico de capa e miolo: Leonardo Iaccarino
Ilustrações de capa: Renan Araujo

Esta edição de *Caetés* tem como base a 2ª edição do livro, publicado pela J. Olympio, com as últimas correções feitas por Graciliano Ramos. Os originais estão no Fundo Graciliano Ramos, sob a guarda do Arquivo do Instituto de Estudos Brasileiros da Universidade de São Paulo.

Texto revisado segundo o novo Acordo Ortográfico da Língua Portuguesa.

Direitos exclusivos desta edição reservados pela
EDITORA RECORD LTDA.
Rua Argentina, 171 – Rio de Janeiro, RJ – 20921-380 – Tel.: (21) 2585-2000.

Impresso no Brasil

ISBN 978-85-01-11618-5

A

Alberto Passos Guimarães

Jorge Amado

e

Santa Rosa

I

Adrião, arrastando a perna, tinha-se recolhido ao quarto, queixando-se de uma forte dor de cabeça. Fui colocar a xícara na bandeja. E dispunha-me a sair, porque sentia acanhamento e não encontrava assunto para conversar.

Luísa quis mostrar-me uma passagem no livro que lia. Curvou-se. Não me contive e dei-lhe dois beijos no cachaço. Ela ergueu-se, indignada:

— O senhor é doido? Que ousadia é essa? Eu...

Não pôde continuar. Dos olhos, que deitavam faíscas, saltaram lágrimas. Desesperadamente perturbado, gaguejei tremendo:

— Perdoe, minha senhora. Foi uma doidice.

— É bom que se vá embora, gemeu Luísa com o lenço no rosto.

— Foi uma tentação, balbuciei sufocado, agarrando o chapéu. Se a senhora soubesse... Três anos nisto! O que tenho sofrido por sua causa... Não volto aqui. Adeus.

Retirei-me aniquilado. Na rua considerei com assombro a grandeza do meu atrevimento. Como fiz aquilo? Deus do céu! Lançar em tamanha perturbação uma criaturinha delicada e sensível! Tive raiva de mim. Animal estúpido e lúbrico.

E que escândalo! Naturalmente ela avisaria o marido. Adrião Teixeira com certeza ia dizer-me: "Você, meu filho, não presta." E mandaria balancear a casa Teixeira & Irmão, onde eu era guarda-livros e interessado, para afastar-me da sociedade. O inventário é rápido num estabelecimento que só vende aguardente, álcool e açúcar. Vitorino Teixeira, acavalando os óculos de ouro no grosso nariz vermelho, abriria o cofre, contaria o meu saldo com lentidão e, pondo o dinheiro sobre a carteira, deixaria cair, naquela voz morosa e nasal, que dá arrepios, este epílogo arrasador: "Tome lá, João Valério, veja se confere. Nós julgávamos que o Valério fosse homem direito. Enganamo-nos: é um traste." E eu sairia escorraçado, morto de vergonha.

Segredo que quatro pessoas sabem transpira: alguma coisa havia de propalar-se na cidade. D. Engrácia teceria mexericos; o Neves forjaria uma calúnia; Nicolau Varejão narraria mentiras espantosas. Assim pensando, eu experimentava grande mal-estar, menos pelos dissabores que as chocalhices me trariam que por antever misturado a elas o nome de Luísa.

Eu amava aquela mulher. Nunca lhe havia dito nada, porque sou tímido, mas à noite fazia-lhe sozinho confidências apaixonadas e passava uma hora, antes de adormecer, a acariciá-la mentalmente. Até certo ponto isto bastava à minha natureza preguiçosa.

Às quintas e aos domingos ia aos chás de Adrião. Ficávamos tempo estirado cavaqueando — e era para mim verdadeiro prazer tomar parte em duas conversações cruzadas sobre moda e câmbio. Algumas vezes Luísa falava de contos, versos, novelas. O marido ferrava no sono. Ou então, com enormes bocejos, lá se ia claudicando, a lamentar que a enxaqueca não lhe permitisse saborear um enredo tão filosófico. Ele entendia bem de comércio; o resto era filosofia.

Quando vinha o advogado Barroca, sério, cortês, bem-aprumado, a sala se animava. Também aparecia com frequência o tabelião Miranda, Miranda Nazaré, jogador de xadrez, com a filha, a Clementina. E o vigário, o dr. Liberato, Isidoro Pinheiro, jornalista, pequeno proprietário, coletor federal, tipo excelente. Luísa, ao piano, divagava por trechos de operetas; Evaristo Barroca, com os olhos no livro de músicas, tocava flauta.

Uma estranha doçura me invadia, dissipava os aborrecimentos que fervilham nesta vida pacata, vagarosamente arrastada entre o escritório e a folha hebdomadária de padre Atanásio. Os velhos móveis, as paredes altas e escuras, quadros que não se distinguiam na claridade vaga das lâmpadas de abat-jour espesso, que uma rendilha pardacenta reveste, tudo me dava sossego. Fugiam-me os pensamentos e os desejos. A religiosidade de que a minha alma é capaz ali se concentrava, diante de Luísa, enquanto, entranhados nas combinações de partidas rancorosas, Adrião grunhia impertinente e Nazaré piscava os olhinhos de pálpebras engelhadas, coçava os quatro pelos brancos que lhe ornam o queixo agudo. Vitorino dormia. E Clementina, de cabeça à banda, procurava os cantos e esfregava-se nas ombreiras das portas.

Coitada. Nunca achou quem a quisesse. Tenho pena dela. Não a tornaria a ver encolhida à sombra do piano, fascinada pelos bigodes de Evaristo, negros e densos. Nem veria as cortinas pesadas, os montes de revistas, a mesa do xadrez. Tudo perdido.

Percorri à toa as ruas desertas, envoltas num luar baço, tentando achar tranquilidade no pó e no calor de janeiro. Mais tarde, na hospedaria de d. Maria José, curti uma insônia atroz, rolei horas no colchão duro, ouvindo os roncos dos companheiros de casa e conjecturando o que me iriam dizer no dia seguinte os irmãos Teixeira.

II

Não disseram nada que se referisse ao desastroso sucesso. Logo que abri o diário, com mão trêmula, tão perturbado que receei baralhar as partidas, Adrião chegou-se à minha carteira, folheou o contas-correntes, mexeu os dedos, calculando, e ordenou:

— Escreva a d. Engrácia, João Valério.

Saiu-me um peso do coração.

— Escreva que o que tem cá em depósito está às ordens, pode mandar receber.

— E que se quiser deixar por mais um ano... atalhou Vitorino.

— Não senhor, fez Adrião. Apenas isto: principal e juros à disposição dela. E dê a entender na carta que não nos interessa a renovação do negócio.

— Mas interessa muito, exclamou Vitorino mostrando o caixa. O mano sabe que interessa. Olhe estas entradas.

— De acordo, concluiu o outro. Se ela mandar retirar, que não manda, ofereça quinze por cento em vez dos doze que pagamos. Não retira, não tem em que empregar capital. Levou muito calote ultimamente, os gêneros estão caros, a febre aftosa deu no gado. Não retira.

Por um instante esqueci as minhas inquietações e admirei o tino de Adrião. Não serei um comerciante nunca. Eu teria, inconsideradamente, mandado propor os quinze por cento a d. Engrácia.

Fiz a carta com inveja. Ora ali estava aquela viúva antipática, podre de rica, morando numa casa grande como um convento, só se ocupando em ouvir missa, comungar e rezar o terço, aumentando a fortuna com avareza para a filha de Nicolau Varejão. E eu, em mangas de camisa, a estragar-me no escritório dos Teixeira, eu, moço, que sabia metrificação, vantajosa prenda, colaborava na *Semana* de padre Atanásio e tinha um romance começado na gaveta. É verdade que o romance não andava, encrencado miseravelmente no segundo capítulo. Em todo o caso sempre era uma tentativa.

Quinhentos contos, seiscentos contos, nem sei, dinheiro como o diabo nas mãos de uma velha inútil. E a afilhada, a Marta Varejão, beata e sonsa, é que ia apanhar o cobre. Mundo muito mal-arranjado.

Arrumei as contas no diário, escriturei o razão, passei os lançamentos do borrador para os livros auxiliares. Pouco a pouco vieram afligir-me as preocupações da véspera. Luísa guardara segredo. Provavelmente confessaria tudo depois. Senti uma espécie de frenesi. Quase desejei que ela falasse e os Teixeira me mandassem logo embora.

Afinal eu não tinha culpa. Tão linda, branca e forte, com as mãos de longos dedos bons para beijos, os olhos grandes e azuis... De Adrião Teixeira, um velhote calvo, amarelo, reumático, encharcado de tisanas. Outra injustiça da sorte. Para que servia homem tão combalido, a perna trôpega, cifras e combinações de xadrez na cabeça? Eu, sim, estava a calhar para marido dela, que sou desempenado, gozo saúde e arranho literatura. Nova e bonita, casada com aquilo, que desgraça!

III

Passei uma semana inquieto, e na quinta-feira não tive um momento de sossego. Ao fechar o armazém, Adrião despediu-se de mim:

— Até mais tarde, João Valério.

Até mais tarde! Como se eu pudesse lá voltar. Precisava inventar uma desculpa.

Encontrei os companheiros de pensão a jantar, sob o sorriso de d. Maria José, gordinha e miúda.

— Uma novidade! gritou Pascoal quando desdobrei o guardanapo. A Clementina vai casar.

Era a eterna pilhéria: não se cansavam de forjar casamentos para a pobre da Clementina.

— Quem é o noivo? inquiriu o dr. Liberato erguendo os grossos vidros das suas lunetas de míope.

— Não se sabe, respondeu Pascoal. Foi um espírito que deu a notícia na última sessão. Clementina ficou atuada...

— Então isso continua? interveio Isidoro Pinheiro. Essas sessões têm dado água pela barba a padre Atanásio. Ainda ontem estava arengando com o Neves por causa das materializações.

Falaram de espiritismo, de pessoas conhecidas que se desgarravam da Igreja. Aqui e ali apareciam timidamente alguns adeptos. Na opinião do dr. Liberato, eram eles os verdadeiros crentes: tinham uma convicção que faltava aos outros.

— Crentes? exclamou Pascoal. Então o Neves é crente?

— Com certeza. Não é o chefe dessa mixórdia?

— Um safado é o que ele é.

— E que tem isso? fez o doutor.

Interrompeu-se, engolindo o pigarro. Isidoro Pinheiro endireitou-se, ia decerto defender o Neves, quando Nicolau Varejão entrou na sala:

— Espiritismo? É a única verdade que há neste mundo.

— Como é que o senhor sabe? perguntaram.

— Pelos sonhos. Coisa que eu sonho é um evangelho. Não falha, nunca falhou. Assim que enviuvei... Nem gosto de pensar, é um caso triste. E aqui para nós: eu me lembro da minha última encarnação.

— O senhor se lembra... atalhou Pascoal.

— Positivamente. Sou reservado porque há muito incrédulo, mas juro, meto a mão no fogo.

— Extraordinário! bradou Isidoro Pinheiro, sério, oferecendo-lhe uma cadeira. O senhor era homem ou mulher?

Nicolau Varejão olhou-o por cima dos óculos de vidros rachados, sentou-se, franziu as narinas, disse em tom confidencial:

— Homem.

— Brasileiro?

— Brasileiro, carioca. Como os amigos não ignoram, lembrar-se a gente do que foi noutra vida é comum. E eu apelo aqui para o doutor.

— Certamente, confirmou o dr. Liberato. Vá contando.

— Pois lá vai. Eu era tipógrafo no Rio de Janeiro, um bom tipógrafo, mas naquele tempo a minha vocação era para militar. Na guerra do Paraguai fui voluntário, entrei na dança e andei pelo Sul quase até o fim da campanha. Como tinha vocação...

— Chegou a general?

— Não senhor, cheguei a sargento, na batalha de S. Bartolomeu. S. Bartolomeu ou S. Bonifácio. Não me recordo, uma batalha importante. Enfim cheguei a sargento. Ora, por arte do diabo, um oficial puxou questão comigo e tirou a espada para me bater no lombo. E cá no meu lombo ninguém bate. Matei o oficial com uma estocada, porque eu era feroz, e fugi para a República Argentina. Depois larguei-me para a Europa, para a sua terra, seu Pascoal. Não é na Europa a sua terra?

— É isso mesmo. Continue.

— Pois eu estive lá, numa cidade grande. Onde foi que o senhor nasceu?

— Em Turim.

— Turim, exatamente. Morei trinta anos em Turim e ganhei o pão como tipógrafo. Não há uma tipografia em Turim? Aprendi o italiano. Ainda sei algumas palavras: *Marconi, macarroni, massoni*... Tudo em italiano acaba com oni. Terra boa, Turim. Cada pedaço de mulher!

— Morreu lá? perguntou o dr. Liberato.

— Não, tive saudades da pátria. Voltei quando o crime prescreveu.

Em roda louvaram aquela memória admirável.

— O senhor devia publicar isso, aconselhou Isidoro Pinheiro. Um furo.

— Publicar? Não seria mau. A dificuldade é escrever. Ideias não me faltam, mas de gerúndio não entendo. De mais onde queria você que se fosse publicar uma história assim? No jornal de um padre?

Todos lamentaram que a *Semana*, folha católica, não pudesse propagar aquela revelação tremenda.

— Que informações preciosas sobre a história do Brasil! opinou o dr. Liberato.

— Que triunfo para o espiritismo! E que baque para as outras religiões! ajuntou Pascoal.

— Sem contar que a reputação do autor garantiria a veracidade do fato, acrescentou Isidoro. A sua vida... Diga aí um adjetivo, doutor.

— Impoluta.

— Impoluta... vá lá, vida impoluta. Que idade tem o senhor, seu Varejão?

— Sessenta, meu filho. Sessenta anos na corcunda. Tenho muito janeiro.

— Como! bradou o dr. Liberato. Sessenta anos? Não é possível. Setenta com trinta... Caso o senhor tenha morrido e nascido logo que voltou da Itália, não pode ter mais de vinte e seis. E se ainda viveu algum tempo e andou vagando no espaço... Não é por lá que vocês andam quando morrem? Se se calcular isso direito, o senhor está morto, seu Varejão.

Uma gargalhada estalou na sala. Nicolau Varejão, que ia pegar uma xícara de café, deixou pender a mão suja e embatucou. Depois, ressentido:

— Então, pelo que vejo, não acreditam.

— Acreditar? Acreditamos, afirmou o doutor. Mas sessenta anos é que o senhor não tem.

Nicolau baixou o carão trigueiro, coberto de marcas de varíola, ajeitou os óculos, tomou o café e declarou com lealdade:

— Parece que me enganei. Não foi na guerra do Paraguai, foi noutra mais velha. Não houve outra antes? Pois foi nessa. Tinha graça eu esquecer o que me aconteceu no exército! Eu até me chamava Cunha, o sargento Cunha. Está aí uma prova.

Levantou-se e saiu.

— Magnífico! exclamou Isidoro Pinheiro.

— E a filha é a herdeira mais rica da cidade se a d. Engrácia lhe deixar a fortuna, observou o dr. Liberato.

— Deixa, asseverou Isidoro. O Miranda me disse. O Miranda sabe. Herdeira rica, sim senhor. Por que não se engata com ela, João Valério?

— Obrigado, respondi. Com um pai deste! E a carolice, os bentinhos, a fita azul... Antes a Clementina.

— O pai não existe, o pai está morto, pelas contas do doutor. A pequena é da d. Engrácia, nunca viveu com ele. Bonita como o diabo. Eu, se não tivesse trinta e oito anos, um emprego tão besta e um desconchavo no coração, atirava-me a ela.

Falaram novamente na Clementina, coitada, nos ataques que a fazem morder, rasgar, despedaçar. O dr. Liberato receava que aquilo acabasse em loucura.

— É pena que não lhe arranjem um homem.

— Um homem? Credo! Pois o doutor queria dar um homem à moça? E isso lhe traria saúde?

— Talvez trouxesse.

Citou autores, empregou termos arrevesados e a conversa morreu com três respeitosas inclinações de cabeça.

— Por que será que ele inventa sempre essas histórias? murmurou Isidoro Pinheiro.

Tirei o relógio, impaciente. Que haveria àquela hora em casa de Adrião?

— Ele quem? O Nicolau?

— Sim, o sargento Cunha.

— Necessidade, explicou o doutor. Com certeza julga que os outros o tomam a sério. Em todo o caso tem muita imaginação.

Que estariam fazendo na sala do Teixeira? Ele, com a calva brilhando sob um foco elétrico, o beiço caído, a pálpebra meio cerrada, os óculos na ponta da venta, percorria a parte comercial dos jornais. Luísa lia um romance francês; ou tocava piano; ou pensava indignada nos beijos que lhe dei no pescoço.

— Necessidade de mentir, doutor? objetou Pascoal.

— De mentir, de matar, de beber água, de abraçar alguém, de roer as unhas, tudo é necessidade.

Puxei de novo o relógio. Sete horas. Por que não teria ela exposto ao marido o meu procedimento ruim? Compaixão. Inspirar compaixão, que miséria! Levantei-me:

— Com licença, meus senhores. Boa noite. Vou deitar-me.

— Deitar-se? Que diabo tem você para dormir tão cedo? exclamou Isidoro.

Acharam-me apático e murcho. D. Maria José perguntou, solícita, se as comidas me desagradavam. Maçada. As comidas eram ótimas, respondi, mas o estômago e a cabeça não me iam bem. O dr. Liberato indicou um remédio. Agradeci e recolhi-me.

Deitei-me vestido, às escuras, diligenciei afastar aquela obsessão. Inutilmente. Ergui-me, procurei pelo tato o comutador, sentei-me à banca, tirei da gaveta o romance começado. Li a última tira. Prosa chata, imensamente chata, com erros. Fazia semanas que não metia ali uma palavra. Quanta dificuldade! E eu supus concluir aquilo em seis meses. Que estupidez capacitar-me de que a construção de um livro era empreitada para mim! Iniciei a coisa depois que fiquei órfão, quando a Felícia me levou o dinheiro da herança, precisei vender a casa, vender o gado, e Adrião me empregou no escritório como guarda-livros. Folha hoje, folha amanhã, largos intervalos de embrutecimento e preguiça — um capítulo desde aquele tempo.

Também aventurar-me a fabricar um romance histórico sem conhecer história! Os meus caetés realmente não têm verossimilhança, porque deles apenas sei que existiram, andavam nus e comiam gente. Li, na escola primária, uns carapetões interessantes no Gonçalves Dias e no Alencar, mas já esqueci quase tudo. Sorria-me, entretanto, a esperança de poder transformar esse material arcaico numa brochura de cem a duzentas páginas, cheia de lorotas em bom estilo, editada no Ramalho.

Corrigi os erros, pus um enfeite a mais na barriga de um caboclo, cortei dois advérbios — e passei meia hora com a pena suspensa. Nada. Paciência. Quem esperou cinco anos pode esperar mais um dia. Atirei os papéis à gaveta.

Naquele momento Adrião devia estar com o Miranda Nazaré defronte do tabuleiro de xadrez.

Caciques. Que entendia eu de caciques? Melhor seria compor uma novela em que arrumasse padre Atanásio, o dr. Liberato, Nicolau Varejão, o Pinheiro, d. Engrácia. Mas como achar enredo, dispor as personagens, dar-lhes vida? Decididamente não tinha habilidade para a empresa: por mais que me esforçasse, só conseguiria garatujar uma narrativa embaciada e amorfa.

De repente imaginei o morubixaba pregando dois beijos na filha do pajé. Mas, refletindo, compreendi que era tolice. Um selvagem, no meu caso, não teria beijado Luísa: tê-la-ia provavelmente jogado para cima do piano, com dentadas e coices, se ela se fizesse arisca. Infelizmente não sou selvagem. E ali estava, mudando a roupa com desânimo, civilizado, triste, de cuecas.

— Por que foi que ela não contou aquilo?

Veio-me um pensamento agradável. Talvez gostasse de mim. Era possível. Olhei-me ao espelho. Tenho o nariz bem-feito, os olhos azuis, os dentes brancos, o cabelo louro — vantagens. Que diabo! Se ela me preferisse ao marido, não fazia mau negócio. E quando o velhote morresse, que aquele trambolho não podia durar, eu amarrava-me a ela, passava a sócio da firma e engendrava filhos muito bonitos.

Embrenhei-me numa fantasia doida por aí além, de tal sorte que em poucos minutos Adrião se finou, padre Atanásio pôs a estola sobre a minha mão e a de Luísa, os meninos cresceram, gordos, vermelhos, dois machos e duas fêmeas. À meia-noite andávamos pelo Rio de Janeiro; os rapazes estavam na academia, tudo sabido, quase doutor; uma pequena tinha casado com um médico, a outra com um fazendeiro — e nós íamos no dia seguinte visitá-las em São Paulo.

Um cão uivava na rua; os galos entraram a cantar. O dr. Liberato pigarreava; Isidoro Pinheiro roncava o sono dos justos; esmoreciam no corredor as pisadas sutis do Pascoal e um rumor, também sutil, na porta do quarto de d. Maria José.

Excelente criatura. Depois que enviuvou, não consta que haja conhecido outro homem. Aqui pela hospedaria passam dezenas deles. Nenhum lhe agrada. O italiano, robusto, sanguíneo e de bigodes, satisfaz-lhe plenamente as necessidades do corpo e da alma. Boa mulher. Deus a conserve por muitos anos.

IV

Entre, respondi sem saber quem batia.

Evaristo Barroca entreabriu a porta de manso.

— Ia sair, seu Valério?

— Não senhor, cheguei agora.

— Vinha roubar-lhe dez minutos, disse ele com uns modos excessivamente corteses, de que não gosto. Mas se sou importuno...

— Importuno? Não senhor. Entre pra aí.

Retirei uma pilha de jornais da cadeira, abri a janela que dá para a rua:

— Então, que é que há?

Evaristo avançou com gravidade, pôs o chapéu e a bengala sobre a mesa empoeirada, olhou com desconfiança a palha da cadeira e sentou-se, sem se recostar, com medo de sujar a roupa. Maneiras detestáveis.

Ia para seis anos que eu conhecia aquele tipo, encontrava-o quase diariamente. Horrível. Empertigava-se para largar trivialidades abjetas, e o pior é que só muito depois de as ter dito me vinha a compreensão de que aquilo não valia nada.

— Vamos lá, doutor. Que é que há? perguntei de novo.

— Há isto, respondeu o visitante. Primeiramente necessito a sua opinião a respeito de um assunto que requer minucioso exame.

— Assim de importância... ia eu interrompendo.

Mas Evaristo continuou, aprumado, com os olhos fixos em mim, movendo lentamente, num gesto de orador, a mão bem-tratada, onde um rubi punha em evidência o seu grau de bacharel:

— Em segundo lugar venho solicitar-lhe um obséquio.

— Perfeitamente. Vamos ver.

— O senhor se dá com o Fortunato?

— O padeiro? Dou-me. O Fortunato é bom homem. Na opinião de padre Atanásio...

— Não, não é o padeiro. O Mesquita, o Fortunato Mesquita, prefeito. O senhor se dá com ele?

— Com o prefeito? Que tenho eu com o prefeito? Isso é política. Eu entendo de política?

— O Fortunato é exemplar. Como funcionário é um modelo; como chefe de família, um espelho.

Afagou o queixo largo, ficou algum tempo em silêncio, esperando o efeito daquele açúcar todo. Depois tornou, e foi aí que percebi que ele tinha dito três vezes a mesma coisa.

— Não possui talvez inteligência muito lúcida, mas o coração é de ouro. O protetor dos pobres, absolutamente desinteressado. Sem aludir à nobre parentela...

— Já sei. Ele diz que é bisneto de Matias de Albuquerque, ou tataraneto. Vamos ao resto.

— Pois sim. Pareceu-me... (É sobre isto que o consulto. Expresse-me o seu pensamento com franqueza.) Pareceu-me obra meritória demonstrar publicamente a gratidão do município...

— Ao Mesquita? Que fez ele pelo município, doutor?

Evaristo recolheu-se um momento, disse com lentidão:

— Tem feito pouco, mas sempre tem feito. E se o apoiarmos, o senhor compreende, se o estimularmos, fará muito mais. Foi por isso que tracei uns artiguetes... Sim, não falo em capacidade para administrar. Deixemos isto de parte. Mas os atributos morais, pondere, os atributos morais são de fato dignos de encômio. E aqui está o favor que venho pedir-lhe.

Meteu a mão no bolso e entregou-me uns papéis:

— Eu desejava obter a publicação dos artigos no jornal do vigário. Mas não me posso dirigir a ele. Foram intrigar-me: que sou ateu, livre-pensador — calúnias. É um desaguisado que pretendo desfazer, pois nada me inspira mais respeito que o catolicismo. O papado, que instituição, o papado! Eu tenciono...

— Espere lá, doutor. Elogio ao Mesquita? Não convém. O Mesquita é uma besta.

— Não senhor, é exagero. Antes de tudo...

— Um quartau. Quando diz *sim*, balança a cabeça negativamente; quando diz *não*, afirma com a cabeça. Não há no mundo inteiro um sujeito mais burro. E o doutor vem cantar loas ao Mesquita? De mais a mais padre Atanásio é levado do diabo...

— Por quê? Não seja irrefletido nos seus julgamentos. Fale com o reverendo. Uma questão de interesse geral!

Eu ia desculpar-me, recusar, mas o bacharel prosseguiu:

— Escrevi os artigos de um fôlego. Têm imperfeições, evidentemente. Não me sobra tempo para cultivar a língua vernácula. Aí só se aproveita ideia, a forma é incorreta. Emendem. E adeus.

Deixou-me espantado. Sim senhor. Maneira interessante de forçar a gente a prestar um serviço. Loquaz, amável, espichado, sem se apoiar no encosto da cadeira — que impertinência! Até logo, adeus. Que descaramento!

Já agora, porém, era feio correr atrás dele para restituir-lhe a papelada. Desdobrei as tiras e li burrices consideráveis em honra do Mesquita, recheadas de adjetivos fofos. A família do Mesquita, que ia entroncar na de fidalgos lusos; a caridade do Mesquita, um largo rio de benefícios inundando Palmeira dos Índios; o pedaço de rua que o Mesquita andava a calçar, sem pressa; a roupa branca do Mesquita, o asseio do Mesquita, os banhos, as ensaboadelas, a barba escanhoada. Uma chusma de sandices.

— Vá lá. Isto não tira nem põe. Se fosse desaforo, podia render desgosto; como é adulação, se bem não fizer, mal não faz. Sempre vou ver se padre Atanásio quer publicar esta porcaria.

Era domingo. Eu tinha entrado em casa para escrever algumas páginas no meu romance, e a tarde voara com as sabujices daquele imbecil. Olhei o relógio: quatro horas.

Ia aguentar um jantar em casa do Vitorino. Na ausência de d. Josefa, aquilo é fúnebre.

E que negócio tinha comigo Isidoro, que me fora pela manhã procurar à tipografia?

Lá dentro arranjavam louça.

— Dia perdido. Vamos com esta cruz ao Vitorino.

Cheguei à porta do corredor:

— Ó d. Maria José, o Pinheiro está aí?

— Não senhor. Venha para a mesa.

— Obrigado, d. Maria. Não espere por mim.

Ao sair, refleti com espanto na insensatez que Evaristo revelava engrossando o Fortunato. Que maluco! Empenhar-se para meter na *Semana* aqueles rapapés indecentes.

A rua dos Italianos estava deserta. Quando atravessei a praça da Independência, o antigo Quadro, também deserto, a campainha do cinema começou a bater. Demorei-me à esquina da padaria, vendo um cartaz encostado a um poste. De repente dei uma palmada na testa:

— O idiota sou eu. Ali há interesse, ali há cavação.

Descendo pela rua Floriano Peixoto, admirei o talento do Barroca.

Sim senhor, é um alho, pensei. Faz seis anos que aqui chegou, pobre, saído de fresco da academia, sem recomendações, com os cotovelos no fio e os fundilhos remendados. E lá vai furando, verrumando. Grande clientela, relações com gente boa. Construiu uma casa, comprou fazenda de gado e terra com plantações de café, colocou dinheiro nos bancos e veste-se no melhor alfaiate da capital. Improvisa discursos com abundância de chavões sonoros, dança admiravelmente, joga o poker com arte, toca flauta e impinge às senhoras expressões amanteigadas que elas recebem com deleite. Tem recursos para reconciliar dois indivíduos que se malquistam, ficando credor da gratidão de ambos. Como advogado, sabe captar a confiança dos clientes e, o que é melhor, a confiança das partes contrárias.

— Boa tarde, doutor.

Era uma prova da perícia do Barroca: o administrador da recebedoria, que passava pela calçada fronteira, macilento, com a mulher de banda, enorme, apertada num vestido de xadrez.

Ofereceram a Evaristo aquele cargo de administrador. Rendimento pequeno. Agradeceu e indicou para o lugar um colega cheio de necessidades. Naturalmente ganhou com a indicação, pois os negócios lhe andaram sempre de vento em popa. E estava à bica para deputado estadual.

— Sim senhor, disse comigo. Deputado!

V

O diretor da *Semana* mourejava na extração de um dos seus complicados períodos, que ninguém entende. Tinha aberto o dicionário três vezes. Soltou o livro com desânimo, olhou de esguelha para a banca de Isidoro e perguntou-me em voz baixa:

— Eucalipto é com *i* ou com *y*? Estou esquecido, e o dicionário não dá.

— Eucalipto... eucalipto... respondi indeciso. Também não sei, padre Atanásio. Ó Pinheiro, como é que se escreve eucalipto?

— Com *p*, ensinou Isidoro, solícito.

— Não é isso. Nós queremos saber se é com *i* ou com *y*.

— Deve ser com *i*. Ou com *y*. Uma das duas, penso eu. O *y* sempre é mais bonito. Para que eucalipto?

— Para plantar na beira do açude, explicou o vigário. Um conselho ao prefeito. Faltava um pedaço da segunda página.

Ajeitou a volta, abotoou a batina, passou o lenço pelo rosto vermelho e suado, coçou o queixo enorme, enterrado entre os ombros, que lhe chegam quase às orelhas, e atirou de chofre uma das suas falas embaralhadas:

— Pois, meninos, não foi senão isto. Quem havia de supor, hem? Estes dicionários miúdos não prestam. Faltava um pedaço da segunda página. É cavador. Parece que o eucalipto seca os pântanos. A gente abre e não encontra nunca o que procura. E dá beleza. Vem o sargento: "Quarenta linhas." É cavador, é cavador.

— Quem é que é cavador, padre Atanásio? inquiriu Isidoro com um sorriso que lhe mostrava os largos dentes brancos.

O diretor da *Semana* pregou nele os grandes bugalhos dos olhos surpreendidos, sacudiu a cabeça com um gesto de nervoso e engrolou uma explicação:

— O advogado, homem, esse Barroca. Também você não percebe nada. Foram os artigos, João Valério, aqueles artigos. É cavador. Deputado, hem? Não foi senão isto. Os artigos. Quem havia de supor?

— Eu conheci logo que ele me mostrou os originais, acudi. Aquilo não mete prego sem estopa. Não lhe invejo o gosto. Tanta chaleirice, tanta baixeza, por uma cadeira na câmara de Alagoas. É um pulha. Antes ficasse aqui, explorando os matutos, que fazia melhor negócio. Um idiota.

— Está enganado, retorquiu Isidoro. Tem talento. Entra deputado estadual e sai senador federal. Vai longe. Em três anos será para aí um figurão. Quem for vivo há de ver. Inteligência, e muita, é que ninguém lhe pode negar.

O vigário, que mordia de leve os beiços grossos, passou a mão pela testa, arrancou uma ideia:

— Talvez seja boato. Não há certeza. Era conveniente dar uma notícia, mas não há certeza.

— Há, fez Isidoro. Foi o Neves que me contou. O Neves está no segredo da política.

— Esse é outro, resmunguei. Você se dá com essa pústula?

Mas Isidoro, que defende toda gente, defendeu o Neves:

— Por que, homem? O Neves, é inofensivo.

— Um canalha, um maldizente.

— Como sabe você disso? Não priva com ele?

— Nem desejo.

— Pois então? É injustiça.

— Um caluniador, um miserável.

Isidoro Pinheiro franziu a cara, com desconsolo, e padre Atanásio, que não gosta do Neves, censurou a violência da minha linguagem:

— Leviandade, João Valério. Não se ofende assim uma pessoa ausente. Deixe para dizer isso a ele, se tiver razão para dizer. Razão e coragem. A nós, não.

Interrompeu-se, gritou para a saleta da tipografia:

— Sargento, traga uma segunda prova dessa besteira.

O tipógrafo, sargento reformado, sujo, magro, de casquete, entrou e pôs sobre a mesa do reverendo duas provas muito manchadas. Padre Atanásio conferiu uma com a outra, corrigiu, continuou:

— A nós, não. Sapeque logo essa trapalhada, sargento. A nós, não. Que eu lorotas de espiritismo não tolero. E o Allan Kardec...

Concentrou-se um instante, os olhos arregalados, o beiço pendente. Depois acrescentou:

— O Allan Kardec e essa cambada, o William Crookes, o Flammarion, o João Lício Marques, um que apareceu agora... Como se chama ele? Que o Neves tem a língua um bocado comprida, tem, eu reconheço. Tem, ora essa, seu Pinheiro! Tem, e o William Crookes é um parlapatão. Onde foi que já se viu defunto conversando com gente viva?

Abracei o diretor da *Semana*, um amigo, sem ressentimento pelo que ele me havia dito:

— Está bem, padre Atanásio, fica o resto para outro dia. Ande lá, Pinheiro, isto é quase meia-noite.

Isidoro levantou-se, vestiu o jaquetão preto, pôs o chapéu de grandes abas.

— Esperem aí, bradou o vigário. Vamos deitar esse negócio de reencarnação em pratos limpos. Vejam vocês o

Platão. Aquilo é coisa séria, ninguém pode contestar. Dizem vocês...

— Não dizemos nada, padre Atanásio. Boa noite.

E deixamos o excelente eclesiástico remoendo Platão.

Andamos algum tempo em silêncio, na rua mal iluminada. Para as bandas do quartel da polícia um trovador afinava o violão. No céu negro uma coruja passou alto, piando.

— Diabo! exclamou Isidoro, supersticioso, estremecendo. Não gosto de ouvir estes amaldiçoados gritos. Justamente por cima da casa do Silvério, que está de cama, esta peste voar, rasgando mortalha.

Levantou a gola, arrepiado, baixou a voz:

— Pensou no que lhe disse ontem?

— Hem? Não me lembro. É o empréstimo?

Tínhamos chegado ao fim da rua de Baixo, estávamos em frente às balaustradas do paredão do açude. Tomamos pela direita, deixamos atrás a pracinha.

— Não, não é o empréstimo. Que horas são?

Consultou o relógio da usina elétrica:

— Só onze? Julguei que fosse mais tarde. Vamos para diante, quebrar as pernas pelos buracos do Pernambuco-Novo.

Olhei a frontaria da casa de Adrião, fechada. Hesitei receoso.

— Não há ninguém, tudo deserto. Vamos dar um passeio, insinuou Isidoro.

Penetramos cautelosamente no Pernambuco-Novo, o bairro das meretrizes.

— Não era ao empréstimo que eu me referia. Mas já que tocamos nisto, você falou aos homens?

— Esqueci, Pinheiro, respondi com acanhamento. Falo amanhã. Que nem sei se eles poderão. Muitas obrigações a pagar... Talvez não aceitem.

— E a hipoteca do sítio, criatura? Uma propriedade que me está em mais de cinco contos! Afinal se não fizer com eles, faço com outro.

Era um empréstimo que desejava contrair com os Teixeira, por meu intermédio, operação regular, com efeito; mas Teixeira & Irmão não tinham fundos suficientes para dedicar-se à agiotagem.

— Faço com outro, prosseguiu Isidoro, invisível nas trevas da rua. Faço com o banco, faço com o Monteiro. É um usurário, um ladrão, esfola a gente com juro de judeu, mas não recusa nunca, tem sempre dinheiro, é um excelente velho. E não recebo favor. Que diabo! Para uma transação de um conto e quinhentos garantia de cinco contos!

Calou-se, amuado. Acendeu um cigarro. E, à luz do fósforo, surgiram à direita calçadas altas e desiguais. À esquerda, entre sombras confusas de arvoredos, a mancha negra do açude avultava. Formas vagas, cheiro de aguardente, injúrias obscenas, sons de pífano.

Subimos o alto dos Bodes. Isidoro Pinheiro deitou fora a ponta do cigarro, deu um trambolhão, agarrou-me um braço e berrou:

— Que lembrança a sua de vir passear, com uma noite assim, neste inferno!

Depois, calmo, já perto da igreja do Rosário, na indecisa claridade que vinha da rua de Cima:

— Boa caminhada, sim senhor, isto por aqui é pitoresco. Que fim terá levado a Maria do Carmo? Gosto dela. Se não fosse tão descarada... Enfim cada qual como Deus o fez, que a gente não é rapadura, para sair tudo igual. Você viu esse anjo?

Torceu o caminho para não perturbar um noivado de cães. Entramos no Quadro. Eu não tinha visto anjo nenhum. E que me queria dizer o amigo Pinheiro lá embaixo? O amigo Pinheiro não se recordava.

— Foi o empréstimo que me esquentou o sangue. Não admito que desconfiem de mim. Acabou-se, vou falar com o Monteiro.

Estacou:

— Ah! sim! a história de ontem, esse infeliz que anda morrendo de fome.

— O sapateiro?

— O sapateiro. Vive quase nu, uma indecência. E imundo que faz nojo. Uma penca de filhos! Vamos ver se ajudamos esse desgraçado, que tem vergonha de pedir esmolas. A mulher tísica, no catre, lançando sangue, homem!

Pôs-se a caminhar, triste. De repente apontou a casa de d. Engrácia, grande como um convento, defronte do armazém dos Teixeira:

— E se você casasse com a Marta?

Casar com a Marta? Recuei, desconfiado:

— Que interesse tem você nisso, Pinheiro?

— Interesse? Nenhum. Mas acho...

— O que não compreendo é essa preocupação de me querer amarrar à força. Já me deu três vezes o mesmo conselho.

— É que desejo a sua felicidade, rapaz.

— E quem lhe disse que eu seria feliz casando com ela?

— Quem me disse? E por que não seria? A pequena é bonita, bem-educada, toca piano, esteve no colégio das freiras. Onde se vai achar outra em melhores condições? Se aquela não lhe agrada, só mandando fazer uma de encomenda.

Interrompeu-se, bateu-me no ombro, exclamou com admiração e energia, quase engasgado:

— Olhe aquilo, veja que prédio. Vale vinte contos. Pedra e madeira de lei. E terras, cada zebu de trinta arrobas, libra esterlina por desgraça, fortuna grossa, meu filho, e tudo da Marta, que o Miranda me contou. Atraque-se com a moça.

Não contive o riso. Estava ele certo de que a Marta Varejão aceitava o arranjo?

— Por que não? Que diabo pode ela querer mais? Você é bem-apessoado, tem boas relações, sabe escrituração mercantil e um bocado de aritmética. Oh! demônio! Lá se apagou a luz.

Chegamos à rua dos Italianos. A porta da pensão, quando ia introduzir a chave na fechadura, ouvi rumor lá dentro. E Isidoro Pinheiro soprou-me ao ouvido:

— Espere aí, não abra agora.

— Que é?

— O Pascoal que vai entrar no quarto de d. Maria. É bom demorar um pouco.

VI

No escritório dos Teixeira, passando para o razão os diversos a diversos em bonita letra apurada, pensei naquela insistência de Isidoro.

É um ofício que se presta às divagações do espírito, este meu. Enquanto se vão acumulando cifras à direita, cifras à esquerda, e se enche a página de linhas horizontais e oblíquas, a imaginação foge dali. Organizar partidas e escrever a correspondência comercial são coisas que a gente faz brincando. E para molhar o papel de seda, enxugá-lo, pôr a fatura ao lado, apertar o livro na prensa não é necessário esforço de pensamento. Dedicava-me às minhas ocupações singelas — e as ideias esvoaçavam em redor de Marta Varejão.

Realmente não era feia, com aquele rostinho moreno, grandes olhos pretos, boca vermelha de beiços carnudos, cabelos tenebrosos, mãos de mulher que vive a rezar. E alta, airosa, simpática, sim senhor, ótima fêmea. Se ela me quisesse, eu não tinha razão para considerar-me infeliz.

Queria. Na segunda-feira do carnaval, defronte do cinema, fora muito amável comigo. Olhadelas, sorrisos, um provérbio embaraçado, em francês. Aquilo prometia. Estava acabado, ia atirar-me a ela, como diz o Pinheiro. E se a d. Engrácia lhe deixasse a fortuna, bom casamento, negócio magnífico. Não que me preocupe exclusivamente com o dinheiro, pois se Marta fosse vesga e coxa, não a aceitaria por preço nenhum. Mas era bonita, e os bens da viúva davam-lhe encantos que a princípio eu não tinha descoberto.

Tocava piano. Naquele momento reconheci no piano um caminho seguro para a perfeição. Falava francês. Não havia certamente exercício mais honesto que falar francês, língua admirável. Fazia flores de parafina. Compreendi que as flores de parafina eram na realidade os únicos objetos úteis. O resto não valia nada.

Não seria difícil travar na igreja um namoro com ela, na missa das sete, e mandar-lhe, por intermédio de Casimira, umas cartas cheias de inflamações alambicadas, versos de Olavo Bilac e frases estrangeiras, dessas que vêm nas folhas cor-de-rosa do pequeno Larousse. Talvez, com algum trabalho, conseguisse completar para ela um soneto que andei compondo aos quinze anos e que teria saído bom se não emperrasse no fim. Depois obteria umas entrevistas à noite, à janela, e, conversa puxa conversa, pregava-lhe, ao cabo de uma semana, meia dúzia de beijos. Ficávamos noivos, casávamos, d. Engrácia morria. Imaginei-me proprietário, vendendo tudo, arredondando aí uns quinhentos contos, indo viver no Rio de Janeiro com Marta, entre romances franceses, papéis de música e flores de parafina. Onde iria morar? Na Tijuca, em Santa Teresa, ou em Copacabana, um dos bairros que vi nos jornais. Eu seria um marido exemplar e Marta uma companheira deliciosa, dessas fabricadas por poetas solteiros. Atribuí-lhe os filhos destinados a Luísa, quatro diabretes fortes e espertos. Suprimi radicalmente Nicolau Varejão, ser inútil.

Achava-me em pleno sonho, num camarote do Municipal, quando Adrião se abeirou da carteira:

— Diga-me cá, por que foi que você não apareceu mais lá em casa?

Abandonei a representação e voltei à realidade, com um nó na garganta. Vascolejei o cérebro à cata de uma resposta.

— Vamos ver, continuou Adrião. Detesto mistérios. Fizeram-lhe alguma grosseria por lá? Se fizeram...

— Não senhor, não fizeram. Não fazem. Que é que haviam de fazer?

— Então que sumiço foi esse? Eu perguntei à Luísa. Não sabe, ninguém sabe. Você gostava de conversar com ela essas embrulhadas.

Procurei mostrar-me tranquilo:

— Sempre me distinguiram com amabilidades que não mereço.

— Lambanças, homem. Deixe-se disso, fale direito, atalhou Adrião.

— Justamente. O senhor compreende, eu gosto de escrevinhar. Assim de noite, quando a gente não tem sono...

— Já sei, já sei. Essas filosofias são prejudiciais. É o padre Atanásio que lhe anda metendo bobagens no quengo.

— De mais a mais a minha presença não serve de nada. Com franqueza...

— Ora! ora! ora! Vai para cinco anos que você está cá na casa, e só agora pensou nisso. Mas eu hei de decifrar essa charada. E diga ao dr. Liberato que mude aquela receita. Não pude dormir ontem, com uma dor de cabeça dos pecados. Uma peste.

Retirou-se claudicando, a amaldiçoar os médicos. Fiquei atordoado, perguntando ansiosamente ao cofre, à prensa, ao copiador, à máquina de escrever, como me sairia de semelhante dificuldade. Adrião Teixeira queria descobrir o motivo do meu afastamento. Se ele apertasse com Luísa, era possível que ela se aborrecesse e contasse que eu lhe tinha dado dois beijos no pescoço. Marta, o soneto e os quinhentos contos de d. Engrácia num instante se evaporaram.

Resignei-me a ir no domingo ao casarão dos Italianos. Uma impertinência, mas calculei que poderia, finda a atrapalhação do primeiro momento, esgueirar-me para a varanda e esconder-me por detrás das cortinas. Talvez Luísa nem reparasse em mim. Excelente coração. Outra qualquer teria feito da minha tolice um cavalo de batalha — e desmantelava-se este honesto rapaz que arranca um pão insípido às folhas das costaneiras; ela não: provavelmente julgara aquilo uma ligeira ousadia que apenas lhe tocara a epiderme. Blindada contra os sentimentos de um miserável João Valério, com certeza erguera os ombros: "Deixá-lo. Pobre-diabo."

Sentia-me terrivelmente perturbado. Tanto que, durante o jantar, nem dei atenção a duas perguntas de Isidoro. O dr. Liberato ajeitou as lunetas, tossiu, disse com impaciência:

— Mexa-se, homem. Que tem você?

— Eu? Não tenho nada, não houve nada, não me fizeram nada.

Compreendi o disparate e emendei:

— Estava distraído. Uns cálculos. E por falar em cálculos, doutor, lá o patrão mandou pedir outra receita. Anda com a cabeça doendo. A cabeça, a bexiga e as pernas.

Exploraram o Teixeira.

— Qual é a doença dele? perguntou Isidoro, inquieto. Quando ouve qualquer referência a enfermidades, murcha e apalpa o coração.

— Um bando de vísceras escangalhadas, explicou o dr. Liberato. Vida sedentária, poucas precauções...

— Temos viúva, interrompeu o Pascoal. Quanto tempo durará ele ainda? Liquidado. Qual é a fortuna, João Valério?

Ninguém respondeu. Isidoro apalpou novamente o coração, e d. Maria José referiu o caso medonho de uma preta que morrera queimada na semana anterior. Espalhou-se pela mesa uma sombra de morte. Baixei a cabeça, com pena da negra. O dr. Liberato interrogou d. Maria com exagerado interesse, pedindo minudências, o que me trouxe aborrecimento e nojo. O italiano, que é robusto, tomava café e sorria.

A mulher tinha perdido no fogo os braços e as pernas, e do nariz corria um grude esverdeado.

— Ó d. Maria, exclamou o Pinheiro, repelindo a xícara e fazendo uma careta, para que vem contar essas histórias?

Levantou-se, desesperado. Eu e Pascoal levantamo-nos também. Saímos a passear pela rua.

— Preciso ver a Maria do Carmo, grunhiu Isidoro.

Entramos na farmácia do Neves. Encostado à grade, um sujeito escondia no lenço manchado de pus o rosto meio comido por uma chaga. Fugimos. O italiano pôs-se a cantarolar entre dentes coisas aflitivas, com *mamma* e *bara* repetidas muitas vezes.

Às nove horas estávamos na redação da *Semana*. Não encontramos padre Atanásio.

— Foi confessar mestre Simão, que deu uma queda do andaime e vomitou sangue, informou o sargento. Os senhores querem escrever a notícia?

Não quisemos. Ficamos sentados, carrancudos.

— Com os demônios! bradou Isidoro, erguendo-se. Isto por aqui está fúnebre.

Subimos a rua do Melão. Lá para o caminho da Ribeira ouvimos rumor de vozes. Aproximamo-nos. Eram cantos, rezas, choros, ladainhas — uma sentinela de defuntos.

— Vamos ver, convidou Pascoal, interessado. A gente às vezes acha nas sentinelas muito boas mulheres. Vamos ver. Talvez esteja lá a Maria do Carmo.

— Ora pílulas! berrou Isidoro, furioso. Antes ir passear no cemitério.

VII

Sábado pela manhã Evaristo Barroca partiu para a capital. Ia furar, cavar, politicar. Depois que saíra deputado, andava sempre por lá, farejando. Bem diz o Pinheiro, aquele vai longe. Ao meio-dia Clementina teve um ataque, meteu as unhas na cara do pai, fez um alarido que atraiu os vizinhos, bateu com a cabeça nas paredes, gritou, espumou, ficou estatelada na cama. De sorte que no domingo era provável haver poucas pessoas em casa de Adrião.

Como me sentisse inquieto, resolvi distrair-me aproveitando parte da noite a trabalhar no meu romance. Fui à sala de jantar:

— Ó d. Maria, dê-me uma xícara de café, por favor.

Bebi o café, tranquei-me no quarto, tirei o manuscrito da gaveta:

— Vamos a isto.

E descrevi um cemitério indígena, que havia imaginado no escritório, enquanto Vitorino folheava o caixa.

Desviando-me de pormenores comprometedores, construí uma cerca de troncos, enterrei aqui e ali camucins com esqueletos, espetei em estacas um número razoável de caveiras e, prudentemente, dei a descrição por terminada. Julgo que não me afastei muito da verdade. Vi coisa parecida quando os trabalhadores da estrada de ferro encontraram no caminho do Tanque uns vasos que rebentaram. Havia dentro ossos esfarelados, cachimbos, pontas de frechas e pedras talhadas à feição de meia-lua. O meu fito realmente era empregar uma palavra de grande efeito: tibicoara. Se alguém me lesse, pensaria talvez que entendo de tupi, e isto me seria agradável.

Continuei. Suando, escrevi dez tiras salpicadas de maracás, igaçabas, penas de arara, cestos, redes de caroá, jiraus, cabaças, arcos e tacapes. Dei pedaços de Adrião Teixeira ao pajé: o beiço caído, a perna claudicante, os olhos embaçados; para completá-lo, emprestei-lhe as orelhas de padre Atanásio. Fiz do morubixaba um bicho feroz, pintei-lhe o corpo e enfeitei-o. Mas aqui surgiu uma dúvida: fiquei sem saber se devia amarrar-lhe na cintura o enduape ou o canitar. Vacilei alguns minutos e afinal me resolvi a pôr-lhe o enduape na cabeça e o canitar entre parênteses.

— Está muito ocupado, seu Valério?

Abotoei a camisa, vesti um jaquetão e fui abrir:

— Não, d. Maria José. Ora essa!

Ela entrou de manso, com uns modos acanhados, acercou-se da mesa, os olhos baixos.

— Alguma novidade, d. Maria?

— É que... O senhor poderá tirar-me de um aperto? Não falei lá dentro porque tive vergonha. Já lhe devo tantas obrigações...

Ora sebo!

— Vergonha? E por quê? Não há razão, fiz eu com um sorriso amarelo, esperando o golpe.

— Tenho precisão de cento e cinquenta mil-réis. Venho importuná-lo ainda.

— Cento e cinquenta mil-réis, d. Maria? Agora é impossível, e amanhã não se abre o armazém. Só lá para segunda-feira.

— Eu queria hoje. É até o mês vindouro.

— Perfeitamente. Mas onde vou buscar? Talvez na segunda-feira... E nem sei se poderei arranjar. Tenho quarenta. Servem-lhe quarenta?

Ela aceitou, com um gesto de resignação desalentada.

Retirei a Bíblia da gaveta e procurei dinheiro entre as páginas do Eclesiastes, que é o meu cofre.

— Muito agradecida, suspirou d. Maria, recebendo as duas notas, meio desapontada. É por pouco tempo.

— Não se preocupe, respondi acompanhando-a. Se não puder pagar, fica aí como adiantamento, não tem dúvida.

Voltei ao trabalho interrompido. Não pagava. Já me devia mais de quinhentos mil-réis, devia também ao dr. Liberato e ao Pinheiro. Nós sabíamos que aquilo era para o italiano, que vive a enganá-la, vai aos bordéis do Pernambuco-Novo, mas não tínhamos coragem de recusar. Tão boa, tão amável! Era pena que tivesse aquela desgraçada ligação com um traste como o Pascoal.

Embrenhei-me novamente nas selvas. Li a última tira e balancei a cabeça, desgostoso. Catei algumas expressões infelizes e introduzi na floresta, batida pelo vento, uma quantidade considerável de pássaros a cantar, macacos e saguis em dança acrobática pelos ramos, cutias ariscas espreitando à beira da caiçara. Mais isto veio espremido e rebuscado. Tudo culpa do Pascoal.

De mais a mais a dificuldade era grande, as ideias minguadas recalcitravam, agora que eu ia tentar descrever a impressão produzida no rude espírito da minha gente pelo galeão de d. Pero Sardinha. Em todo o caso apinhei os índios em alvoroço no centro da ocara, aterrorizados, gritando por Tupã, e afoguei um bando de marujos portugueses. Mas não os achei bem afogados, nem achei a bulha dos caetés suficientemente desenvolvida.

Com a pena irresoluta, muito tempo contemplei destroços flutuantes. Eu tinha confiado naquele naufrágio, idealizara um grande naufrágio cheio de adjetivos enérgicos, e por fim me aparecia um pequenino naufrágio inexpressivo, um naufrágio reles. E curto: dezoito linhas de letra espichada, com emendas. Pôr no meu livro um navio que se afunda! Tolice. Onde vi eu um galeão? E quem me disse que era galeão? Talvez fosse uma caravela. Ou um bergantim. Melhor teria feito se houvesse arrumado os caetés no interior do país e deixado a embarcação escangalhar-se como Deus quisesse.

E não sei onde se deu o desastre. Para os lados de S. Miguel de Campos, ou Coruripe da Praia, por aí. Talvez o dr. Liberato soubesse. Levantei-me, bati à porta do quarto dele. Ninguém. Atravessei o corredor, despertei d. Maria José, que dormitava encostada à mesa da sala de jantar:

— Ó d. Maria, que é do dr. Liberato?

Tinha ido à casa do Mendonça, que era dia de anos de d. Eulália.

— E o Pinheiro? O Pinheiro também foi?

O Pinheiro também tinha ido. Que diabo! Fugirem todos, justamente na ocasião em que eram necessários! Lembrei-me de padre Atanásio. Dez horas. Bem, devia estar acordado, decidi consultá-lo. Voltei ao quarto, mudei a roupa e saí, satisfeito por ter achado um pretexto para abandonar aquela estopada.

Na redação da *Semana* encontrei o reverendo sentado à banca, só, pregando um botão na batina.

— Ó padre Atanásio, diga-me cá. O senhor conhece Coruripe da Praia?

— Conheço. É uma boa cidade. Muito sal, muito coqueiro. E então o povo... Você tem algum negócio em Coruripe da Praia?

— Não, é outra coisa, a novela que estou escrevendo, o romance dos índios. Preciso dos baixios de d. Rodrigo. O senhor conhece os baixios de d. Rodrigo?

— Não. Onde fica isso?

— Era o que eu queria saber. Fica por essas bandas, em Coruripe, em S. Miguel, não sei onde. O senhor nunca ouviu falar? Vem na história. Coruripe... Julgo que foi em Coruripe que mataram o bispo.

Padre Atanásio soltou a agulha, assombrado, e esbugalhou os olhos:

— O bispo? que bispo?

— O Sardinha, padre Atanásio. Aquele dos caetés, um sujeito célebre. O d. Pero. Vem nos livros.

O diretor da *Semana* retomou a agulha, a linha e o botão:

— Ah! sim! Pensei que fosse o d. Jonas. Ou o d. Santino. Que susto! O d. Pero... Nem me lembrava.

VIII

Domingo à noite fui à casa do Teixeira. Quando Zacarias abriu o portão, havia rumor lá em cima. Atravessei o jardim, subi a escada, cheguei à sala, aturdido.

— Ora sim senhor, disse-me Adrião. Veio arrastado, mas veio.

Luísa acolheu-me como se me tivesse visto na véspera. Cumprimentei, com as orelhas em brasa, Vitorino, padre Atanásio, Miranda Nazaré. Vi Clementina escondida entre o piano e a parede. Balbuciando, pedi informações sobre a saúde dela.

Não ia bem.

Sim? Pois não parecia. Tanta vivacidade, tão boas cores...

Ela atirou-me um olhar de agradecimento e encolheu-se. Eu ia encolher-me também, por detrás das cortinas, mas Adrião se levantou, convidou:

— Vamos para a mesa.

Entramos. Pelo corredor o vigário prosseguiu numa arenga interrompida com a minha chegada. Era acerca dos nomes esquisitos que agora dão às crianças. Ao sentar-se, estava indignado:

— Palavras estrangeiras. Vocês já viram? Pronúncia errada. Eu reclamo: "Besteira, homem! Ambrósio, Guilherme, Ricardo, isto é que é." Não querem. Extravagâncias. De Jerônimo e Amália fazem Jerália. Vocês já viram?

Serviu-se o chá. E todos asseguramos que aquilo efetivamente era atroz.

— Está claro. Eu às vezes me zango: "Gregório, ponham-lhe Gregório, pelo amor de Deus." Não querem.

Calou-se.

— Por que não tem aparecido ultimamente, João Valério?

Num sobressalto, larguei a torrada, ergui os olhos ansiosos para o outro lado da mesa, tornei a baixá-los, perturbado, e gaguejei:

— Nem sei, minha senhora. Por aí, à toa... Ocupações.

— Vi ontem, disse Vitorino, duas figurinhas do Cassiano aleijado: um mendigo com a sacola e um S. Miguel com balança. Muito bonitas.

Mas Nazaré interrompeu-o. Não se capacitava de que os trabalhos do aleijado prestassem:

— Um ignorante, um analfabeto.

— Só por isso? murmurou Luísa, que protege o Cassiano.

— Naturalmente. Ele não aprendeu escultura.

— Eu achei as figurinhas engraçadas, arriscou Vitorino. E quanto a não saber ler...

— Quem é bom já nasce feito, apoiou o reverendo. Vejam o Miguel Ângelo. Agora mesmo, no livro de um francês...

Investiu contra Nazaré:

— E Tubalcaim, homem, e Jubal, Noé, essa gente da Bíblia? Quem ensinou o Noé a fabricar vinho? Ora, o livro do francês... E a torre de Babel, a embrulhada das línguas? São fatos, estão nas escrituras.

— Que diz o livro? perguntou Adrião.

— Diz muito, respondeu o diretor da *Semana*. É de um francês extraordinariamente instruído. Sabe tudo. Aquelas embromações do Laplace. Nebulosas, potocas. Porque o Gênese... Enfim uma sabedoria imensa. Trata do sol, da lua, das estrelas, de uns bichos brabos que existiram antigamente. Dinossauros, seu Miranda? É isso mesmo. E outros. megatérios, gliptodontes. Um monumento.

— Mas afinal, objetou Nazaré, que relação tem isso com os bonecos do aleijado?

— Relação? fez o vigário, espantado. Ora essa! Tem relação. Eu ainda não acabei.

Coçou a testa, aflito, tentando recordar-se. De repente, com uma alegria infantil:

— Ah! sim. E que há no livro umas estatuetas desenterradas lá por onde Judas perdeu as botas, uns bisões que têm muitos milhares de anos. Ótimos.

— O dr. Liberato afirma que as imagens do Cassiano também são ótimas, observei eu.

— O dr. Liberato? inquiriu Adrião com azedume. Que entende disso o dr. Liberato?

— Que entende? Deve entender. Não é médico? Se as imagens estivessem erradas, ele sabia.

— Pois era melhor que entendesse de medicina, replicou Adrião, descontente. Ainda não me deu uma receita que prestasse.

E com o beiço caído, cheio de amargura, grande murchidão no rosto enxofrado, mastigou impropérios em voz baixa. Em redor informaram-se do estado dele, com solicitude. Não melhorava. Uma peste. Referiu achaques complicados e deteve-se numa dorzinha renitente que se alojara debaixo da última costela esquerda. Houve um silêncio compungido.

E eu pensei que o conhecimento daqueles pequeninos bisões de terracota afeiçoados pelos dedos rudes de um bárbaro, há milênios, numa caverna lôbrega entre penhascos, era para mim aquisição preciosa. Talvez eu pudesse também, com exígua ciência e aturado esforço, chegar um dia a alinhavar os meus caetés. Não que esperasse embasbacar os povos do futuro. Oh! não! As minhas ambições são modestas. Contentava-me um triunfo caseiro e transitório, que impressionasse Luísa, Marta Varejão, os Mendonça, Evaristo Barroca. Desejava que nas barbearias, no cinema, na farmácia Neves, no café Bacurau, dissessem: "Então já leram o romance do Valério?" Ou que, na redação da *Semana*, em discussões entre Isidoro e padre Atanásio, a minha autoridade fosse invocada: "Isto de selvagens e histórias velhas é com o Valério."

— Que há de novo sobre Manuel Tavares? perguntou Adrião depois de um longo suspiro. Parece que está provado que foi ele, hem?

— Provadíssimo, confirmou Nazaré. Vão ver que ainda desta vez o júri manda para a rua aquele bandido.

E pormenorizou a novidade de resistência: um sujeito assassinado enquanto dormia, enterrado num quintal, exumado depois de um ano, por acaso.

— Que a polícia nunca teve intenção de prender Manuel Tavares. A polícia não tem intenção. Foi um parceiro do assassino que brigou com ele e veio denunciá-lo. O móvel do crime? Vinte mil-réis falsos e uma roupa de mescla. Tem aí o padre Atanásio matéria para escangalhar no seu jornal a polícia, Manuel Tavares e o conselho de sentença que o absolver.

— Se absolver, resmungou o vigário. Um caso tão monstruoso...

— Absolve, não há dúvida. Está na rua, é protegido do Evaristo. E que me dizem desses artigos que estão saindo na *Gazeta* contra o Mesquita?

— Terríveis! exclamou Vitorino. Toda a sorte de ridículos. Afinal o pobre homem não tem culpa de ser estúpido, se é estúpido.

Levantamo-nos. E íamos chegando à sala quando a campainha retiniu e pouco depois soaram na antecâmara os passos apressados do dr. Liberato. Entrou, distribuiu apertos de mão, recusou o chá que Zacarias lhe trouxe, quis saber da preciosa saúde dos seus bons amigos. Apoderou-se do tabelião e dissertou abundantemente. A chegada de Isidoro interrompeu, muito a propósito, a amolação dele.

O Pinheiro trazia um jornal enrolado:

— Leram?

Todos tinham lido, menos as senhoras.

— Tremendo! opinou Adrião.

— Horroroso! acrescentou Vitorino. Estávamos falando nisso quando o doutor chegou. E eu dizia que o Fortunato não tem culpa...

— Esplêndido! atalhou Nazaré erguendo os ombros, o que lhe aumentava a corcunda. Soberbo!

— Você é inimigo do Mesquita? perguntou Isidoro.

— Não, não sou inimigo de ninguém. Mas gosto daquela maneira de achincalhar um tipo. A família do Mesquita... Magnífico! Heróis que lutaram com os holandeses! A generosidade do Mesquita... Impagável! Empresta cinco tostões a juro de cento por cento e espalha que fez favor. E as camisas do Mesquita, os colarinhos do Mesquita, a navalha de barba do Mesquita...

Como Luísa e Clementina estivessem afastadas, dirigiu-se ao dr. Liberato e ao Pinheiro, baixando a voz:

— A navalha de barba... Repararam? Uma brincadeira safada. Perceberam? Uma pilhéria de arrancar couro e cabelo.

— Você não tem coração, exclamou Isidoro.

— Eu? retorquiu Nazaré alegremente. Tenho um coração razoável. Agora viver lamentando os males do vizinho, não, principalmente se o vizinho é tolo. E os artigos estão bons. Muito progrediu ele depois que publicou os outros.

— Os outros? Então o senhor conhece o autor dos artigos? estranhou o médico.

— Conheço.

— Quem é? interrogamos todos, excitados.

Nazaré estudou as caras em roda, com pachorra:

— Não sabem?

— Não.

— Nem suspeitam?

— Suspeitar o quê! bradou Vitorino. Não há suspeita. Provavelmente aquilo é da redação: algum dinheiro que o Fortunato recusou ao Brito.

— O Brito? Qual Brito! O Brito, coitado, meteu aquilo na *Gazeta*, mas nem leu.

— Quem foi? gritou padre Atanásio já com raiva. Se não queria dizer, não começasse.

— E eu não ia dizer, resistiu Nazaré. É segredo. Enfim, como os senhores insistem e estou aqui entre amigos... foi o Evaristo.

Houve um momento de estupefação. Em seguida atacamos o Miranda:

— Não é possível!

— Absurdo!

— Que lembrança!

— Foi ele, murmurou Nazaré sem se alterar. Juro por todos os santos...

— Não jure em vão, homem, retrucou padre Atanásio. O Barroca fez elogios daquele tamanho ao Mesquita.

— Perfeitamente, concordou Nazaré. Mas foi ele. Lambeu os pés do Mesquita e chegou a deputado. Hoje procura derrubá-lo. Derruba.

— Tem certeza? indagou Isidoro.

— Como tenho certeza de que dois e dois são quatro, como tenho certeza de que o som diminui à medida que a distância...

— Deixe lá o som, deixe a distância, atalhou Adrião. O que nos interessa é o Barroca. Se foi ele, é um miserável.

— Nem por isso. Não precisa mais do outro.

— Talvez o senhor se engane, aventurou o médico.

— Qual nada! O Mesquita está no chão. Não dou três vinténs por ele. Se o Evaristo visse que não o deitava abaixo, não escrevia aquilo.

Calamo-nos impressionados, menos pelas palavras de Nazaré que pela maneira como ele as dizia. Vendo-lhe a cabecinha calva, os olhos inquietos, brilhando como contas de vidro, a ponta da língua a remexer-se, umedecendo os beiços delgados, recuei instintivamente, como se ele me pudesse morder.

Fugi para a varanda. Veio do piano um tango arrastado. Acendi um cigarro. As notas diluíam-se no barulho da usina elétrica.

Na calçada do armazém fronteiro duas mulheres iam e vinham; à direita vultos esquivos esgueiravam-se para o Pernambuco-Novo; à esquerda um automóvel rodava silencioso; em frente, além da estrada da Lagoa, negra àquela hora, tremiam ao longe pequeninos pontos luminosos.

Voltei-me. Tornava a contemplar Luísa, oculto por detrás das cortinas, enlevado, enquanto lá dentro as conversações zumbiam.

— Joguem uma partida de xadrez, pediu o dr. Liberato. Vamos apreciar isso.

Adrião sentou-se à mesa pequena, sob o lustre, e começou a dispor as peças no tabuleiro; Nazaré, defronte dele, estendeu-lhe as mãos fechadas, a sortear as cores:

— Peão de dama, hem?

Lá estava, grande e loura, correndo os dedos pelo teclado, indiferente e esquecida, como se, em vez de me achar ali, trincando um cigarro, eu me conservasse arredio, num quarto de pensão, compondo crônicas para a *Semana* ou sonhando com o bergantim de d. Pero. Via-a — e os desejos acordavam.

Nazaré e Adrião volviam as peças com rancor. O dr. Liberato seguia os lances da partida sem interesse. Padre Atanásio e Isidoro cochichavam. Vitorino dormia.

Agora não era tango, era mazurca. Se Luísa me amasse, eu daria por ela de bom grado um milheiro de Martas, um milhão de Clementinas.

— Essa é boa! gritou Adrião. Dois bispos nas linhas brancas!

— É verdade. Que descuido! exclamou Nazaré tentando justificar-se.

E houve em redor do tabuleiro um debate medonho. Aproximei-me, afetei uma curiosidade desenxabida:

— Então? Dois bispos?

— Em casas brancas! trovejou Adrião. Viu que ia perder e tirou um bispo do lugar.

Nazaré, sem se ofender, alvitrou que se reconstituísse o jogo.

— Não é possível. Quem sabe lá em que ponto foi isso?

— Um engano.

— Que engano! Você é cego?

Deram a partida como nula, iniciaram outra. E logo no princípio Adrião, irritado, deixou sem defesa um peão do centro, perdeu-o, moveu a dama expondo o rei a xeque de cavalo antes de rocar e soltou uma praga.

— Ó Pinheiro, recite uma poesia, pediu Vitorino, bocejando.

Isidoro desculpou-se, estava rouco.

Luísa interrompeu a mazurca e quis ouvir Clementina. Todos aplaudiram, menos Adrião, que rosnava, e Nazaré, que amiudava os xeques. Mas Clementina relutava, debatia-se, enroscava-se. Enfim cedeu. Encostada ao piano, pálida, sussurrou uma cantiga lamuriante. Foi até o fim sem um gesto, e logo que terminou, já alheia ao compasso, voltou a sentar-se, agradeceu com os olhos úmidos as palmas que lhe demos e enroscou-se mais.

Eram dez horas. Zacarias entrou com uma bandeja. Adrião, que só tinha duas peças grandes, levantou-se furioso:

— Abandono. Vamos ao café. Dama e torre. Mate de torre e dama. Não passa daí.

— Temos então o homem definitivamente grudado a Palmeira, hem Miranda? perguntou Vitorino recebendo a xícara.

— Quem?

— O Barroca. Se é verdade o que você pensa, naturalmente há de rebentar por aqui qualquer dia, desmantelar esta geringonça, fazer de novo. Agarra-se como sanguessuga. Eu só tenho pena do pobre do Xavier.

— Aqui é que ele não fica, disse Nazaré. Vem, toma conta das posições, coloca os amigos, deixa um testa de ferro, o Cesário ou o administrador, dirigindo a entrosa e volta. Depois aparece, dá uma vista às propriedades, ao gado, aos eleitores e torna a voltar. Não fica. Aquilo é ambicioso, trepa. E se os senhores tiverem alguma pretensão, peguem-se com ele. Aceitem o meu conselho: peguem-se com ele.

Estava satisfeito com a queda do Mesquita e desesperado com a vitória do Barroca. Falava cortando as palavras, constrangido: o êxito dos outros acabrunha-o.

IX

Voltei. Às quintas e aos domingos lá ia encontrar os mesmos indivíduos discutindo os pequeninos acontecimentos da cidade, tão constantes que a ausência de um deles prejudicava a harmonia do conjunto.

Às vezes, tempestuosa, surgia d. Engrácia, de vastas roupas negras, botinas de elástico, mantilha e guarda-chuva. Como tinha trinta contos em depósito no armazém dos Teixeira, dispensavam-lhe atenções especiais. Terrivelmente indiscreta, censurava, diante de Luísa, os decotes baixos e os cabelos curtos, imoralidades, e dizia a Clementina que histerismo é descaramento. Esquadrinhava tudo, metia em tudo o rosto de fuinha, e se alguma coisa via que lhe desagradasse, desembuchava logo. Agressiva e espalhafatosa, falava como se quisesse espetar a gente com o nariz em bico.

Detestavam-na, mas temiam-lhe a língua. E era geralmente respeitada. Quinhentos contos em terras de café e algodão, prédios, letras, ações da Cachoeira e da Fernão-Velho.

Vinha sempre com ela a pupila, séria, de colarinho alto e mangas que lhe chegam aos pulsos. Veste-se assim por causa da madrinha. Percebe-se que não revela o que tem dentro. Confrontando-a com Luísa, eu notava entre as duas uma diferença enorme.

Luísa era franca — movimentos decididos, riso claro, grandes olhos azuis que lhe deixavam ver a alma. Tive a impressão extravagante de que ela andava nua. Saíam-lhes nus os pensamentos. E os vestidos escassos apenas lhe cobriam parte do corpo, belo, que se poderia mostrar inteiramente nu.

Luísa era boa, de uma bondade que se derramava sobre todos os viventes. Sou apenas um inseto, mas, para inseto, recebi tratamento exagerado.

Luísa era pura. Imaginei que nunca um desejo ruim lhe havia perturbado os sonhos.

Foi assim que pensei. Entretive-me durante um mês a orná-la com abundância de virtudes raras. Além das que ela possui, e que são muitas, dei-lhe as outras. E lamentei que o meu espírito minguado não pudesse conceber perfeições maiores para jogar sobre ela. Nisto se exauria o esforço de que sou capaz. Devaneava — e nem sabia exprimir-me. Enquanto os amigos em volta da mesa parolavam, eu ficava em silêncio, recolhido, sem nada ouvir, contemplando-a.

Pouco a pouco a minha confusão se dissipou. Luísa me dizia coisas lindas, que eu escutava enlevado, procurando um alcance que não tinham e que cheguei a descobrir.

Diante das visitas, era reservada: não ia além de uma ou outra frase risonha lançada na conversação. Em família, tornava-se expansiva. É o que se observa entre as senhoras do Nordeste. Como os homens aqui são indelicados e não raro brutais, elas se esquivam, tímidas.

Às vezes Luísa se revoltava. E era sempre em razão de uma desgraça que não podia suprimir. Atirava tumultuosamente expressões confusas, que traduziam ideias justas, com certeza, e bons sentimentos, porque eram dela. Falava do sapateiro que tem a mulher tísica e uma ninhada de filhos:

— Está lá na tripeça, batendo. E os pequenos esfarrapados, sujos... Ouço daqui as pancadas do martelo e a tosse da mulher. Vocês não ouvem?

Ninguém ouvia.

— Os pés inchados, tão amarelo, as roupas imundas!

Adrião erguia os ombros com enfado:

— Que nos interessa isso, filha de Deus? O homem ganha a vida, é natural. Deixá-lo.

— Mas é que morre de fome. Vocês sabem lá o que é ter fome?

Manifestei-lhe um dia minha surpresa:

— Não sabemos. Com efeito, não sabemos. Mas a senhora também não sabe. Deve padecer muito. Faz pena. Afinal não é o único.

Levou as mãos ao estômago, deitou-me uns olhos que me espantaram, e julguei que até as dores físicas do desgraçado passavam para ela.

— Aquilo dói, deve doer muito. Uma casa nojenta! É duro. Há lá crianças nuas.

Compreendi a razão por que Luísa não confessou ao marido a minha temeridade. Uma criatura como ela não agravaria nunca o sofrimento alheio.

X

Uma noite de lua cheia, no banco do jardim, Vitorino me acirrou a paciência com a exposição arrastada e nasal dos méritos da filha, que deixara o Coração de Jesus, onde ensinava pintura. Estive a escutá-lo uma hora.

Luísa veio descansar numa cadeira ao pé de nós. Quando Vitorino se retirou, depois de uma extensa relação de quadros, disfarcei o meu enleio a observar as manchas dos tinhorões. Mudo e constrangido, levantei-me também.

— Já se vai embora, João Valério? perguntou Luísa com tanta simplicidade que tornei a sentar-me.

Sobre os canteiros espalhou-se a sombra de uma nuvem. Lembrei-me dos beijos que dei no pescoço de Luísa, imaginei que nunca teria coragem de lhe falar naquilo.

Reapareceu o luar. E, sem preparar-me, balbuciei, com os olhos na platibanda do armazém fronteiro:

— Eu lhe devo uma explicação. Veja a senhora...

Calei-me, perturbado, tentei moderar a violência do coração.

— Nem sei como principiar. Nem sei o que vou dizer.

— Pois não diga, murmurou Luísa.

Procurei decifrar-lhe a intenção, o que não consegui. Perfeitamente sossegada.

— Tem razão.

E senti um imenso desalento.

— Mas essa generosidade é terrível, desabafei quase colérico.

— O Valério está exaltado. Não pensemos mais nisso.

— Não pensar? É o meu pensamento. A senhora depositou confiança em mim... Sou um canalha. O que eu queria era saber por que me trata dessa forma. Por que é?

Ela não respondeu. Olhou desatenta as grades do jardim, as folhas das palmeiras, o lago do centro pequenino, que tem à margem a estatueta desconsolada de uma garça.

— Quando voltei, não esperava ser recebido assim. Fala comigo como se eu prestasse. Por quê?

Esqueci a explicação a que me havia referido, fazia-lhe perguntas que nunca supus fazer. Ela pareceu acordar, passou a mão pela fronte:

— O Valério é uma criança, é como se fosse nosso filho. E desde que está arrependido...

— Quem lhe disse isso? Filho! Que brincadeira! Somos da mesma idade. Não me entende. O desgosto que lhe causei... Vivo acabrunhado. E foi aquele o único momento feliz que tive.

— Essa confissão é uma indignidade, exclamou Luísa com um rigor que não achei natural.

— É, concordei. E a senhora vai perdoar, já perdoou. Era melhor que me expulsasse de sua casa. Vejo-a, e não me canso de vê-la. Antes de dormir, sonho... Nem sei. Sonho que morreria contente se lhe desse um beijo.

— Cale-se, fez ela com leve tremor na voz.

— E a senhora sorri quando eu chego. Acha-me tão miserável... Nenhum ressentimento...

— Pobre rapaz, disse Luísa baixinho. Deve ter sofrido muito.

Brilhavam-lhe nas pestanas traços de lágrimas, o que me causou violenta comoção.

— Por que havíamos de ficar inimigos? prosseguiu. Uma leviandade sem consequência. Vive aqui há cinco anos.

— Não, não é isso. Eu me explico.

— Decerto, atalhou ela rapidamente. Vou auxiliá-lo. Há por aí muita moça. A Clementina, coitadinha...

— A Clementina? Quem lhe pediu essa substituição? É a senhora que eu amo, a senhora, a senhora.

Ela ergueu-se de chofre:

— Fiz mal em ouvir essas loucuras.

Afastou-se quase sufocada. Compreendi então que estava num banco de jardim. E espantei-me de encontrar em redor tudo em ordem. A lua andava brincando com as nuvens, como se aquele extraordinário acontecimento não alterasse a harmonia do universo. Moviam-se lentamente os tinhorões. A fachada do armazém fronteiro não se tinha desmoronado. E a garça de bronze, à beira da água, levantava a perna inútil com displicência, mostrava-me o bico num conselho mudo, que não percebi.

Na rua, apesar da aparência calma do mundo exterior, pareceu-me que havia em qualquer parte um cataclismo. É possível que naquele momento alguma operação se realizasse no meu cérebro. Não tive disto nenhuma consciência, apenas sei que duas ou três frases me feriam os ouvidos, com obstinação. Ouvi distintamente alguém invisível dizer-me: "Pobre rapaz. Tem sofrido muito." Passados instantes, a mesma voz continuou: "Por que havíamos de ficar inimigos? Uma leviandade sem consequência."

À entrada do Pinga-Fogo, o administrador da recebedoria cumprimentou-me, parou:

— Faz o obséquio de me dar o seu fósforo?

Não retribuí o cumprimento e atentei naquele ser fantástico, alto, magro, de preto e de gravata branca.

— Pedi-lhe fósforo. Faz favor...

Meti a mão no bolso, maquinalmente, dei-lhe a caixa de fósforos.

"Pobre rapaz. Deve ter sofrido muito..." martelou-me a voz aos ouvidos. E pensei nas marteladas do sapateiro, que Luísa ouve.

À esquina da rua Floriano Peixoto, o Neves farmacêutico, apertado num velho fraque de gola ensebada e roído de traças, perguntou-me se não ia ao baile da prefeitura. Balancei a cabeça negativamente e achei o Neves absurdo.

— Festança grossa, resmungou o boticário com animação frouxa no carão chupado. É conveniente ir, agradar o Barroca. Esse sarapatel de política... Vai o mundo abaixo. O Mesquita passou o exercício ao Mendonça.

O Mesquita, sim. Era possível que houvesse um Mesquita, um Barroca, um Mendonça, outros indivíduos talvez. Não sabia para onde me encaminhava. Ia provavelmente à redação da *Semana*, mas, ouvindo música para os lados da praça da Independência, endireitei para lá, sem me despedir do Neves.

À entrada do beco do Leite, Nicolau Varejão e Silvério comentavam a mudança do destacamento policial e a demissão do promotor.

Havia agora alguma ordem nas minhas ideias. As palavras de Luísa acompanhavam-me. Consegui dar a elas uma significação, o que ainda não tinha podido fazer.

No largo, muito tempo fiquei encostado à esquina da padaria, olhando as portas fechadas dos estabelecimentos comerciais, as bandeiras de papel esvoaçando em honra de Evaristo Barroca, a frontaria salpicada de luzes do paço municipal.

Nas trevas do meu espírito faiscavam milhares de vaga-lumes. Por que me deixara Luísa entrar, depois de longa ausência, na intimidade do casarão dos Italianos? Que podia ela esperar de mim? "O Valério é como se fosse um filho." Despropósito. Depois a lembrança de querer impingir-me a Clementina. E hesitação, ambiguidade.

Aproximei-me vagarosamente do local da festa, cheguei-me a uma das janelas, onde o *sereno* afluía.

Poucos pares. Nas cadeiras, senhoras graves, de ar bicudo: d. Eulália Mendonça e as duas filhas, as xifópagas, como lhes chama o dr. Liberato, porque andam sempre juntas; a mulher do juiz de direito; d. Josefa Teixeira, miudinha, lourinha, a única que parecia à vontade, linda muchacha, conversando com uma criatura agreste, sardenta e de tromba; Clementina, outras. Pelos cantos, indivíduos contrafeitos numa elegância precária: Miranda Nazaré, mais magro, mais curvado, de queixo mais agudo; o juiz de direito; Vitorino, cabisbaixo, sonolento; o Monteiro agiota, com a barba crescida; Mendonça pai, que é Cesário, e Mendonça filho, que é Valentim; eleitores bisonhos, os membros do Conselho, sujeitos desconhecidos, de Quebrangulo e Santana do Ipanema. Aprumado e encasacado, Evaristo Barroca discorria com o delegado regional.

No apertão que havia na calçada, Maria do Carmo asseverava ao regente da filarmônica:

— Todo o mundo sabe que eu sou uma mulher honesta.

O regente da filarmônica afastou-se dela e perguntou a Xavier filho se o Mesquita estava na fazenda. Xavier filho explicou que ele se havia metido em casa, porque d. Guiomar adoecera, que não precisava de política para viver e que aquela mudança era um benefício que lhe tinham feito. O outro concordou. E quis saber se eu pertencia ao partido do dr. Barroca.

— Uma mulher honesta, repetiu Maria do Carmo. Não sou disso, todo o mundo sabe.

Retirei-me, atravessei o Quadro, entrei no café Bacurau.

Por que me dissera Luísa aquelas palavras equívocas?

— Que é que vai, seu Valério? gritou Bacurau, que estava trepado numa escada, desceu quando me viu. Cerveja?

— Conhaque.

Ele trouxe a garrafa e voltou-se para Isidoro, que entrava:

— Conhaque, seu Pinheiro?

— Café, bacurônico amigo, respondeu Isidoro sentando-se à minha mesa.

E logo me interpelou com azedume:

— Então não vai, hem?

— Não.

— Pois é tolice. Podia encontrar ocasião de falar com a Marta, que deve ir para lá. Olhe.

Apontou Marta Varejão, que saía do convento, em companhia da madrinha.

— Para que diabo quer a d. Engrácia um guarda-chuva a esta hora, com um luar deste? perguntou noutro tom.

Bebeu o café, levantou-se:

— Não nos poderá arranjar uma beberagem menos indecente, Bacurau? A vida inteira este café marca peste para dar aos fregueses, homem! Muito perde você, João Valério.

— Não perco nada. Que me importa essa corja?

— Quem? O Evaristo...

— Todos. Uns malandros.

— Que entende você disso? exclamou Isidoro com severidade. Política é escrituração mercantil? Ainda hoje me dizia o Miranda... Não venha com os seus modos de troça, que o Miranda está no segredo da política. Conhece tudo, tem faro, fique sabendo. E adeus, vou meter-me naquele fox-trot. Eu dou o cavaco pelos fox-trots. *Arrivederci*, como diz o Pascoal.

XI

O dr. Liberato, de perna estirada, mostrando a meia de seda preta, a esmeralda no índice pedagógico, acabava de contar a história de um colega dele que, em exame de anatomia, tinha dito do útero: "É o laboratório da humanidade."

Não achamos graça, esperamos que o narrador continuasse a anedota, e quando vimos que estava concluída, afetamos um risinho inexpressivo. Nazaré, que ouvira distraído, riu fora do tempo, e padre Atanásio, encostando as orelhas aos ombros, declarou que a definição não deixava de ser justa: o útero era aquilo mesmo. O doutor, meio desorientado, com as lunetas faiscando de indignação, tentou explicar-nos que o útero é um órgão situado...

Calou-se, porque à portinhola da grade assomou d. Josefa Teixeira, gordinha, com duas covas no rosto vermelho, risonha e cumprimenteira, em companhia da rapariga sardenta que estivera com ela dias antes no baile da prefeitura. Vinha encomendar um cento de cartões.

— Cartões? disse o reverendo levantando-se. Perfeitamente. Cartões! sargento. Façam o favor de sentar-se.

Como as cadeiras eram insuficientes, eu e o vigário ficamos de pé. O sargento trouxe a coleção de amostras.

Enquanto as senhoras escolhiam, aproximei-me de Isidoro, olhei a notícia que ele preparava: "Deu-nos o prazer da sua encantadora visita a senhorita Josefa Teixeira, dileta filha do abastado comerciante e nosso particular amigo Vitorino Teixeira, que nos encantou em deliciosa palestra com os sublimados dotes do seu espírito."

O noticiarista levantou a pena e atirou-me ao ouvido:

— Este *sublimados* aqui não está mau, hem?

— Está ótimo. Está igual ao Camões. Mas como você fez, parece que a conversa foi com o Vitorino.

— Ora essa! Realmente, exclamou Isidoro desapontado. Desmanchar tudo!

— Não é preciso, sussurrou padre Atanásio, que se acercara, lera o período. Deite um ponto no *Vitorino Teixeira*, corte o *que* e meta depois *A visitante*. Pronto. A *visitante* sem vírgula, é melhor sem vírgula.

Louvei sinceramente a inteligência de padre Atanásio e aconselhei também:

— Acho bom suprimir o *encantou*, que já há uma *encantadora* atrás. Ponha *cativou*, fica esplêndido. E a *senhorita*, risque a senhorita, para não rimar com visita. Escreva *d. Josefa Teixeira*, como nós chamamos. Deixe a *senhorita* para a outra.

O jornalista aceitou os conselhos.

— E a outra? Quem é a outra?

Abeirei-me da mesa, onde a escolha se eternizava. Não descobriam tipo que agradasse.

— Como se chama essa sua companheira? perguntei em voz baixa à Teixeira moça.

Dão-lhe este nome para distingui-la de uma criatura que também é Teixeira, mas de família diferente: d. Emiliana Teixeira, a Teixeira velha.

D. Josefa pôs termo à encomenda e apresentou d. Priscilla Fernandes, professora do Coração de Jesus. Isidoro, que não ouviu, interrogou-me com a cabeça.

— Priscilla, segredou-lhe o diretor da folha. D. Priscilla Fernandes, d. Priscilla com dois *ll*.

A Teixeira, que se ia embora, voltou da porta, convidou sorrindo:

— Já me ia esquecendo. Vão jantar todos lá em casa amanhã.

Nazaré estranhou o convite:

— Todos? Que é que há no Pinga-Fogo? É festa?

— É o aniversário do papai.

— Essa agora? bradou o Pinheiro com uma palmada na testa. Que memória a minha! Pois eu tenho tudo isto anotado.

Abriu a gaveta da banca, tirou um registro, folheou-o:

— Exatamente, vinte e um de dezembro, está aqui. Onde ando eu com a cabeça? A senhora caiu do céu, d. Josefa.

Pôs um linguado sobre a pasta e entrou a redigir vagarosamente.

— Às quatro horas, acrescentou a Teixeira. Um cento, reverendo, com envelopes. Quatro horas.

Despediu-se mostrando os dentinhos brancos. D. Priscilla Fernandes também nos deu um sorriso trombudo. E partiram.

— Era o que faltava! exclamou Isidoro. Deixar de publicar o aniversário do Vitorino, um amigo!

Apanhou sorrateiramente o dicionário e, com ele nas pernas, fez uma consulta rápida. Emendou a última linha e chamou o compositor:

— Sargento, olhe isto. Entrelinhado, corpo dez, no princípio das *Sociais*.

O tipógrafo calculou:

— Não há espaço. Estão impressas três páginas. Não há espaço. Salvo se eu retirar o anúncio dos calos.

— Retire, concordou padre Atanásio. O anúncio dos calos é pequeno, não serve de nada. Retire o anúncio dos calos.

— Como ia dizendo, recomeçou o dr. Liberato, o útero...

— O doutor já disse, atalhou Nazaré. Órgão da gestação. Isto mesmo, em forma de pera, o doutor já disse.

E quis saber de quem era o artigo sobre a caridade que saíra no domingo anterior. Como não era de nenhuma das pessoas presentes, achou aquilo, com franqueza, um disparate.

— Exagero, opinou Isidoro. O artigo está bom, o autor conhece gramática.

— Quem se importa com gramática? O fabricante daquela xaropada é um idiota.

— Por que defende a caridade?

— Por tudo. Um fonógrafo.

— Mas a caridade... arriscou padre Atanásio.

— Os senhores são incoerentes, gritou Nazaré. No mesmo número vinha uma coluna reclamando a intervenção da polícia contra a mendicidade. Reclamação justa, porque enfim todos nós reconhecemos... Nada disso, padre Atanásio. Que préstimo tem essa gente?

Como a coluna havia sido feita por mim, achei o tabelião Miranda um sujeito de senso.

— Que utilidade tem essa récua? prosseguiu ele. Eu queria ver tudo morto. Pode ficar tranquilo, não se perdia nada. A eutanásia...

Mas o dr. Liberato se declarou inimigo da eutanásia. Abusou de expressões científicas e alegou a fragilidade dos conhecimentos humanos. Nazaré, que escutara esbrugando o polegar com os dentes, aplicou-lhe, quando ele se calou, razões desconcertadoras. Embrenharam-se numa discussão difícil, e ninguém os pôde acompanhar. Isidoro rabiscou um pedaço de papel, escondeu-o no bolso, e o Vigário, que examinava pensativo a cabeleira revolta do médico, aproveitou uma brecha na polêmica, manifestou-se:

— Tudo isso está muito bem, mas, digam lá o que disserem, a caridade é a caridade, e ninguém me tira disto. Os senhores não ignoram que o Evangelho... Perfeitamente, o Evangelho, e por que não? O Evangelho! Uma revista que li... Afinal a revista não influi no caso. Mas veja a história da mulher adúltera, seu Miranda. Veja a cena em casa de Simão, o fariseu. Veja o bom samaritano.

— Qual fariseu! bradou Nazaré. Qual samaritano! Não há samaritano, o que há é uma súcia de vagabundos que exploram a gente e merecem cacete. E chegou a propósito o Nicolau Varejão, que vai falar sobre o bom samaritano.

— Hem? que samaritano? inquiriu Nicolau Varejão entrando. Quem é ele?

— Um bodegueiro que mora na banda de lá do açude, explicou o Miranda. Existiu antigamente na Palestina e forneceu assunto a São Lucas. Mas faz muito tempo, foi noutra encarnação.

Nicolau, que tem medo do Vigário, não gostou da pilhéria e enrugou a cara, resmungando evasivas covardes. Não conhecia São Lucas, sempre fora bom católico, assim Deus o ajudasse, e espiritismo era com o farmacêutico.

Padre Atanásio encarou-o erguendo os ombros, mas nós o acolhemos ruidosamente. Isidoro deu-lhe a cadeira e sentou-se na mesa. Por que se estava vendendo tão caro? A presença dele naquela casa era uma necessidade para todos, era como um banho de alegria que a alma da gente tomava. Ouvindo falar em banho, olhei as mãos de Nicolau, horrivelmente sujas.

— É bondade dos senhores, fez ele já desanuviado, escanchando-se na cadeira, cruzando os braços sobre o encosto. Que vale um pobre como eu?

— Modéstia! gritou Isidoro. O senhor tem uma imaginação baita. Ia agora contar aos amigos aquilo de ontem à noite, no Bacurau. Fiquei impressionado, seu Varejão.

— Sim? acudiu Nicolau radiante. Pois eu apenas repeti as informações dos jornais. Foi um caso divulgado, rolou por este Brasil todo. Os senhores com certeza leram. *O Correio da Manhã*, o *Estado de S. Paulo*, outro de nome arrevesado, publicaram. E eu, que não gosto de propaganda, até me acanhei.

— Conte lá isso, pediu Nazaré.

— Já vocês começam, intrometeu-se o vigário, incapaz de zombaria.

Ninguém lhe deu ouvidos.

— Vamos, tornou o Miranda.

Nicolau Varejão tornou a palavra:

— 1922 foi um ano safado, o princípio dessa encrenca de revolução. O tempo que passei no Rio...

— Esteve no Rio? inquiriu o dr. Liberato.

— Em 1922. Fui vender papagaios. Garantiram-me que era bom negócio, mas a bordo morreu tudo. Papagaio a bordo morre, é um bicho desgraçado para morrer depressa. Desembarquei com o bolso limpo e não pude ganhar dinheiro para voltar. Andei por lá uns meses, de tanga, procurando passagem, comendo na banda podre. Veio o furdunço. E, como não tinha que fazer da vida, peguei no pau-furado.

— O senhor entrou na revolução? perguntei.

— No forte de Copacabana. Estava mesmo disposto a suicidar-me. A bandeira cortada, lembram-se? Os jornais publicaram. Quando os rapazes saíram da fortaleza, eu ia na frente, com um pedaço de pano amarrado no braço. *Ordem e Progresso*, imaginem. Aqui, no braço direito. Já viram algum combate?

Não, graças a Deus.

— Então não fazem ideia. As balas choviam por toda a parte: zum, zum, zum... Depois da briga, apanharam um bando de alqueires delas. Os senhores devem ter lido.

Ninguém tinha lido. E o resto?

— Ah! Foi o diabo, por detrás dos sacos de areia. Matamos soldado à beça. Caíam às pencas, nunca vi tanto defunto. Só deixei de atirar quando não tinha força no dedo para puxar o gatilho.

Acendeu um cigarro.

— Findo o combate, deitaram-me na padiola. Mais de cinquenta ferimentos. Aqui por cima não, mas da barriga para baixo era uma peneira. Nem sei como escapei. O Calógeras, que estava junto, segurou-me a cabeça e recomendou: "Cuidado com o homem." No dia seguinte o Epitácio visitou-me no hospital e repreendeu-me: "Pois você, seu Nicolau, um sujeito de coragem, virar maluco!" E eu respondi: "É verdade, seu Presidente, o mundo é um pau com formigas." Os senhores não leram nas folhas?

— Espere! atalhou o dr. Liberato. Assim é demais. Isso foi com o Siqueira Campos.

— O Siqueira Campos? replicou o herói indignado. Então o senhor não leu a *Gazeta de Notícias*. Foi comigo. O Siqueira Campos! Tinha graça. Ele também andou lá, bom camarada, valente como cachorro doido. Aí está uma prova.

E deu as costas.

— Que prazer sentem vocês em bulir com essa criatura? disse o vigário. É uma falta de caridade. Ora vejam. Estávamos falando de caridade.

— Não sei, padre Atanásio, respondi. Gosto dele. E tenho a impressão de que tudo aquilo é verdade.

— Talvez seja, murmurou Nazaré. Talvez seja uma verdade como as outras.

— An! grunhiu Isidoro.

E olhou com ar enfastiado as biqueiras dos sapatões quarenta e dois. O tabelião e o doutor embrenharam-se numa cavaqueira cerrada. O reverendo escutava com os bugalhos atentos fixos neles, balançava a cabeça, diligenciando compreender. Achei a conversa muito filosófica, pensei em Adrião, despedi-me, arrastei o Pinheiro, que estava quase a dormir.

Acenderam-se as lâmpadas da iluminação pública.

— Preciso fazer um brinde amanhã, no jantar do Teixeira, rosnou Isidoro. Que palavras esquisitas eles arranjam!

Tirou do bolso um papel, chegou-o aos olhos:

— Que diabo quer dizer eutanásia?

Eu também ignorava.

XII

Quando me ia acabando de vestir para o jantar de Vitorino, Isidoro entrou, já pronto:

— Descobri agora que o Pascoal esqueceu o italiano. Esqueceu tudo.

Pascoal, zangado, gritou do quarto que ainda se recordava de *sporco, vigliacco, birbante.* E para demonstrar melhor os seus conhecimentos, largou-lhe uma expressão obscena, em italiano também. Isidoro, ótimo, sorriu sem se ofender e pôs-se a escovar as abas imensas do chapéu. Avivou o lustre dos sapatos com uma camisa que encontrou num canto e penteou-se, puxando para a testa os cabelos, que lhe vão escasseando. Depois chegou à porta:

— O dr. Liberato já veio, d. Maria?

— Não senhor. O Xavier diz que a moça está pior.

— Que diabo! exclamou Isidoro. Um companheiro de menos, um companheiro tão bom! E não preparei o brinde. Falo de improviso. Você não acabará de amarrar essa gravata, homem?

— O doutor não vai?

— Julgo que não. Está em casa do Mesquita. É por causa da Guiomar, que adoeceu. Tenho pena do Mesquita, boa pessoa. Fizeram-lhe muita picuinha, muita canalhice. Política é uma desgraça. Você está pronto?

Saímos. Quando dobrávamos a esquina da padaria, Isidoro quis ir ao Bacurau, comprar cigarros. Lá chegando, sentou-se, consultou o relógio, pediu conhaque. E, emborcando o cálice:

— Que é que eu digo no improviso? Dê-me uma ideia, estou inteiramente oco. Uma sugestão qualquer. Não? Que maçada! E eu que desde ontem tinha o projeto de escrever o diabo do brinde! Acabou-se, fica para o ano vindouro, se o Vitorino for vivo.

— Maçada vamos aguentar lá, que os jantares dele são fúnebres. A mulher paralítica, e tudo escuro, tudo fechado...

— Isso é quando a d. Josefa não está aí. Agora que veio do colégio é outra coisa. A propósito, você viu como a Teixeira voltou bonita? Sim senhor, um pancadão. Isto de saias eu conheço bem. Cada perna!

— Deixe as canelas da moça, devasso.

E levantei-me.

— Espere aí. Ainda faltam quinze minutos. Bacuríssimo amigo, traga também cigarros. Este conhaque é uma infâmia. Ponha tudo na conta. E estes cigarros estão furados. Não tem outros aí com menos buracos? Não tem? Vamos lá, seu Valério.

Na rua acendeu um cigarro, deitou fora, acendeu outro, tornou a deitar fora, acendeu o terceiro:

— Pois, menino, aquilo é um femão. A cara, os braços, com os diabos! E as pernas são bonitas, palavra, que eu ontem reparei. Até fiquei entusiasmado, homem!

À entrada do Pinga-Fogo encontramos Adrião e Luísa.

— Vão ao jantar? perguntaram.

— Vamos ao jantar.

E senti um baque no peito. Retardamos o passo, acompanhando a marcha claudicante de Adrião. Procurei debalde uma palavra, e o Pinheiro, que entende bem de saias, mas não sabe falar com senhoras, gaguejou:

— Como vai o sapateiro, d. Luísa?

— Mal, coitado. Andam com uma subscrição para ele.

Fora ela que sugerira a subscrição e dera quase tudo. Na véspera eu a tinha visto entrar sorrateiramente na oficina do desgraçado, com Zacarias preto, que levava um pacote.

— Creio que somos os últimos, observou Adrião quando chegamos.

Havia lá dentro um rumor de conversações misturadas.

— Não se perde nada com a falta do meu brinde, sussurrou-me o Pinheiro. Está cá o Barroca, temos falação na mesa, que aquele diabo nasceu para discursador.

Realmente Evaristo Barroca, cercado, em evidência na sala cheia de flores, explicava a padre Atanásio que a sã política é filha da moral e da razão. Recuei um pouco para deixar livre a passagem ao casal Teixeira:

— Eu já li aquilo. Você sabe de quem é aquilo?

— O quê? A sã política? É dele, respondeu Isidoro. O Barroca tem inteligência, tem cultura.

Entramos. E a nossa presença quase passou despercebida entre as efusões com que rodearam Luísa, Adrião, um sujeito gordo e moreno que surgiu logo depois. Evaristo dispensou-me um acolhimento protetor, muito de cima para baixo, e eu me senti humilhado.

Evitei-o bruscamente e fui dizer a Vitorino que o dr. Liberato estava em casa do Mesquita.

— Jantar em casa do Mesquita?

— Não, doença da filha.

Houve um rápido silêncio de constrangimento. E foi Evaristo que o quebrou lamentando, em tom de grande mágoa, o desagradável acontecimento que eu havia noticiado. Asseverava, sempre asseverara, que Fortunato Mesquita, como particular, era um cidadão de conduta irreprochável. Gravei na memória esta palavra, para procurar a significação dela no dicionário, e aproximei-me de um grupo de moças, pedi informações sobre a saúde de d. Mariana.

— Assim, assim, na cama, respondeu a Teixeira com desconsolo.

Em seguida, movendo o braço roliço carregado de aros, cobras de ouro que tilintaram, repreendeu-me com o dedinho erguido, lembrou-me que fazia um mês que viera do colégio e ainda não me vira ali. Quando se resolvia o senhor Diversos a Diversos a deixar de ser ingrato?

— Diversos eu, d. Josefa? Sou apenas um, infelizmente. Se fosse ao menos quatro, ficava muito bem, entre as senhoras.

E mostrei as outras: Marta Varejão, coberta de panos, Clementina, que se derretia para o sujeito gordo, d. Priscilla Fernandes, carrancuda. Refleti um momento e, em falta de objeto melhor, joguei d. Engrácia na conversa. Estava lá dentro, com Luísa, em visita à d. Mariana.

A Teixeira pediu licença para ir dar uma vista à mesa. Marta chegou-se ao piano, começou a remexer músicas.

E veio-me à lembrança uma noite de fevereiro, cheia de movimento e doidice, com automóveis rolando no Quadro, a arrastar longas fitas de serpentinas, foliões invadindo o teatro, numa algazarra dos demônios. Nessa noite de carnaval derramei no pescoço de Marta um lança-perfume, e ela me disse qualquer coisa em francês a respeito da facilidade com que se juntam as pessoas que se assemelham. Não atinei logo com o sentido da frase; depois julguei perceber uma alusão à semelhança que talvez exista entre mim e ela. Passados alguns dias, encontrei uma resposta que podia ter aplicado. História velha. Já lá iam dez meses.

D. Priscilla desfranziu a tromba, expôs a dentuça a Clementina, achou por condescendência a cidade encantadora. Olhei com agrado os beiços vermelhos de Marta, bons para morder, e, atraído por um sorriso, acerquei-me dela, perguntei-lhe se se tinha divertido muito no baile da prefeitura. Respondeu-me que aguentara três horas de insipidez medonha. Baixou a voz. Só houvera lá basbaques, quase tudo gente idosa, sisuda. Desembaraçava-se da circunspecção que a mascara:

— A única pessoa com que me entretive foi o Monteiro, que discorreu sobre orçamentos.

Disse que não dançara, não tolerava as danças modernas. É a madrinha que lhas não consente, mas persuadi-me de que estava diante de mim uma criatura pudica em excesso. Contou que Nazaré tinha tomado um pileque. Reparando em Clementina, interrompeu-se, mostrou na parede um quadro com um palácio, um canal e uma ponte, falou em Marino Faliero, que não sei quem foi.

D. Engrácia apareceu e, vendo-nos juntos, farejou de longe. Marta puxou a manga, cobriu quatro dedos de pele que lhe ficavam à mostra. Nisto avistei Luísa perto de nós, ligeiramente pálida, e notei-lhe no rosto uma expressão que me deixou sucumbido.

Que lhe fiz eu, santo Deus? Dei um passo para ela, furtei-me às amabilidades de Marta, que me oferecia um romance por empréstimo, ótimo romance, publicação do Centro da Boa Imprensa.

À voz fanhosa de Vitorino, todos se levantaram. Atravessei o corredor, desesperado. Mulher incoerente, ora pelos pés, ora pela cabeça. E arrependi-me de haver atendido àquele convite idiota. Era melhor ter ficado em casa, trancado no quarto, de pijama. Instintivamente, esquivei-me à companhia de Marta. E ouvia, nauseado, a dissertação do Barroca sobre a diferença que existe entre um governo moral e um governo imoral.

O sujeito gordo arreliava-se com o Miranda:

— Mas eu escrevi aquilo porque está no artigo 39, senhor. É do código.

E o tabelião, apaziguando-o com um gesto da mão aberta, um pouco trêmula:

— Pois muito bem. Eu julguei que fosse engano. Desde que está convencido... Se tem certeza de que é do código...

— Certeza absoluta.

— Deve ser isso mesmo.

Quando me sentei à mesa, procurei os olhos de Luísa. Parecia nervosa, com o rosto coberto de sombras, os beiços franzidos, uma ruga na testa. E respondeu distraidamente a um desconchavo amável que padre Atanásio lhe endereçou.

— Nunca entro aqui, disse Evaristo Barroca, sem evocar aqueles homens antigos, aqueles varões austeros da conquista, os precursores da raça.

Palanfrório reles e postiço, de dar engulhos. Era a reprodução quase literal de um dos períodos enfunados em honra do Mesquita. Mas o vigário gostou, falou nos patriarcas, em Abraão, em Jacó. O sujeito gordo, impressionado, articulou qualquer coisa que ninguém entendeu, confessou que Vitorino tinha muita semelhança com Abraão. Nazaré interrompeu-o alegremente. Abraão era um cavalheiro de nariz em arco, grandes barbas e cabelos compridos, adorava Jeová e vestia saia. De mais a mais a gente do tempo dele trincava o gafanhoto, no chão, de pernas cruzadas.

— E a comparação do dr. Barroca também não é justa. Esses varões de outras idades, uns brutos, comiam com os dedos, de mangas arregaçadas, em alguidares de barro, e esvaziavam enormes canjirões, bebendo em copos de chifre. Creio que eram como os fazendeiros sertanejos, que jantam em camisa e ceroulas, cortando a carne a facão e batendo o osso corredor a macete. Tudo aqui é diferente. Não há semelhança nenhuma.

E mostrou a mesa, onde flores punham nos vidros uns tons rosados:

— Quem se importava com flores naquele tempo?

O sujeito gordo concordou, limpando a boca. Tudo era diferente, na verdade, e antigamente não havia flores.

Tinha-se acabado a sopa. Aquele indivíduo me intrigava. Dirigi-me à vizinha da direita:

— Quem é aquele homem moreno, d. Clementina, lá na ponta, ao lado da professora?

— É o dr. Castro.

— Que significa o dr. Castro?

— Promotor, chegou há dias, parente do dr. Barroca.

Serviram um prato que não pude saber se era peixe ou carne, fatias desenxabidas em molho branco. Evaristo iniciou um palavreado sonoro, em que de novo encaixou a sã política filha da moral e da razão, mas a frase repetida não produziu efeito. Apenas o promotor balançou a cabeça e rosnou um monossílabo aprobativo. Evaristo queria eleitores conscientes, uma democracia verdadeira. Procurei pela segunda vez os olhos de Luísa, e, não os encontrando, declarei com aversão que a democracia era blague.

— Por quê?

Naturalmente porque Luísa estava amuada. Mas julguei este motivo inaceitável e perigoso: recorri a outros, que o deputado inutilizou com meia dúzia de chavões. Vitorino disse que não votava, tinha rasgado o título, achava que eleição era batota. E não compreendia o empenho do dr. Barroca em aliciar eleitores:

— Tendo quatro soldados e um cabo, o senhor tem tudo.

O dr. Castro reconheceu que os soldados e o cabo eram de grande eficiência:

— Ora, a força do direito... isto é, o direito da força... Afinal os senhores me entendem.

— Que diz aquele sujeito, d. Josefa? perguntei à vizinha da esquerda.

A Teixeira teve pena dele, quis saber se se dera bem na cidade, se tencionava ficar aqui definitivamente. Adrião, Vitorino, padre Atanásio, interessaram-se também. E o dr. Castro, radiante, soltou o garfo, tomou o copo, falou da sua pessoa, dos seus gostos, da sua instalação provisória em casa de Cesário Mendonça.

— Muito hospitaleiro, muito simples. Não tem orgulho, apesar de ser rico. E traz tudo num arranjo admirável: despensa enorme, pomar, biblioteca... E a mulher, as meninas, umas pérolas. Creio que estou bem lá, enquanto espero que o Monteiro me alugue casa.

Mas já ninguém se importava com o promotor, voltavam-se todos para Evaristo, que agora preconizava o esclarecimento das massas, governadas por uma elite de gênio.

— Mas como é que o povo aprende, se os senhores não ensinam? perguntou o reverendo com acrimônia.

Andava indignado contra a ignorância depois que a tiragem da *Semana* baixara de mil e duzentos para oitocentos números. Evaristo Barroca, modesto, retirou-se dentre os governantes, encolheu-se na cadeira, fez-se pequeno.

As garrafas esvaziavam-se. Havia agora animação na sala. As senhoras, livres do constrangimento do princípio, tagarelavam com desafogo: risos, sussurros, gestos familiares, perguntas e respostas desencontradas, cruzavam-se. D. Engrácia referiu ao Pinheiro a cura milagrosa de umas sezões que trouxera de Passo de Camaragibe, cura realizada em virtude da promessa de seis velas ao S. Sebastião de Maria Quebra-Unha. Clementina, passando o braço pelo encosto da minha cadeira, mexeu no ombro de d. Josefa. Marta descreveu ao Miranda a entronização do Sagrado Coração de Jesus em casa de d. Emiliana Teixeira.

— O Colégio do Coração de Jesus? informou-se d. Priscilla.

— Uma entronização, ontem, festa de muita piedade.

Tinha os olhos baixos. E eu lembrei-me do que ela me havia dito em frente do livro das músicas, cobrindo pudicamente cinco centímetros de braço, com gatimonhas de embeiçar a gente, metendo na conversa, fora de propósito, o Marino Faliero. Que sonsa!

— Em poucos anos apanha os quinhentos contos da velha, disse comigo. O Pinheiro acertou. Quem terá sido o Marino Faliero?

Nazaré absorveu dois copos de vinho e atacou o Barroca:

— Isso de liberdade é pilhéria, doutor. Não precisamos liberdade, precisamos cacete. Foi assim que sempre governaram, e assim vai bem. Gostamos de levar pancada. Veja como admiram por aí os bandidos do Nordeste. E a instrução, para que serve instrução à canalha?

— Se tem isso em conta de novidade... interrompeu Evaristo.

— Não senhor, retrucou o tabelião, ressentido. É coisa corriqueira, mas as suas ideias também são do tempo da pedra lascada.

E tornou a beber.

— Exatamente o que eu estava pensando, gritou o dr. Castro. É isso, ideias antigas. Aprecio as ideias antigas, percebem?

Evaristo defendeu o ensino obrigatório e, sem fazer caso da observação do Miranda, surripiou um período de Victor Hugo. O dr. Castro aplaudiu ruidosamente:

— É claro, não há dúvida. Necessitamos luz, muita luz.

— Com miolo de pão? perguntou Clementina.

— Com miolo de pão, respondeu d. Josefa. Miolo de pão, goma-arábica e tinta. Também se faz com papel machucado na água.

— O senhor é o presidente da junta escolar?

O dr. Castro confessou que estava na presidência, infelizmente, e que aquilo era uma espiga. Mapas todos os meses, atestados, um horror de professoras e inspetores rurais, informações à diretoria e obrigação de visitar escolas. Ele, graças a Deus, nunca tinha entrado em nenhuma.

Com o olho vivo, Nazaré dizia ao Barroca:

— Sim senhor, mas tudo isso é léria. Quando o nosso matuto tem um filho opilado ou raquítico, manda domesticá-lo a palmatória e a murro. O animal aprende cartilha e fica sendo consultor lá no sítio. Torna-se mandrião, fala difícil, lê o *Lunário Perpétuo* e o *Carlos Magno*, à noite, na esteira, para a família reunida em torno da candeia. Qual é o resultado? A primeira garatuja que o malandro tenta é uma carta falsa em nome do pai, pedindo dinheiro ao proprietário.

Evaristo achou aquilo um exagero evidente, o outro jurou que era verdade.

— Pois se é verdade, a culpa deve ser do ancilóstomo. Que mal pode fazer a leitura?

Mas Adrião, que estivera calado, distraído e murcho, afagou devagar a careca, declarou que dos matutos que ele conhecia os melhores eram os analfabetos:

— O roceiro que soletra tem vergonha de pegar na enxada.

— A senhora passa aqui as férias?

— Passo. Fico até meado de janeiro, disse d. Priscilla. Vim um pouco adoentada. E como o clima é bom...

— Que vem a ser este prato, d. Josefa? perguntou Isidoro.

— Um caruru com muita pimenta.

— Ah!

E acrescentou:

— Que pena não estar aqui o dr. Liberato! Para entender de caruru, vatapá, essas trapalhadas da Bahia, não há outro.

Evaristo reconheceu que saber ler, simplesmente, era com efeito pouco.

— A educação religiosa... lembrou padre Atanásio.

— A educação profissional.

— Aqui não há disso, atalhou Nazaré com voz trôpega. E como a que temos não presta e a que poderia servir não vem, era melhor que não houvesse nada.

— Apoiado! exclamou o presidente da junta escolar. O senhor parece que adivinha os meus pensamentos. Tem razão. Exatamente o que eu estava pensando, compreende?

— A educação religiosa... aventurou novamente o padre.

— A educação religiosa, decerto, ecoou o presidente da junta escolar. A educação religiosa é o suco.

— Não serve de nada, balbuciou o tabelião com a língua perra.

E encheu o copo.

— Por que não serve? bradou o reverendo. Isto é muito sério. Na Idade Média... Sim, perfeitamente, não é só balançar a cabeça. Diz um grande filósofo... creio até que é um santo... Deixemos o santo. Essa corja que o senhor admira, esses Nietzsche, esses Le Dantec, o outro demônio, como é o nome dele, meu Deus? Esqueci. Um alemão, um tipo conhecido, que escreveu muito livro sobre coisas miúdas... Como se chamam? Células? Toda essa gente... Que é que o senhor ia dizendo?

Nazaré, que se esforçava por não adormecer em cima da sobremesa, levantava as pálpebras com dificuldade e tinha os pelos do queixo quase tocando o prato, ergueu lentamente a cabeça, passou os dedos de grossos nós pelos olhos turvos, pela testa coberta de suor. Ficou um instante atentando no vigário como se o não conhecesse, depois gaguejou, arregaçando os beiços, mostrando os dentes amarelos e acavalados, num sorriso idiota:

— Ah! sim... a educação religiosa. Não vale nada.

— Está pronto, murmurou Adrião.

Padre Atanásio calou-se, fez uma carranca de rigor e desprezo ao adversário, tomando talvez aquele deplorável estado como prova de que tudo quanto o outro havia dito em sessenta anos era erro e iniquidade. Recebeu a xícara de café, esvaziou-a em discussão muda com uma figurinha de japonesa que tinha a cabeça crivada de palitos. E, arredondando os bugalhos:

— Então o julgamento do Manuel Tavares foi adiado, hem?

— Isso! confirmou Adrião em voz baixa, deitando uma olhadela de través ao Barroca. Protetores fortes. E indignação geral. Adiaram. Na sessão vindoura o homem é absolvido.

— Ora muito bem, conversamos lindamente, exclamou o dr. Castro quando as senhoras se levantaram. Eu gosto destes assuntos...

Agitou a mão como se quisesse agarrar um adjetivo.

— Filosóficos, sugeriu Adrião.

— Exatamente, filosóficos, era o nome que eu tinha debaixo da língua. Um debate magnífico.

— Pois, menino, segredou-me Isidoro puxando-me para uma janela, este promotor não fala mal. Aquilo deve ser um orador feroz no júri. E o Miranda é levado da breca. O que está é meio fisgado. Eu não entro em conversas fundas, mas ouço com satisfação. Outra coisa: você reparou nas pernas da Teixeira? Diabo! Parece que também estou bêbedo.

Afastou-se, lento e aprumado. Era noite, apareceram luzes. Fiquei ali dez minutos, fumando, ouvindo a grulhada das mulheres. Por que se havia Luísa conservado em silêncio? Passou-me pelo espírito aquele olhar que fuzilara um instante e logo esmorecera. Sem relacioná-lo com as palavras trocadas junto ao piano, odiei Marta Varejão. A cabeça baixa, a manga até o pulso!

Como os outros, findos os cigarros, se retirassem, acompanhei-os. Entrei na sala com a esperança de encontrar expressão diferente no rosto de Luísa. Estava sentada no sofá, escutando padre Atanásio, que lhe impingia o hospital de S. Vicente de Paulo e a Pia União das Filhas de Maria. Quis acercar-me, mostrar amabilidade, e só achei em mim confusão e desespero.

— Veja que desgraça, veio dizer-me Isidoro. Não fiz o brinde, ninguém fez brinde. Tanta lorota, e esqueceram o essencial. Nem o Barroca, nem o Miranda, nem o promotor...

— Você ainda me vem falar nessa besta, homem?

E responsabilizei o dr. Castro pela indiferença de Luísa. Resolvi alinhavar uma desculpa, sair dali, meter-me em casa, arrancar os cabelos. Procurava o chapéu, desejando que o teto viesse abaixo, quando o dr. Castro se achegou, afável, numa tentativa risonha de camaradagem:

— O amigo, se não me engano, é comerciante.

— Não senhor.

— Empregado público, talvez.

— Também não.

— Estudante?

— Nem isso. Com licença.

Dirigi-me à Teixeira, que entrava com um bandolim:

— D. Josefa, o meu chapéu... A senhora sabe?

— Para quê?

— Tinha necessidade de retirar-me.

— Não há necessidade. Ninguém sai antes das dez horas.

— É que estou meio doente. Se a senhora tivesse a bondade...

— Não há bondade. Cura-se dançando. Para o piano, Marta.

E obrigou-me a dançar com d. Priscilla. O promotor deu o braço a Clementina, Luísa recusou Isidoro, pretextando enxaqueca. Depois o Barroca foi para o piano, a Teixeira desafinou o bandolim, arranjaram-se outros pares. A um convite silencioso de Marta sorri constrangido, declarei que o jantar tinha sido irreprochável. E abandonei-a ao Pinheiro, fugi para o jardim, fazendo tenção de consultar, quando chegasse a casa, o dicionário.

Sentando-me num banco, muito tempo fiquei a olhar os canteiros. Onde estaria Luísa, que desaparecera depois da enxaqueca? Talvez lá para dentro, com a cunhada paralítica, ensinando-lhe remédios ou lendo a correspondência do padre Cícero, que a boa senhora recebe com regularidade. Ainda espera arribar, coitada, com as receitas do padre Cícero.

Voltou-me de chofre o sentimento que me havia assaltado, um ódio insensato a Marta, ao Coração de Jesus da viúva Teixeira, a Marino Faliero, que está escondido no palácio do Quadro, palácio de Veneza. Finda esta explosão irracional, que felizmente durou pouco, veio-me a recordação do que Luísa me disse uma noite, junto à garça de bronze. Então, como agora, a lua vagabundeava lá em cima, o vento agitava a folhagem dos tinhorões. Mas quanta diferença em mim!

Tinha recebido mais, muito mais do que desejava, e em consequência as minhas esperanças haviam crescido. Tencionava poder um dia, com o consentimento dela, apertar-lhe as mãos, correr os lábios por aqueles dedos brancos e finos, pelos braços, até o cotovelo. Em momentos de otimismo aventurei-me a chegar à espádua. Não era uma aspiração demasiado exigente, e eu punha tanto respeito nela que exclui a ideia de que aquilo constituísse uma traição ao Teixeira. Decidi logo que um homem tão prático não havia ainda babujado o braço de Luísa e que pelo menos esta parte do corpo dela não lhe pertencia. Convicção idiota, evidentemente. Eu me contentava com o braço — e achava excessivo. Uma felicidade imensa. Era assim que eu dizia comigo mesmo. Julgava assentado que Luísa se conservaria perfeitamente honesta. E que eu seria perfeitamente feliz. Aqui tudo se tornava confuso, nenhum pensamento claro me acudia. Porque a felicidade perfeita diferia da outra, imensa, e então compreendi que as coisas indistintas do meu espírito destoavam dos nomes que eu lhes dava. Enfim, agitado por desejos oscilantes, deixei-me arrastar.

E vinha-me aquele olhar agudo, aquele rosto carregado. Talvez estivesse arrependida de me haver mostrado um pequenino sinal de afeição. Não sei. Que entendo eu, pobre rapaz, da alma caprichosa das mulheres? Imaginei, num deslumbramento, que Luísa gostava de mim e tinha ciúmes. Isto me pareceu exorbitante. E pedia-lhe de longe que me dissesse: "Vem." Ou que me repelisse: "Deixa-me." Que me livrasse enfim daquela angústia demasiado intensa para o meu pobre coração.

— Pois você está aí, homem? gritou Vitorino. Venha beber café.

Lá em cima ainda esperei encontrar Luísa transformada. Não a vi.

— Que fez o senhor tanto tempo no jardim, e só? perguntou-me d. Josefa. Pensei que se tivesse escapulido sem chapéu.

— Não senhora. É que lá é mais fresco.

Retirei uma xícara da bandeja, sentei-me no sofá. Nazaré, que agora tinha a língua destravada, também se sentou, alegre.

— Ouça, disse-me enroscando-se num movimento felino, o gesto onduloso que a filha tem quando vê homem.

Os olhinhos de víbora brilhavam-lhe, e uma expressão de malícia banhava-lhe o rosto:

— Imagine que o dr. Castro escreveu num libelo: "Provará que o réu cometeu o crime contra ascendente, descendente, cônjuge, irmão..."

— Mas eu já me expliquei. É assim que está no artigo 39, exclamou o dr. Castro, que se tinha aproximado sem ser visto. Escrevi assim porque é do código.

Nazaré perturbou-se um instante. Depois, tranquilo:

— Ah! O senhor estava aí? Tem realmente certeza de que é do código? Não haverá engano?

— Não senhor. Está assim, *ipsis verbis*, no artigo 39, parágrafo nono, entende como é?

— Ah! se está no artigo 39, é outro caso. Eu supus que fosse equívoco. Deve ser isso mesmo.

XIII

No dia seguinte o dr. Liberato, que passara a noite em casa do Mesquita, contava-nos, cheio de sono, o estado de Guiomar. Quando findou, depois de empregar uma chusma de termos esquisitos, o Pinheiro, sombrio, rosnou:

— Que tem ela?

No mesmo instante Zacarias chegou, em busca do médico:

— Foi a sinhá que mandou chamar.

— É ela que está doente? Fiz eu com um arrebatamento que espantou d. Maria José.

— Não senhor. É Seu Adrião, que não pôde dormir.

— Por quê? balbuciou o Pinheiro.

Zacarias não soube informar. Devia ser coisa por dentro: por fora não se percebia nada.

— Está aí! gaguejou Isidoro, sucumbido. Vejam que coincidência.

O doutor entrou no quarto e voltou com a bengala, o chapéu, o estetoscópio. Dispus-me a acompanhá-lo:

— Não vem, Pinheiro?

— Parece que não. Vou tomar um vomitório.

E, tentando apoderar-se do estetoscópio:

— Doutor, tenha a bondade de examinar este coração.

— Não há pressa. Fica para a volta.

— Está direito. Pois esperem, faço um sacrifício. Amigo é para as necessidades, como diz o Anatole France.

Um minuto depois apareceu, abotoado no jaquetão preto, o chapéu desabado cobrindo-lhe as orelhas:

— Vamos cumprir este dever.

Defronte do casarão topamos o Neves, que saía:

— Não há perigo. Mandaram à farmácia buscar remédios de madrugada. Vim ver. Tudo bem.

— Até logo, exclamou Isidoro. Não precisam de mim. Volto. Vou daqui direitinho para a cama.

Lá dentro cumprimentei Vitorino, d. Josefa, d. Engrácia, o dr. Castro. Encontrei Luísa à entrada do corredor, com os olhos vermelhos e despenteada.

— Como vai ele?

— Melhor.

E introduziu o médico na alcova, onde Adrião arquejava, recostado a uma pilha de travesseiros. Pela porta entreaberta distingui sobre a mesa da cabeceira copos, colheres e um crucifixo.

— Então, d. Josefa, como foi isso? perguntei à Teixeira.

— Nem sei, com aquela balbúrdia. Às onze horas ouvimos pancadas, berros. Papai abriu, assustado. Era Zacarias a gritar que Seu Adrião estava morrendo. Imagine como nós ficamos. Eu nem pude arranjar-me, saí de chinelos.

E mostrou o pé número trinta e três, coberto de seda creme. Fui com a vista acima do pé, naturalmente. O Pinheiro tem razão: é uma linda perna.

— Imagine como eu fiquei, disse o dr. Castro, que se avizinhara, familiar. Logo pela manhã, antes do banho, uma notícia assim. Que presente!

— Quando chegamos, continuou a Teixeira recolhendo a perna com agrado, Luísa estava numa aflição.

— Ah! Se eu soubesse! atalhou o dr. Castro. Teria vindo passar a noite aqui, oferecer os meus préstimos.

E, a um gesto de agradecimento da moça:

— Vinha, não tem que agradecer. Eu sou lá homem para deixar um camarada morrer só? Se não servisse para mais, havia de servir para deitar-lhe a vela na mão. Comigo é isto. Vinha.

— E depois que a senhora chegou, d. Josefa, que horror, hem?

— É verdade. Opressão, tonturas, náusea. A d. Engrácia, que apareceu por aí (não sei como adivinhou), foi acordar o vigário, trouxe um crucifixo. O papai em ocasiões de aperto desanima.

— Não somos nada neste mundo, murmurou o dr. Castro.

— É coisa de cuidado, doutor? perguntei ao médico, que saía do quarto.

— Tem ainda um resto de dispneia, mas creio que não há perigo por enquanto. Se não sobrevierem complicações...

E falou. O dr. Liberato não perde ensejo de gastar palavreado difícil.

— Posso ir vê-lo?

— Pode.

Achei Adrião muito fatigado pelo esforço que havia feito. No pescoço, onde a pele amarelenta caía em dobras, os ossos avultavam. As pulsações da carótida percebiam-se de longe.

Uma vela acabava de extinguir-se no castiçal, havia um cheiro enjoativo de éter.

Luísa, sentada à beira da cama, passava um lenço pela testa viscosa do marido, que a olhava com olho duro, quase irritado.

— Então, assim de repente! exclamei. Eu soube agora, pelo Zacarias. Uma surpresa. A d. Josefa esteve contando.

— Uma peste! rugiu o doente. Aqui a acabar-me, sem um diabo que me desse um remédio. De manhã, quando não havia necessidade, a casa encheu-se. Mas no momento do apuro, ninguém. Bate-se o mundo todo atrás do médico. Escondido, no inferno. Sozinho, homem, sozinho!

Luísa baixou a cabeça, sorrindo com tristeza. Adrião era egoísta: não se lembrara da mulher, do irmão, da sobrinha, que se tinham moído a aturar-lhe os arrancos.

— Felizmente de madrugada melhorei um pouco, tive meia hora de madorna. Aí começaram a aparecer intrusos, invadiram o quarto. O farmacêutico... E esse bacharel de uma figa que ninguém conhece.

Interrompeu-se vendo o irmão à porta:

— Vocês abriram o armazém?

O armazém estava fechado.

— Pois deviam ter aberto. Mande chamar os empregados, João Valério.

Vitorino opôs-se. Aconselhei Adrião a que não falasse muito. E afastamo-nos.

— Tudo está ótimo, bradou o dr. Castro quando nos viu. O nosso amigo desta vez ainda vai arriba, entendem?

— Como o acha você? perguntou Vitorino arrastando-me para a varanda.

— Nem sei. O doutor não se explica.

— É o diabo! exclamou Vitorino.

E, a um aceno da filha:

— Ainda haverá novidade? As macacoas deste homem não deixam ninguém descansar.

Entrou. Acendi um cigarro. Lembrei-me dos serões ali decorridos, recentes, mas que, em virtude das perturbações que eu experimentava desde a véspera, se tornavam remotos e me davam saudade. À luz do dia, a sala era como se fosse outra. Os quadros pareciam ter descido um pouco nas paredes agora menos altas. Na poltrona de padre Atanásio repimpava-se o dr. Castro, de braços cruzados, bochechudo, vermelho, feliz e sem testa.

Olhei a rua. À entrada do Pernambuco-Novo um automóvel parado atravancava a passagem. Uma carroça de lixo, vagarosa, rodava. Ao longe o arrabalde da Lagoa surgia em miniatura, dois renques de casas de boneca encarapitadas lá no alto.

— A sinhá mandou saber se v.mcê queria almoçar.

Voltei-me. Era Zacarias.

— Como?

— Mandou chamar para o almoço.

— Muito agradecido, respondi furioso.

E desejei despedir-me secamente de Luísa: "Dê-me as suas ordens."

Fui à alcova nas pontas dos pés: Adrião dormia. Sentei-me à porta.

— Venha almoçar, João Valério, disse Vitorino do corredor.

— Obrigado.

Refleti com indignação naquele convite.

O médico e o promotor tinham desaparecido. Meio-dia.

Sim senhor! Mandar o preto convidar-me! Era, sem contestação, uma ofensa mortal. Pois não tornava a pisar ali. Fosse tudo para o diabo. Também não me fazia grande falta deixar de ouvir tocar piano e ver jogar xadrez, que não gosto de música nem de jogo. Que me importava o xadrez? que me importava o piano?

Do piano resvalei para Marta Varejão e para os quinhentos contos de d. Engrácia. Marta Varejão, muito bem. Não andava ora a mostrar os dentes, ora de carranca. Pois casava com ela e havia de ser feliz, em Andaraí, na Tijuca ou em outro bairro dos que vi nos livros. Uma bonita situação. E o amor de Luísa, se ela me tivesse amor, só me renderia desgostos, sobressaltos, remorsos, trezentos mil-réis por mês e oito por cento nos lucros dos irmãos Teixeira.

O criado preto! "Diga a seu Valério que venha comer." Isto a mim, a mim que era... Procurei alguma coisa que eu fosse. Não era nada, realmente, mas tinha boa figura e os caetés no segundo capítulo. E vinte e quatro anos, a escrituração mercantil, a amizade de padre Atanásio, vários elementos de êxito.

O Zacarias! Marta Varejão me chamara na véspera com um sorriso. E dissera muitas amabilidades junto a um palácio veneziano, falara no baile da prefeitura, no Marino Faliero.

— Está dormindo? perguntou-me a Teixeira, que entrou em companhia de Luísa e Vitorino. Por que não quis almoçar?

— Não senhora, estou acordado. E não estou com fome.

— Uma cara de poucos amigos. Que lhe aconteceu?

— A mim? Não aconteceu nada. Nunca me acontece nada. Aqui, matutando.

Ela deu um muxoxo e, brincalhona como uma garota:

— Parece que este rapaz tem uma aduela de menos.

— Não senhora, é engano. Tenho as aduelas todas.

E acrescentei:

— Julgo que não sou necessário, felizmente. O homem está fora de perigo.

Disse isto com uns modos desconchavados, tomei o chapéu, cumprimentei, saí, cheio de raiva. Ao atravessar o portão, dei uma topada e esbarrei com o Silvério, que passava.

Cheguei a casa resolvido a insultar alguém. Não insultei, ou antes insultei mentalmente.

— Os outros já almoçaram, d. Maria José? interroguei entrando na sala de jantar.

— Já. Esperaram meia hora. Como o senhor não veio...

— Está bem, traga-me uns ovos, um pedaço de pão. Não tenho apetite. Traga-me logo um pouco de conhaque.

Ela trouxe a garrafa. Desprezei o cálice e deitei porção razoável num copo.

— O senhor vai beber isso tudo?

Fiz um movimento sombrio de afirmação:

— Tenho andado com vontade de suicidar-me, d. Maria.

E bebi.

Ela afastou-se rindo, com uma cova no queixo redondo, as mãos nos bolsos do avental. Suportável, apesar de madura

— quase quarenta anos. O Pascoal não estava mal servido. Tão simpática, tão simples, os cabelos muito pretos, os olhos grandes, úmidos... Quando, passados instantes, voltou com um bife e dois ovos estrelados, ainda ria. Não acreditava que gente de juízo pensasse em suicídio. O Pinheiro, homem de juízo, tinha estado toda a manhã apalpando o coração, com medo.

— É verdade, amanheceu cardíaco. Esse animal ainda está vivo, d. Maria José? gritei com a boca cheia.

— Está. Zangou-se com o doutor, almoçou, tomou um chá de macela e foi jogar bilhar com o Pascoal. O senhor quer mais alguma coisa? acrescentou vendo que eu tinha devorado o bife, um pão, os ovos e a sobremesa.

— Não senhora. Eu julgava que não estivesse com fome, e até almocei. Deve ter sido por causa do conhaque.

Notei então que a cólera se havia dissipado. Devia ter sido também efeito do conhaque. Afinal convidar uma pessoa por intermédio de outra não é desfeita. Compreendi que, se Luísa me tornasse a olhar como um dia me olhou junto à garça displicente, Marta Varejão, com os seus livros franceses, suas músicas e suas flores de parafina, rapidamente se extinguiria.

— Impostora! resmunguei deitando açúcar no café. Hipócrita! "Festa de muita piedade..."

Com a doença intempestiva de Adrião, tinha-me esquecido do jantar.

Uma estopada. O presidente da junta escolar aprovando tudo, Clementina e d. Josefa conversando por cima de mim, Evaristo Barroca a mexer política, padre Atanásio aperreado com a instrução, o crime de Manuel Tavares e o homem das células, Miranda Nazaré falando nas barbas de Abraão... Isto me fez pensar no José de Alencar, que também foi um cidadão excessivamente barbado.

Daí passei para Iracema, da Iracema para o meu romance, que ia naufragando com os restos do bergantim de d. Pero. Não era mau tentar salvá-lo, agora que, com o armazém fechado, eu podia dispor da tarde inteira. Decidi-me antes que o entusiasmo esfriasse.

— A senhora só tinha a xícara de café que me trouxe ou ainda tem mais, d. Maria?

— Tenho, sim senhor, tenho um bule cheio.

— Um bule? Pois traga-me outra xícara, por obséquio. Traga o bule cheio. Estou com muita necessidade de tomar café.

Enquanto bebia, esforcei-me por me colocar na situação de um sujeito que vai escrever uma obra de valor.

— A senhora conhece Coruripe da Praia, d. Maria José?

D. Maria José não conhecia.

Entrei no quarto, abri a janela que deita para a rua, tirei o manuscrito da gaveta. A dificuldade era apanhar os portugueses que tinham escapado ao naufrágio, amarrá-los, levá-los para a taba e preparar um banquete de carne humana. Trabalhei danadamente, e o resultado foi medíocre. Sou incapaz de saber o que se passa na alma de um antropófago. De indivíduos das minhas relações o que tem parecença moral com antropófago é o Miranda, mas o Miranda é inteligente, não serve para caeté. Conheço também Pedro Antônio e Balbino, índios. Moram aqui ao pé da cidade, na Cafurna, onde houve aldeia deles. São dois pobres degenerados, bebem como raposas e não comem gente. O que me convinha eram canibais autênticos, e disso já não há. Dos xucurus não resta vestígio; os da Lagoa espalharam-se, misturaram-se.

Em falta de melhor, aproveitei os últimos remanescentes dos brutos da Cafurna, tirei-lhes os farrapos com que se cobrem, embebedei-os, besuntei-os à pressa, agucei-lhes os dentes incisivos. Matei alguns brancos, pendurei-os em galhos de árvores e esfolei-os, com a ajuda do Balbino. Depois entreguei-os às velhas, entre as quais meti a d. Engrácia, nua e medonha, toda listrada de preto, os seios bambos, os cabelos em desordem, suja e de pés de pato.

De repente levantei-me, fui à sala de jantar, chamei:

— Ó d. Maria José, faça o favor. A senhora sabe como se prepara uma buchada?

Ela veio, paciente, enxugando os dedos no avental:

— Sei. O senhor quer comer buchada?

— Não. Isso é comida de selvagem. Os caetés. Depois lhe conto.

— Mas que interesse...

— É história comprida. Preciso saber como se cozinha um homem. Como é, d. Maria?

— Um homem? Está aí! Foi o conhaque.

E voltou-me as costas.

— Espere lá, criatura. Quem lhe falou em homem? Um bode, é claro, um carneiro. Tira-se o couro do bicho, esquarteja-se. Até aí eu sei. Como é o resto?

— Lava-se tudo muito bem lavado, começou a hospedeira desconfiada.

— Exatamente, numa gamela, já ouvi dizer. E viram-se as tripas pelo avesso com uma vara, também já ouvi dizer. Mas os caetés não tinham higiene.

— Como?

— Uma observação à toa. Continue.

— É só, está pronto.

— Pronto o quê, d. Maria? A senhora não está vendo que ninguém vai comer aquilo cru?

Ela forneceu-me algumas noções, que reputei preciosas.

— Muito obrigado, d. Maria José. Vou preparar o Sardinha pela sua receita e misturo tudo com pirão de farinha de mandioca. Fica uma porcaria.

— O senhor não quer tomar uma xícara de café sem açúcar?

— Eu? Pensa que estou bêbedo? Estou no meu tino perfeito. A propósito, que horas são?

— Cinco. Os outros não devem tardar.

— Cinco? Será possível? Ora veja. A arte é coisa admirável. Com a preocupação de arranjar o jantar dos índios, esqueci o meu jantar. Pois eles que esperem, não comem hoje. E traga-me o conhaque. Deus lhe pague, d. Maria. A senhora acaba de prestar um grande serviço à pátria.

XIV

À noite fui à casa de Adrião, informar-me da saúde dele. Encontrei-o na sala, enchumaçado, cercado de amigos.

Inquietou-me a presença de Marta, e simulei distração, com medo de perceber-lhe algum olhar equívoco. Parecia-me que Luísa alcançava as infidelidades da minha imaginação.

Padre Atanásio, com o seu sistema de discutir por fragmentos, retomara algumas ideias embrulhadas da véspera e arremetia contra os positivistas. Na opinião dele, Augusto Comte era idiota. Por quê? Porque não tinha juízo. E interrogou-me com um movimento de cabeça.

Declarei que aquele senhor era, não obstante, um inspirado poeta, e logo me arrependi de ter falado. Sei realmente, sem nenhuma sombra de dúvida, que Augusto Comte foi grande, mas ignoro que espécie de grandeza era a dele. Depois serenei, porque ninguém ali, excetuando Nazaré, compreendia um disparate.

Não houve contestação. Nazaré arregalou o olho de víbora e padre Atanásio encolheu os ombros.

Mas a conversa arrastava-se com dificuldade. O piano fechado, o tabuleiro de xadrez esquecido, a ausência de Isidoro, o desaparecimento do dr. Liberato, que, após duas visitas curtas, voltara ao Mesquita, tudo concorria para alterar a feição do lugar. Além disso três personagens novas vinham aumentar a impressão de estranheza que aquilo dava: d. Priscilla Fernandes, d. Josefa, ausente o ano inteiro, e o dr. Castro, íntimo de todos.

No silêncio que se fez quando o vigário acabou de enterrar o positivismo, o tique-taque da pêndula cresceu. Procurei o mostrador: do ponto em que me achava não se percebiam os números. Aguardei a primeira pancada para me retirar.

Do sofá veio o sussurro de Clementina e de Marta. Nazaré, a quem o xadrez faz falta, aproximou-se da mesa, sem se atrever a convidar Adrião, que bocejou disfarçadamente. D. Josefa, tresnoitada, esfregava as pálpebras. Vitorino cabeceava, como sempre.

Afinal d. Engrácia levantou-se, tomou o guarda-chuva, recomendou uma tisana infalível, abaixo de Deus, saiu com a pupila. Num momento a sala se esvaziou. Só ficaram Vitorino, a filha e d. Priscila, que dormiam lá. E eu, que esperava a pancada do relógio, ergui-me também:

— Não sei se me vá embora. Precisam descansar. Em todo o caso, se houvesse necessidade, eu tinha muito gosto...

Não havia necessidade.

— O que desejo é que sejam francos. Não me custa.

— Muito obrigado, disse Vitorino. Vá dormir.

— Pois então... Não quero ser importuno, adeus. E se houver uma recaída, o que Deus não permita, façam o favor de avisar-me. Mandem bater na janela do meu quarto. Eu tenho o sono leve.

— Perfeitamente.

Já na calçada, notei que Luísa vinha fechar o portão. Estranhei vê-la tomar ocupações de Zacarias. E, numa exaltação instantânea:

— D. Luísa, que foi que lhe fiz ontem?

Julguei descobrir-lhe uma expressão de terror nos olhos, desmedidamente abertos, e insisti:

— Foi uma ofensa, creio. Não sei. Tenho procurado ver se adivinho.

Ela tremia.

— Diga, pelo amor de Deus, gemi. Diga depressa.

— Não houve nada.

Cerrou o portão e levou uma eternidade mexendo na chave para trancá-lo.

— Vamos! tornei com desespero, o rosto colado à grade. Para que me trata desse modo? Que lhe fiz eu?

— Nada. Vá-se embora, bradou Luísa com uma voz irritada que eu nunca lhe tinha ouvido.

E, metendo a mão entre os varões de ferro, empurrou-me a cabeça e fugiu.

Dei alguns passos cambaleantes, a experimentar ainda no rosto o contato dos dedos dela. Passados minutos, reconheci que, em vez de me dirigir a casa, andava para o lado oposto, estava à beira do açude. Encostei-me a uma das balaustradas que limitam o paredão. Mas não era a água negra que eu via, nem os montes que se erguiam ao fundo, indistintos. Na escuridão surgiu um colo decotado, o vento agitou uns cabelos louros, uns olhos azuis brilharam. Longos dedos brancos tocaram-me o rosto. Recuei titubeando.

Dois sujeitos que desciam do alto do cemitério, afinando violões, pararam curiosos a pequena distância, riram, como se eu estivesse embriagado. Presumo que estava realmente embriagado. Tartamudeava:

— O fim das coisas...

Esta frase foi repetida muitas vezes.

Subitamente increpei-me com amargura por me não haver apoderado daquela mão que me repelia, não a ter coberto de beijos. Sou um desastrado.

— E era o que eu ambicionava, era só o que ambicionava, disse baixinho, depois mais alto, para convencer-me de que não mentia.

Embalei-me com a cadência das palavras e suponho ter ficado com o cérebro entorpecido.

Despertei com uma ideia esquisita, que me fez rir: o Balbino transformado em caeté de 1556. O Balbino, um pobre-diabo coxo e bêbedo, esfolando um homem pendurado por uma perna. Mas logo enxotei este pensamento mesquinho que toldava a passagem mais brilhante da minha vida.

— Aurora! aurora! aurora! gritei às casas vizinhas, às sombras das árvores, a um cão vagabundo que passava.

Nada em redor pareceu compreender que havia uma aurora e que aquelas trevas eram absurdas.

Olhei os astros. Não conheço nenhum, mas precisei comunicar com eles, repartir com a imensidade uma aventura que me esmagava. Bradei: "Luísa me ama! Estrelas do céu, Luísa me ama!" Imaginei que as estrelas do céu ficavam cientes e isto me deu satisfação. Uma delas tremeluziu mais que as outras, respondeu-me de lá, vermelha e grande. Desejei saber o nome daquele sol complacente. Belatriz? Altair? Aldebarã? Não conheço nenhum. Se eu fosse selvagem, metê-lo-ia entre os meus deuses. Não estava ali ninguém que me pudesse informar.

Os violões tocavam longe, para os lados da rua de Baixo.

Afastei-me cheio de uma vaga tristeza por não ser selvagem. À porta da pensão encontrei o dr. Liberato, que me perguntou:

— Vem lá do Adrião? Como vai ele?

— Bem, creio que vai bem.

— É isso. Por ora não há perigo.

E atacou-me:

— A aorta...

— Espere aí, doutor, atalhei com medo da exposição. Como é que se chama uma estrela vermelha que está agora por cima dos morros do Tanque?

— Que interessa isso? fez o médico ligeiramente desconcertado. Você quer aprender astronomia?

— Não, é cá uma dúvida. Muito grande, muito brilhante... Será Aldebarã? Uma vermelha. O doutor sabe?

O dr. Liberato confessou com secura que não entendia de estrelas.

XV

Estávamos sentados à mesa, fumando, quando bateram palmas lá fora. D. Maria José foi ver e tornou logo:

— É a criada de d. Engrácia que tem negócio com o senhor.

— Comigo?

— Sim senhor.

Levantei-me, atravessei o corredor vagarosamente.

— Que é que há? perguntei a Casimira, que esperava à porta, grave, barbada, o rosto cheio de verrugas.

— Um livro que a menina mandou.

Entregou-me o volume.

— Um livro? Ah! sim! sei o que é, um romance. Muito obrigado, diga a d. Marta que estou muito obrigado. Isto é uma obra excelente, do Centro da Boa Imprensa, uma obra importante. Edifica. Amanhã devolvo.

Casimira arregaçou os beiços num sorriso escuro e gaguejou frouxamente, com modos de cumplicidade:

— Ela quer saber se o senhor vai ao cinema... se vai à missa.

— O cinema... respondi atarantado. A missa... Não posso, estou com febre.

— Talvez fosse melhor escrever.

Ia oferecer dez mil-réis a Casimira e pedir-lhe que esquecesse o recado, mas considerei que ela havia sido ama de leite de Marta e era uma alcoviteira honesta.

— Escrever? Para quê? Basta isto: doente, gripado. Não posso ir, sinto muito. A senhora não está vendo que sinto muito? E estou agradecido pelo romance. Amanhã devolvo. Diga a ela.

Entrei no quarto, joguei a brochura em cima da cama, voltei para a sala de jantar.

— Que tinha com você a d. Engrácia? inquiriu o Pascoal, indiscreto.

— Negócio lá do escritório, uma questão de juros. Nem sei, um desastre.

— Prejuízo para você?

— Não, é transação com a firma, uma conta-corrente.

— Pois endireite essa cara, homem, fez Isidoro. Nós não temos culpa da conta-corrente da d. Engrácia. Vamos à novena.

Fomos todos. Mas quando penetramos no Quadro, cheio de luz e rumor, pensei em retroceder. E, ao passar pelo Bacurau:

— Até logo. A igreja, com este calor, é fornalha. Uma cerveja bem gelada, amigo Bacurau. Tomem cerveja.

Recusaram e deixaram-me. Fiquei refletindo naquele procedimento de Marta. Um namoro, evidentemente, com o auxílio de Casimira. Não me convinha. E dizem que Deus dá o frio conforme a roupa!

No carnaval estive meia hora a tagarelar com ela e ouvi um provérbio que me atrapalhou, em francês. Desejei-a depois, por insinuações do Pinheiro. Nesse tempo ela andava com a cabeça virada para o Mendonça filho, que vale mais que eu. Voltava agora, infelizmente fora de propósito. Censurei-lhe o método. Um romance emprestado, a intervenção de Casimira, que estragava tudo. Pulhices. Sem se comprometer, pedindo-me de longe que lhe escrevesse. Tive pena. E mastiguei as evasivas que usamos no armazém para evitar fregueses importunos: "Não pode ser, minha querida senhora. Estou aflito, acredite. Se tivesse aparecido antes, ali por março ou abril... Agora é inteiramente impossível. Não disponho de meios."

Não dispunha. Toda a minha alma estava empregada em adorar Luísa. E Luísa havia subido tanto que muitas vezes me surpreendi a confundi-la com a estrela amável que avultara em cima do morro, na antevéspera. Altair? Aldebarã? Não conheço as estrelas. Nem conheço as mulheres. Que será Luísa? que haverá nela? Não sei.

Emergi destas filosofias ordinárias e gritei ao rapaz:

— Traga a cerveja, Bacurau. Que demora! Acorde.

— Um minuto, seu Valério.

Com os cotovelos na mesa de ferro, enquanto esperava que Bacurau se desenroscasse lá dentro, olhei distraído o largo, que se ia enchendo. Nas lojas, exposições de objetos vistosos. Os cavalinhos começavam a rodar. Pejavam a praça longos renques de barracas. A iluminação pública estava aumentada. Na frontaria da casa de d. Engrácia penduravam-se lanternas de papel, e as janelas, que nunca se abrem, escancaravam-se.

— Que é que há pelo convento de d. Engrácia, Bacurau? perguntei quando o rapaz trouxe a cerveja.

— Um presépio. A d. Marta encomendou ao Cassiano aleijado três reis magos, um boi e uma jumenta de barro. D. Josefa Teixeira passou o dia lá, ajudando. Fizeram um rio com areia da praia e seixos miúdos em cima de um espelho. Pronto, seu Nicolau. Genebra?

— Que genebra! Eu bebo genebra! Conhaque, disse Nicolau Varejão arrastando uma cadeira para a minha mesa. Um conhaque bom. Que história de rio esse sujeito estava contando, João Valério?

Expliquei que era uma obra de arte realizada pela filha dele, com areia e pedras. Nicolau Varejão ficou encantado. Anuviou-se-lhe depois o carão trigueiro, que as bexigas picaram. Bebeu um trago de conhaque e puxou o chapéu para a testa. Por baixo dos óculos brilharam lágrimas. Pobre homem! Adora a filha. E não pode falar com ela, que se envergonha dele, volta o rosto quando o encontra. Mas a perturbação durou pouco:

— Bonito, o presépio, hem? Não podia deixar de ser bonito. É uma fada, tudo quando sai daqueles dedos sai bem-feito. Você tem cigarros aí? Hei de querer admirar esse presépio. Esqueci os cigarros. Dê cá um cigarro.

Dei-lho. Resolvi não ler o romance do Centro da Boa Imprensa.

— Faz uma semana que ela me chama para mostrar esses arranjos de Natal, prosseguiu Nicolau Varejão. E eu, ocupado com a lavoura, o ocultismo, a política... Sou um ingrato. Hoje pela manhã tirou-se de cuidados, foi à minha casa. Que casa! Eu tenho casa! Foi ao chiqueiro onde moro, no Sovaco, abraçou-me, disse um palavreado que me entrou no coração. É um anjo.

Coitado! Tem Marta em conta de anjo. Esconde-se para não desgostá-la; à passagem das procissões, tranca as portas. Quando está morrendo de fome, escreve-lhe uma carta, e ela manda-lhe pela Casimira vinte mil-réis.

— Todo o mundo sabe, continuou o velho, não há outra. Em instrução, Jesus! é um assombro. Como diabo pôde ela aprender tanto, tendo um pai da minha laia? Que eu dessas encrencas de particípio não pego nada. Catorze línguas! a pequena sabe catorze línguas! Até francês, homem! até latim, suíço e língua do México. Boa noite, doutor.

Era o dr. Castro, que se tinha sentado perto.

— Adeus, disse Nicolau Varejão baixando a voz. Não gosto da cara desse promotor. Vou ao presépio.

E berrou:

— Bacurau, outro conhaque.

Levantou-se, bebeu, meteu a mão no bolso:

— Sim senhor. Quero apreciar esses reis de barro e esse rio de areia da praia. Veja quantas mulheres haverá por aí com aquela capacidade. Um rio! Até parece obra da Divina Providência. Você pagou a cerveja?

— Deixe lá, não se incomode.

— Pois sim. Pague também o conhaque.

— Beba mais.

— Está doido? Se beber mais, entro na carraspana e perco os bonecos do aleijado. Até mais logo. Deus o ajude.

— Quem é esse sujeito? perguntou o dr. Castro quando Nicolau se retirou.

— Um santo.

— Que faz ele?

— Nada. Passeia pela Cafurna, pelo Tanque, pelo Xucuru, e dedica-se a espiritismo e esoterismo. É um vagabundo. S. Nicolau Varejão, mártir, uma das melhores coisas de Palmeira dos Índios.

— Vagabundo e bom homem? Ora essa!

— Por que não? Um santo. Como vai Manuel Tavares?

Antes que ele respondesse, chamei os companheiros de pensão, que desciam o Quadro:

— Já de volta? Que houve por lá?

— O costume, disse Pascoal. Música, flores, cantigas...

Luísa teria ido? Puxei Isidoro por um braço:

— Ó Pinheiro, chegue cá. O Adrião foi à novena?

— Creio que não. Quem esteve lá foi a Marta com a Teixeira. Pareciam umas imagens. Eu, se fosse turco, casava com as duas. Para que quer você o Adrião?

— É a conta-corrente de d. Engrácia. Os juros...

— Ah! sim! A d. Engrácia, os juros. Não foi. Provavelmente vai ao Leilão. Talvez o encontre no cinema.

Eu não ia ao cinema.

— Não? Então meta-se em casa, deite-se. Quando a gente se aborrece, o que deve fazer é dormir. Pois eu aproveito. Festa é festa, e avistei uma criatura admirável, matutinha, quero ver se agarro aquilo. Venha até o cinema, pode ser que o programa lhe agrade. Os senhores ficam?

Ficavam. O dr. Liberato já começava a impingir anatomia ao dr. Castro, e o Pascoal preparava um grogue.

Saímos. Diante do teatro escondi-me na multidão para evitar Marta, d. Engrácia e a Teixeira.

— Você reparou nas olheiras da Marta? perguntou-me Isidoro quando elas passaram. Está linda. Aquilo é falta de macho. Coitadinha. Eu nem gosto de pensar, fico todo arrepiado. Vamos ver o programa.

Aproximou-se de um cartaz:

— Vida, paixão e morte de Nosso Senhor Jesus Cristo. Você não entra?

— Não. A que hora começa o Leilão?

— O Leilão? Ah! sim! Os juros. Deve ser daqui a pouco. *Ciao*, como diz o Pascoal. Vou procurar a matuta.

Dei uma volta lenta na praça. Da rua Floriano Peixoto, dos Italianos, da travessa da Cadeia, dos dois buracos que vão ter ao Pernambuco-Novo, escuros magotes afluíam. Na padaria da esquina roceiros, encostados ao balcão, enchiam as algibeiras. Na farmácia Neves, gesticulando e espumando, Balbino pedia um remédio. O boticário, caceteado:

— Traga a mulher, cavalgadura. É preciso examiná-la.

E o índio, ranzinza:

— Ora trazer! Se ela pudesse vir aqui, não estava doente. Vosmecê não é sabido? Então dê a mezinha.

Já começavam a embriagar-se nas palhoças onde se vendiam bebidas.

Ao passar pela casa de d. Engrácia, vi na sala uma floresta de crótons, as paredes enfeitadas de palmas verdes, o presépio com um menino Jesus de biscuit, as figurinhas do Cassiano, uma estrela de lata, o célebre rio de areia da praia e vidro. Sentada, com a boca aberta, Casimira dormia.

À entrada da rua de Cima bordejava o doutor juiz de direito, cambaio. À esquina da praça da Matriz avistei d. Emiliana Teixeira, a Teixeira velha, magríssima e coberta de sedas.

Ouvi os gritos de Romualdo, pregoeiro:

— Dez tostões me dão por uma penca de flores muito cheirosas, que de mimo deram a Nossa Senhora do Amparo.

Anatólio, outro pregoeiro, berrava também:

— Afronta faço e mais não acho. Se mais achara, mais tomara.

Acerquei-me da mesa carregada de frutos, bolos, pássaros enfeitados de fitas, pratos de ovos e caixinhas de segredo. Cumprimentei senhoras apertadas em bancos incômodos: d. Priscilla Fernandes e Clementina, juntas, a mulher do administrador, as xifópagas.

Luísa não estava. Desanimado, rondei por ali, procurando alguma coisa para oferecer a Clementina. Nem um jarro, nem uma estatueta, nada. Encostei-me a um poste da linha telegráfica, reparei num grupo de rapazes e de moças que não conseguiam lugar nas bancadas e se apinhavam nos degraus da igreja. Distraía-me a contar meia dúzia de namoros, quando Nazaré me interpelou:

— Já sabe? O Xavier foi demitido.

— Que está dizendo? Isso pode ser? Um funcionário que vem da monarquia! Que horror!

E falei em Xavier filho, há muito tempo estudante de medicina. Luta desesperadamente e não consegue terminar o curso.

— Que miséria!

— É verdade, prosseguiu Nazaré. O Evaristo embirrou com ele, e com razão. Tiraram-lhe o emprego.

— Que razão! Pense na família do Xavier. Mais de dez filhos! Bandalheira.

— Mais de dez filhos, é exato. Quanto a isto ninguém tem culpa, que a filharada foi ele que fez, ou alguém por ele. Era necessário colocar na secretaria da prefeitura um sobrinho do Evaristo.

— Outro? Deve ser como o promotor. Boa amostra.

— Sim, efetivamente é um belo moço.

— Um sendeiro.

— Sendeiro? De forma nenhuma.

— Foi o senhor mesmo que disse, em casa do Vitorino. A história do libelo... Foi o senhor.

— Ninharia. É um rapaz simples, não tem orgulho.

— E que orgulho pode ter um cavalo como aquele?

— Pode, respondeu Nazaré esfregando o espanador que lhe adorna o queixo. Pode. Tem a carta, e isto vale um pouco. Vale muito. Ora veja. Se nós andássemos lá por cima, dirigindo esta gangorra, havíamos de governar muito bem, comíamos tudo. E eu sou tabelião desde que nasci, e não passo disto; você é guarda-livros...

— Mas eu acho a minha profissão melhor que a dele.

— História! Um bacharel é um bacharel, chega a deputado, a desembargador. Vá lá pensar em ser ministro escriturando a cachaça do Teixeira.

Guiado pelo olhar dele, descobri junto à mesa o dr. Castro, feliz e papudo, mostrando os dentes e despejando sobre

Clementina o brilho dos seus olhos pretos. Ela roçava-se no encosto do banco e espiava-o por cima do ombro de d. Priscilla. Compreendi o reviramento de Nazaré. Estava tudo em ordem. E lembrei-me do provérbio que Marta me disse uma noite: *Qui se ressemble*... Esqueci o resto. Era bonito e rimava, terminava em *emble*. Uma frase magnífica para os outros julgarem que eu digo que não sei francês por modéstia.

Vendo Zacarias, que se afastava depois de ter deixado uma caixa sobre a mesa, despedi-me rapidamente de Nazaré.

— Olhe cá, Zacarias, disse ao preto, que alcancei ao dobrar a esquina. Como vai seu Adrião?

— Está bom, comendo castanha.

— Você sabe se ele vem ao Leilão?

— Não vem, não senhor. Nem ele nem ninguém lá de casa. A sinhá mandou uma prenda, e só sai à meia-noite, pra missa.

— Meia-noite?

Dei-lhe uma prata. Logo achei aquilo insípido e deserto. Os namoros nos degraus da igreja irritaram-me.

Desci a rua Deodoro. Com que me ia ocupar até a hora da missa? Tirando a missa, não havia nada que prestasse. À entrada da rua de Baixo fiquei dez minutos vacilando. Fui à redação da *Semana*. Fechada. Adiantei-me até a Boca-de-Maceió. Voltei, andei à toa pela cidade, para matar o tempo. Entrei no Pinga-Fogo, estive quinze minutos sentado num monte de dormentes. Às dez horas achava-me defronte da usina elétrica, observando, através das grades, o motor. Seguia com interesse as rotações do volante e tentava adivinhar a intenção de uns ferrinhos caprichosos, que sempre me intrigam, quando Maria do Carmo se abeirou de mim, pediu-me cinco mil-réis. Dei-os, perguntei-lhe se tinha recebido notícias do marido e se ainda continuava a enganá-lo. Ela jurou que nunca havia enganado ninguém. E roçou-me as roupas, num movimento de gata. Desviei-me com uma pudicícia que não tenho e encaminhei-me para o largo.

Perto dos cavalinhos encontrei Isidoro misturado a uma leva de matutos.

— O negócio vai em bom caminho, segredou-me. É aquela, de vermelho. Já paguei dezoito corridas, essas criaturas gostam de rodar.

E apontou uma cabocla enorme, de venta chata.

— Aquela?

— É feia de cara, mas eu não me importo com a cara. Olhe o resto, veja que peitaria. E adeus. Nisto de cavações a gente deve estar só.

Saí, muito divertido com a conquista do Pinheiro.

— Onde tem estado o senhor escondido, que ninguém lhe põe os olhos em cima?

Era d. Josefa, que passava com Marta. Apanhado de surpresa e sem poder fugir, tirei o chapéu, balbuciei:

— Meio adoentado, com febre. Não pude ir ao cinema.

— Mas não deve expor-se, opinou Marta. O sereno faz mal.

— Talvez faça. Vou recolher-me de novo.

— Está pálido.

E aproveitando um momento em que a Teixeira escolhia bugigangas num bazar, sussurrou-me algumas palavras em tom interrogativo. Respondi que sim, sem compreender.

— Pois devemos ir logo, que a missa não tarda. Josefa, seu Valério quer ver o presépio. Vamos mostrar-lhe o presépio.

— O presépio? É isso mesmo, concordei. Realmente. Vamos ver o presépio.

Fomos.

— O senhor está muito beato, gracejou a Teixeira quando entramos. Vem também adorar o menino Jesus.

— Não senhora, vim por curiosidade. Ouvi dizer que tinham arranjado um serviço decente, quis admirar. E é um primor, com efeito, não falta nada. Boa noite, d. Eulália. Boa noite, d. Isabel.

O cumprimento foi endereçado a duas velhotas, que mal o retribuíram: d. Eulália Mendonça, grande, e d. Isabel Mesquita, pequena, encarquilhada e quase cega, ambas de preto, extasiadas diante das figurinhas que adornavam a estrebaria.

Marta fez um gesto de aborrecimento. E logo se apossou das visitas, com aqueles modos encantadores que sabe ter, perguntou pelas duas Mendonça e pela saúde de Guiomar Mesquita.

As Mendonça, por aí, juntas, como sempre; Guiomar, melhor, graças a Deus. D. Isabel achou o presépio uma beleza. E voltou a contemplá-lo, pondo-lhe em cima o nariz armado de óculos. Marta, aflita, pareceu invocar a proteção de Casimira. E agradeceu. Aquilo era uma brincadeira, só para auxiliar o pobre do aleijado.

— Maravilha está em casa de d. Emiliana. As senhoras viram? O menino Jesus é de prata.

As devotas safaram-se, levadas pela imagem de prata da viúva Teixeira.

— Uma perfeição, o rio, murmurei. Muito branco, cheio de pedras, e largo, um rio que faz gosto. É trabalho seu, d. Marta? E aqueles patinhos de celuloide dão uma graça... Que rio será esse, d. Josefa? É o Amazonas?

Elas aventuraram que talvez fosse o Jordão.

— O Jordão? É verdade, deve ser o Jordão. Onde foi que Jesus nasceu? Em Nazaré... ou em Belém... O Jordão fica por essas bandas. As senhoras sabem se ele passa por Nazaré... ou por Belém? Em todo o caso deve passar perto. O Amazonas, que doidice! É o Jordão, sem dúvida. Pois sim senhoras, um Jordão excelente.

Receberam o elogio, sérias.

— E as estatuetas do Cassiano estão magníficas.

— Padre Atanásio diz que ele promete, atalhou Marta.

— A senhora leu na *Semana*? Duas colunas na primeira página. Padre Atanásio entende. E são interessantes as figurinhas. Um bocado pequenas, menores que o menino Deus.

— Querem tomar café? perguntou Casimira.

Entrou. Quando voltou, com uma bandeja, a Teixeira asseverava que havia proporção nas figuras, falava em planos.

— Planos, d. Josefa? Não percebo, deve ser isso. Mais açúcar?

— Isso já passa de onze horas, exclamou a Teixeira chegando a uma janela. O senhor ouviu se bateu a segunda chamada?

— A segunda chamada... respondi tomando-lhe a xícara vazia. Ouvi tocar o sino, mas não sei se era a segunda.

Estivemos um instante calados.

— No cinema hoje, d. Marta? perguntei para quebrar o silêncio. Hoje, dia de festa de igreja!

— Era uma fita religiosa, explicou Marta sisuda. E a madrinha queria ver a ascensão.

— O Pinheiro me contou, menti. Uma ascensão de chupeta e milagres muito razoáveis. A multiplicação dos pães. E dos peixes. Diz o Pinheiro que foi peixe a dar com um pau. A senhora com certeza vai à missa.

— Deve ter sido a segunda, opinou a Teixeira da janela. As Mendonça passaram, e a gente do Xavier, e a Clementina com o promotor de banda. Aquilo pegará? Deem-me vocês um minuto de licença. Já venho.

Casimira também se retirou, levando a bandeja.

— Até que enfim! murmurou Marta, nervosa, denunciando-se inteiramente.

Com o cotovelo sobre a toalha branca da estrebaria, contemplei estupidamente o Jesus de biscuit, rosado e nu, a estrela de lata que servira de guia aos reis de barro. Julgo que Marta estava, como eu, embrutecida. Tremiam-lhe os dedos, escapou-lhe um suspiro, que me lisonjeou, mas não diminuiu a perplexidade em que me achava.

— Deve ter sido a segunda, arrisquei por fim. Um ótimo Jordão, sim senhora, com os patos. E muito obrigado pelo romance. Amanhã devolvo. Que diabo faz a d. Josefa lá dentro tanto tempo?

Ia neste ponto, esfregava as mãos e procurava meio de escapar-me, quando Luísa chegou à porta, em companhia de d. Engrácia, d. Priscilla e Vitorino. A Teixeira, que veio pouco depois, apontou-me com um gesto cômico:

— Por aqui, em adoração. Estava lá embaixo, no bazar, chorando com febre. Quis por força ver o presépio, tanto fez que o trouxemos. Sabe muito: a geografia da Palestina e o Evangelho.

Luísa atirou-me um olhar de desprezo, tive a impressão de que em mim havia um desmoronamento. Nada opus aos gracejos da Teixeira. Emergi penosamente do fundo da minha miséria, dei as boas-noites, a d. Engrácia e a Vitorino, articulei tremendo:

— Como vai, d. Luísa? Já me informei da saúde de seu Adrião. Julgo que melhorou.

— Vai muito bem, respondeu Luísa.

Mas este *muito bem*, pelo modo como foi pronunciado, não podia ser uma resposta à minha pergunta. Era um aplauso sarcástico ao que ela, no dia do Marino Faliero, imaginara talvez haver entre mim e Marta.

Muito bem! E ninguém entendeu. Vitorino bocejava, d. Josefa ria como uma doida, d. Engrácia cantarolava um bendito. Marta acolheu com ingenuidade o sorriso estranho de Luísa.

— Toca para a frente! comandou d. Engrácia. E não precisam mais tinta na cara. Que despotismo de tinta! Casimira, pelo sim pelo não, traga o guarda-chuva. Marcha! Os homens atrás e as mulheres adiante, era assim que no meu tempo se fazia.

— O senhor está indisposto? perguntou-me a Teixeira ao sairmos. Eu pensava que a doença fosse mentira.

— E era. Estou bom, agradecido.

Deixei-me levar pela multidão, sem saber se ia para a missa ou para a forca. O Quadro se esvaziava, toda a gente subia para a igreja. Ao chegar à rua de Cima, estaquei, despedi-me.

— Não vai? inquiriu Marta espantada.

— Não senhora.

— Quando eu digo que o senhor não tem juízo! galhofou a Teixeira.

E deu-me uma risada na cara.

— É isso mesmo. Boa noite.

Luísa nem voltou o rosto.

Desci a praça lentamente, aniquilado, aos encontrões, na turba que se deslocava em direção oposta. Nuvens de poeira levantavam-se, toldando as luzes. Uma velha interrogou-me quase chorando:

— Meu senhor, viu por aí um menino de chapéu de palha?

No largo, onde só ficaram os donos de botequins, percebi um vulto junto ao convento de d. Engrácia. Era Nicolau Varejão, que esperara a ausência da família para ir contemplar os objetos que as mãos da filha tinham tocado.

XVI

Recostei-me na cadeira, espreguiçando-me. Quatro horas de insônia e um pesadelo. Cruzei as mãos sobre a mesa e olhei os pés do italiano. Ali estava em que haviam sido empregados, muito mal empregados, os últimos cinquenta mil-réis que d. Maria José me extraíra. Sapatos, meias de seda para aquele malandro.

— Deitaram fora o Xavier, hem, Pascoal?

— É verdade, disse Pascoal sem interromper o desenho em que se esmerava. É pena.

Mas naquele momento não senti pena do Xavier. Acima dos desastres alheios estava a desgraça imensa que me afligira na véspera.

Muito bem! Com duas palavras Luísa me havia suprimido. Considerei-me extinto. Ninguém compreendera o movimento de repulsa. Era como se ela me houvesse ajoujado à outra.

Abri uma revista, li versos e notei ao findar que não tinha percebido nada.

— Que fez você ontem o resto da noite, Pinheiro? Sempre conseguiu derrubar a matuta?

— Nem me fale nisso, rugiu Isidoro, que se barbeava a um espelho pendurado à parede. Gastei cinco mil-réis nos cavalinhos, paguei nove entradas no cinema a ela e a um lote de parentes, e mais vinho, genebra, isto e aquilo, total: vinte e oito mil e setecentos. Que despesa num tempo de crise! E quando julgo a mulher segura, a miserável aproveita um momento sagrado em que tive de satisfazer necessidade urgente e escapole-se com o Silvério. Só a cacete!

Esbocei um sorriso chocho, li novamente os versos.

Muito bem! Desejava esquecer, não podia esquecer.

— Assistiu à missa, Pinheiro?

— Toda, homem, de cabo a rabo, ajoelhado na grama, com o olho no diabo da matuta. E a vida, paixão e morte de Nosso Senhor Jesus Cristo no cinema, e mais a ressurreição. E os cavalinhos ainda por cima. Você já viu que falta de vergonha? Vinte e oito mil e setecentos! Depois de tudo combinado, a cachorra me prega aquela peça. Eu, se não fosse um indivíduo pacato, ia ao Riacho-Fundo e dava-lhe murros.

Tentei recordar a figura da cabocla, mas apenas me lembrei dos peitos volumosos e do nariz chato. Como lamentava o Pinheiro não se ter espojado num canto de muro com aquilo? Que gosto estragado!

— E eu que recusei a Maria do Carmo! suspirou raspando o queixo.

— A Maria do Carmo é bonitinha, observou Pascoal.

— E, concordou Isidoro, mas muito vista, muito batida. Que está você riscando?

— Um monograma para fronhas.

Serviço de d. Maria. É nessas miuçalhas que Pascoal se ocupa. Tanto sangue, tanto músculo, carcaça tão rija, tudo empregado em dourar molduras de espelhos e rabiscar monogramas. Irritante. D. Maria José não tinha discernimento. Era melhor que se arrumasse com o Monteiro, que é velho, capitalista e viúvo, homem respeitável.

Depois mudei de ideia. Procedia ela muito bem, se o italiano a fazia feliz. E o Pinheiro também andava com juízo em correr atrás da cabocla. Punham a sua felicidade onde podiam alcançá-la. Eu não podia alcançar a minha felicidade: fugira na véspera, sem voltar o rosto.

— Vocês já sabem que a Clementina vai casar? disse Pascoal suspendendo o trabalho.

A pilhéria de sempre. Aquilo, assim repetido, não tinha graça. Mas o italiano afirmou que não era brincadeira:

— Desta vez é sério.

— Outro espírito? perguntou Isidoro escanhoando o beiço.

— Não, foi o promotor que a pediu ontem.

Esqueci por momentos as minhas preocupações:

— Como é que você soube, Pascoal?

— Homem! essa agora! Você tem certeza? gaguejou o Pinheiro. Se for verdade, fica um par magnífico. E eu estou contente, que gosto da Clementina. Ora sebo! Dei um talho na cara, com a emoção. Quem foi que lhe contou?

Tinha sido o Neves.

— O Neves? Então é certo. O Neves não mente. Sim senhor! Para alguma coisa o diabo da política havia de servir. Quando receber a comunicação, escrevo uma notícia de estouro na *Semana*. Afinal a Clementina arranjou-se. E merece, é digna. Essa coisa de histerismo... potoca! Eu, se não fosse cardíaco, hepático, artrítico e sifilítico, tinha casado com ela.

Que mudança! Nazaré, junto à mesa do leilão, achara o promotor um excelente rapaz. Invejei o noivo, tão alegre, tão amável, a grossa gargalhada a irromper a cada instante.

— Ó Pascoal, que é da chave ali do armário? perguntei. Tudo trancado! Que fim levou a d. Maria?

— Foi visitar a mulher do sapateiro. A chave? Para que chave?

— Para tirar a garrafa de conhaque.

— Vai beber agora de manhã? Escangalha o estômago.

— Adeus.

Fui buscar ao quarto o chapéu e a bengala. Como tinha a carteira desprovida, retirei a Bíblia da gaveta, procurei dinheiro entre as folhas do Velho Testamento. Enquanto me fornecia, li: "E achei que é mais amarga do que a morte a mulher, a qual é laço de caçadores, o seu coração rede, as suas mãos cadeias."

E a minha tristeza aumentou, porque a rede em que por muito tempo me debati deixara fugir a presa por entre as malhas. E as cadeias, que desejei arrastar, tinham-se afrouxado de repente, abandonando-me, livre e inútil, junto a uma velha que chorava por um menino de chapéu de palha.

Saí pesadamente, fazendo curvas com a bengala na calçada. Quando penetrei no largo, que tinha agora, com os estabelecimentos fechados e as barracas desertas, uma aparência de acampamento abandonado, avistei padre Atanásio defronte do cinema, conversando com dois matutos.

— Ora viva! gritou. Caiu-me a jeito. Ia agora... Casamento de parentes é com o bispo. Precisa tirar licença, gasta aí...

— Mas, seu vigário, replicou um dos roceiros, eu não posso pagar a licença. Se V. S.ª me fizesse o favor...

— Já lhe disse que é com a Diocese. Vamos descendo por aqui, temos negócio. Pois não case, filho de Deus. Se você nem pode pagar licença, como sustenta família? Ou então pegue outra. Casamento de primos é ruim. E vão-se embora, não me amolem.

Os matutos desapareceram.

Entramos na travessa da Cadeia.

— Estou cansado, exclamou padre Atanásio. Missa aqui, missa em Santa Cruz, missa em Caldeirões. Morto de sono, não dormi um minuto. E esta cambada de tabaréus azucrinando a gente. Assim mesmo uns ateus de meia-tigela acham que nós não trabalhamos. Hoje é que eu queria mostrar a eles quem é parasita. A propósito de casamento, você sabe que a Clementina foi pedida?

— Sim, pelo promotor. *Qui se ressemble*... Afinal, como diz Salomão...

Lembrei-me do período lido vinte minutos antes:

— A mulher é laço de caçador, tem coração de rede e cadeias. É do Eclesiastes.

— No Eclesiastes há isso? perguntou o vigário espantado.

— Mais ou menos, uns beliscões nas mulheres. Muito justos.

Padre Atanásio riu grosso e extraiu do interior uma explicação que lhe pareceu aceitável:

— Foi a sua namorada que lhe pregou alguma peça.

— Não senhor.

Cumprimentei Fortunato Mesquita, que descia a rua Deodoro.

— E esse negócio, padre Atanásio?

— O negócio? Ah! sim! Não me interessa, sou apenas medianeiro. Vamos andando. Pois, meu filho, se o Salomão escreveu aquilo, não procedeu bem. Ora, dizia o doutor Angélico... (ou Santo Agostinho, não me lembro...) que todos os homens... Não, é outra coisa. Enfim Salomão foi um rei femeeiro. É verdade que Santo Antônio e muitos anacoretas, na Tebaida... Mas isto não tem importância, porque houve outros, e dos maiores... Jesus Cristo mesmo não desprezava as mulheres. Veja aquela história do poço, a samaritana tirando água. É bonito. Veja Marta e Maria, as irmãs de Lázaro, um bando delas. A redoma de bálsamo! É lindo. E S. Francisco de Assis, onde foi que ele algum dia disse mal das mulheres? E S. Francisco é um mundo, S. Francisco é tudo. Quando se fala em S. Francisco, Salomão se esconde.

Estávamos à porta do reverendo. Entramos.

— A redação hoje não se abre, padre Atanásio?

— Não, respondeu o vigário atirando o chapéu para a mesa carregada de livros, papéis, caixas, em temerosa mistura. Moído, meu filho, parece que levei uma surra. E vou trabalhar na igreja. Você está satisfeito com os Teixeira?

— Se estou satisfeito? Por que pergunta, padre Atanásio?

— É o negócio de que falei. Sente-se. Se não é indiscrição, quanto ganha você?

— Nem sei. Às vezes mais, outras vezes menos, é conforme o tempo. Dão-me, além do ordenado, uma parte dos lucros. O senhor quer oferecer-me o lugar do sacristão?

— Não quero oferecer nada. É o Cesário que deseja convidá-lo. Melhor ordenado, também promete interesse. Não lhe dou conselho. Nem acho decente a proposta. Enfim, como o Mendonça é camarada...

— Muito bem! exclamei com entusiasmo. O senhor não imagina, padre Atanásio. Esplêndido!

E considerei que aquilo era um bom meio de evitar Luísa. Aceitava a colocação, dava adeus aos livros do Teixeira, ao piano, ao xadrez, ao jardim e à garça de bronze. Mentalmente, vi desocupado o meu lugar à mesa; na minha cadeira, no salão, o dr. Castro, feliz, contemplando Clementina; deserta a varanda onde me recostava, oculto por detrás das cortinas, e donde se avista o arrabalde da Lagoa, um feixe de pontos luminosos. Nunca mais poria os pés naquela casa, que frequentei anos a fio, a princípio com o coração tranquilo, depois numa agitação que foi crescendo, ameaçava transtornar-me a vida. Tinha-me sentido quase doido alguns dias antes, a gemer num soluço desesperado: "Pelo amor de Deus, d. Luísa... Que lhe fiz eu?"

— Então aceita? perguntou o vigário. Que há de extraordinário no que lhe disse para me olhar com essa cara de mal-assombrado?

— É com efeito uma boa proposta, eu não esperava por isso. E, mudando de conversa, padre Atanásio, como se chama uma estrela vermelha que às nove horas fica ali para as bandas do Tanque? Uma estrela grande. Como é o nome dela? Será Aldebarã?

— Que desconchavo é esse? bradou o padre. Aceita ou não?

— Qual aceitar, qual nada! Eu sou lá capaz de fazer isso!

— Mas onde tem você a cabeça, criatura? Disse há pouco que era um bom oferecimento.

— Foi tolice, padre Atanásio. Quando andei por aí, para cima e para baixo, procurando emprego, estive duas vezes em casa dele. Não me deu um chifre.

— Perfeitamente, concordou o vigário. Recusa, mas não tem senso comum.

— Não tenho nada, nem senso nem coisa nenhuma. Sou um desgraçado.

Era um princípio de confissão. Se eu fosse crente, ter-me-ia lançado aos pés do reverendo, abrindo as portas da minha alma. Não sou crente, por infelicidade, e apesar de sofrer muito, não queria dar a mim mesmo a ilusão de que dividia o meu infortúnio com outra pessoa.

— Desgraçado? Ora essa! Que foi que aconteceu?

— Não aconteceu nada. Um rapaz meio tonto, o senhor tem razão. Falta de senso comum.

— Pois se você aceitasse o emprego do Cesário, eu ficava desgostoso, palavra. Procedeu com honestidade. Vamos almoçar. Valentina, ponha esse almoço. Com honestidade. Sim senhor. Vamos almoçar.

— Obrigado, padre Atanásio. Deixe lá, não mereço abraços. Não há nenhuma nobreza no que fiz.

XVII

Estalaram foguetes na rua, à passagem da procissão.

Soltei o livro, agarrei o chapéu e cheguei à calçada no momento em que desfilavam dois renques de velhos tristes, de opas, conduzindo tocheiros sem velas.

— Vai acompanhar, Pascoal? Você sabe o que há na igreja?

— Sermão. Sermão e tedéu. Sim, acompanho.

Vinham devagar, em filas, as crianças do catecismo, com fitinhas amarelo-verdes. Depois, duas alas de mulheres, e entre as alas uma cambulhada de anjos, rubicundos, frisados, com asas de arame e gaze. Em seguida, o estandarte das filhas de Maria, dos cordões de aspirantes e veteranas. Atrás, o andor do Coração de Jesus, beatas de beiço mole, caducas, d. Engrácia, a Teixeira velha, Casimira, outras criaturas hediondas e sem sexo, de roupas pretas e escapulários como nódoas de sangue. E três figuras simbólicas, as virtudes excelentes.

— Você conhece aquela Caridade, Pascoal? A de lá.

— Não conheço, deve ser de fora. E é bonita.

— Bonita? Com os diabos! É uma linda Caridade.

Calamo-nos. Padre Atanásio passava, de paramentos brilhantes, ladeado por dois eclesiásticos mal-encarados, sob o pálio que seguravam o juiz substituto, o dr. Castro, Fortunato Mesquita e o Monteiro.

— Venha para cá, seu Valério, desentoque-se, disse Mendonça filho, deixando a multidão desordenada que rematava o cortejo. Isto aqui está bom.

Hesitei, com a tentação de namorar a Caridade. Encolhi os ombros:

— Vou esperar na igreja.

Dirigi-me à praça, olhando com simulada indiferença as famílias que vinham a distância. Quando Luísa passou, em companhia do marido, voltei o rosto e, para ocultar a minha perturbação, consolei um pequenino Jesus de três palmos, que chorava, perdido e amuado, com uma alpercata de menos, o resplendor caído para a nuca, as chagas das mãos diluídas em lágrimas.

Subi o Quadro, onde só havia duas ou três barracas, escuras, de palha crestada. Panos vistosos nas janelas, flores e folhas juncando o chão. No convento de d. Engrácia, colchas ricas.

Para afugentar as ideias dolorosas que a presença de Luísa me trouxera, pensei na Caridade.

As lojas de fazenda, as barbearias, as farmácias, o Bacurau, tudo fechado.

Defronte do bilhar encontrei Nazaré, que descia.

— O Evaristo vai para cima, hem?

— O Evaristo? Ignoro, respondi. De que se trata?

— Secretário do Interior. Creio que vão fazer dele secretário.

— Secretário? Não sei. Quem lhe contou?

— Os fatos. Você não lê a *Gazeta*? Está-me palpitando que o Evaristo entra na secretaria.

— Um sujeito que se meteu em política há um ano!

— Não senhor. Meteu-se nela desde que lhe nasceram os dentes. É o chefe local que mais trabalha. Veja como esse velhaco organizou isto. E aqui para nós, a telegrafista me mostrou um telegrama em segredo. Peguei umas coisas por alto. Aquilo trepa, e se não for para a secretaria, dão-lhe outro lugar bom, que é de elementos assim que o governo precisa.

— Safadezas! murmurei despeitado, porque não possuo o talento de Evaristo. Que sorte!

— Conversa! Que é que falta a ele?

Mordeu os beiços, contrafeito, esboçou um sorriso cheio de fel:

— Tem tudo. É bacharel, faz discursos, veste-se bem e sabe furar. Tem tudo. Recebeu um bilhete de participação que lhe mandei ontem?

Era o casamento da filha, e eu não havia felicitado o velho. Desazado.

— Perfeitamente. Distraí-me, por causa do Barroca. Nem dei parabéns. Desculpe. Quando é isso?

— Até junho. Eu sou pelo sistema antigo. Quem tiver de se juntar junte-se logo, vá noivar na casa do diabo: às minhas barbas não. Você viu por aí o Neves?

Eu não tinha visto o Neves.

— Pois eu vou procurar o Neves. *Au revoir.*

Encaminhei-me à igreja. Ao galgar os degraus, onde mendigos esperavam o regresso da procissão, vi subirem foguetes no Pinga-Fogo.

Encostei-me à grade de ferro que circunda a calçada.

Montes à esquerda, próximos, verdes; montes à direita, longe, azuis; montes ao fundo, muito longe, brancos, quase invisíveis, para as bandas do S. Francisco. Acendi um cigarro. E imaginei com desalento que havia em mim alguma coisa daquela paisagem: uma extensa planície que montanhas circulam. Voam-me desejos por toda a parte, e caem, voam outros, tornam a cair, sem força para transpor não sei que barreiras. Ânsias que me devoram facilmente se exaurem em caminhadas curtas por esta campina rasa que é a minha vida.

Os telhados da cidade estendiam-se embaixo; um cata-vento gesticulava no quintal do Cesário; a casa de Vitorino, distante, avultava, pesada e feia. Seis horas. O arrabalde da Lagoa repousava entre moitas, miudinho, como uma pintura de teatro. Para outro lado derramava-se o Xucuru, triste e seco, de areia e pedra. E o Tanque, uma série de pomares entre morros. Ficam lá os sítios do Barroca, terra esplêndida. Cultura de café, gado seleto, que ladrão! Aquele, sim, anda sem se deter e alcança tudo com facilidade. Vence os embaraços, corta-os, e o que vai encontrando serve-lhe de meio para avançar. Que bandido!

Agora os foguetes estouravam no Melão. Os sinos repicaram. Bandos apressados desembocaram das ruas vizinhas e invadiram a igreja, em busca dos melhores lugares. Xavier filho aproximou-se de mim e pediu uma informação. Dei-a e voltei-me para cumprimentar d. Eulália Mendonça.

A procissão recolhia. Em poucos instantes a igreja regurgitou. À passagem de Luísa, afetei olhar a palmeira solitária da Lagoa, o arvoredo que se cobria de sombras. Era quase noite. Cheguei-me à porta. Dentro irromperam cânticos. A imagem de Nossa Senhora do Amparo, entre velas acesas, mostrava o seu rostinho espremido e de choro. Na multidão que enchia a nave sobressaíam as vestes das irmandades religiosas. Um padre gordo subiu ao púlpito e começou a falar, mas do ponto em que me achava apenas ouvi, de mistura com o rumor da calçada, vagos chavões sobre o amor celeste e o amor mundano.

Voltei a debruçar-me à grade. Surgiram luzes. Além da campina, mancha pardacenta, as serras tornaram-se massas negras. Nos morros à direita esmorecia um resto de sol. Lá em cima tremelicaram estrelas espalhadas. O vozeirão do orador continuava a atroar.

— O senhor estava aí? perguntei ao Miranda, que saía. Já se vai embora?

— Já, respondeu o tabelião com um bocejo. Não suporto mais as bobagens daquele tipo.

— Que diz ele?

— Tudo: a virgindade de Maria, S. Vicente de Paulo, a constituição brasileira e as abóbadas do infinito. Miserável. O infinito com abóbadas! Que jumento!

XVIII

Várias vezes peguei a Bíblia para tirar dinheiro, e o livro sempre se abriu no Eclesiastes, mostrando-me a frase de Salomão enjoado. Repetindo-a, senti uma atroz amargura. Uvas verdes. Que me importava Salomão?

Num sombrio acesso de desespero, pensei no suicídio. Tolice. Eu tenho lá coragem de suicidar-me? O que fiz foi passar uns dias quase sem comer. A escrituração ficou atrasada uma semana, o que me valeu duas observações de Vitorino, e abandonei o jornal de padre Atanásio e os caetés.

Para que mexer nos caetés, uma horda de brutos que outros brutos varreram há séculos?

Só Luísa me preocupava. Desejei-a dois meses com uma intensidade que hoje me espanta. Um desejo violento, livre de todos os véus com que a princípio tentei encobri-lo.

Amei-a com raiva e pressa, despi-me de escrúpulos que me importunavam, sonhei, como um doente, cenas lúbricas de arrepiar. Quando ia à casa dela, mostrava-me taciturno e esquivo. Vinha-me às vezes uma espécie de delíquio, parecia-me que o coração deixava de pulsar, e era um frio, uma angústia, sensação de vácuo imenso. Estava sempre a sobressaltar-me, como se em redor me lessem na alma. Transparecia nos meus modos uma irritação que procurei conter debalde; se alguém me interrogava, respondia com palavras secas e breves.

E quanto disparate! Uma noite cumprimentei deste modo o reverendo, que chegava: "Adeus, padre Atanásio. Divirta-se."

Riram em torno, gaguejei explicações parvas e encolhi-me, rangi os dentes, sentindo a vaga tentação de estrangular o dr. Castro, que sorria para Clementina.

XIX

Em princípio de março, Adrião foi à capital acertar contas com os fornecedores e pedir a restituição de uns títulos resgatados. Eu havia escrito várias cartas reclamando, e o detentor dos papéis dava respostas evasivas e protelava a remessa.

No dia em que Adrião viajou dirigi-me a casa dele, à noite, esperando entender-me com Luísa. A voz sumida, em tremuras, interroguei o negro:

— D. Luísa está aí, Zacarias?

— Está. Um bocado murcha, nem quis beber café.

— Está só?

— Sim senhor. A menina d. Josefa saiu ainda agorinha. Entre vosmecê, eu vou avisar.

Penetrei na saleta de espera, gelado, a vista escura. Assaltou-me um pavor estúpido. Vi no espelho do porta-chapéus uns olhos atônitos e uns beiços muito brancos.

— De pé, João Valério? disse Luísa aparecendo. Demorei-me um pouco. Desculpe.

A minha figura no espelho pareceu-me burlesca.

— Uma cadeira, João Valério, continuou Luísa.

Sentou-se no sofá:

— A Josefa andou por aqui, e a Marta. Comentamos os seus modos esquisitos.

— A senhora estava deitada, exclamei. Talvez doente.

— Doente? Não, apenas meio aborrecida, por causa do calor. Pensa a Marta...

— Pois pensa mal, interrompi, metendo os pés pelas mãos. A senhora não tem outro assunto? Vim pedir-lhe um favor.

Respirei com esforço:

— Que mal lhe fiz eu? Já lhe perguntei há tempo, lembra-se? Tinha confiança em mim, e de repente... Não negue. Ora essa!

Aproximei-me, sentei-me no sofá, longe dela:

— Eu não quero saber o que os outros pensam de mim. O que me interessa é o seu pensamento. Hoje que tudo mudou...

— Eu não mudei, João Valério, murmurou Luísa baixinho.

E começou a fazer pregas numa das fitas do vestido branco.

— Não? Santo Deus! Como tem coragem de afirmar isso? Foi desde aquele amaldiçoado jantar. E se soubesse... Enquanto dançavam, fui para o jardim, com a esperança de encontrá-la. E sonhava poder um dia beijar-lhe a mão. Não compreende... É horrível!

Ela estava lívida:

— Muito tarde, João Valério, quando nos conhecemos... Era melhor que nos separássemos.

— Era melhor que não nos separássemos nunca, bradei numa exaltação. Vivemos mentindo, acovardados.

Zacarias entrou, foi ao salão, fechou as janelas silenciosamente, voltou, rondou por ali, inquieto:

— A sinhá quer alguma coisa?

— Não, podem deitar-se.

Depois que o preto saiu, contemplei Luísa, esquecido. Os meus sofrimentos se atenuaram num instante, maior que meses de angústia.

— E há cinco anos vivemos nisto! exclamei, novamente despeitado. Levo esta peste de vida e tenho de mostrar cara alegre.

Uma serenata passou na rua. Cantos, sons de bandolim e flauta, perderam-se.

— Fale. Pelo amor de Deus, fale.

— Que hei de dizer? sussurrou Luísa com lágrimas nas pálpebras.

— Eu sei lá. Aí duas palavras que me tirem deste inferno. Seja franca, seja boa. Por que se encolerizou no dia do jantar? E, diante do presépio, noite de Natal, por que me olhou daquela forma?

Tomei-lhe as mãos:

— Ninguém se zanga sem motivo, é claro. E nós que éramos tão amigos... Aborreceu-se, amuou. Acertei?

— Não posso, João Valério, soluçou Luísa com voz quase imperceptível, que estremecimentos cortavam. É como se fosse uma pessoa minha. Muita amizade. Se nos tivéssemos conhecido mais cedo...

Um deslumbramento. No silêncio que se fez a sala encheu-se com os rumores da usina elétrica e de automóveis rolando longe.

— E havíamos de ser felizes, segredei com o intuito de completar-lhe as frases esboçadas. E seremos felizes, por que não? Falou em amizade. Eu não lhe tenho amizade, o que tenho é um amor doido, como ninguém lhe há de ter. Duvidou de mim, julgou que me importava... Foi uma injustiça. Que tortura, estes dois meses!

Zumbiam-me os ouvidos, a respiração tornou-se-me ofegante:

— Um beijo!

Pancadas de relógio soaram na sala próxima e gastaram uma eternidade a escoar-se. Vi mentalmente Adrião, que era meu amigo, Vitorino, Nicolau Varejão, mentiroso, o boticário Neves, intrigante.

— Um beijo! repeti desvairado, abrasando-a com o desejo que em mim gritava. Um beijo!

Ela fez um movimento para se levantar, tornou a cair no sofá e desviou o rosto.

— Um beijo! balbuciei como um demente.

Soltei-lhe as mãos, agarrei-lhe a cabeça, beijei-a na boca, devagar e com voracidade. Apertei-a, machucando-lhe os peitos, mordendo-lhe os beiços e a língua. De longe em longe interrompia este prazer violento e doloroso, quando já não podia respirar. E recomeçava. As mãos dela prendiam-me; através da roupa leve eu lhe sentia a vibração dos músculos.

Não tive consciência do tempo decorrido naquela noite: guardo a lembrança de que o relógio, no salão vizinho, bateu mais de uma vez.

A posição em que nos achávamos no sofá estreito era incômoda. Senti as pernas entorpecidas.

Veio-me depois grande lassidão, o súbito afrouxamento dos nervos irritados. As imagens brutais debandaram, Luísa me inspirou imensa piedade. Achei-a pequenina e fraca, ali caída, numa confusão. Ergui-a, compus-lhe a roupa, encostei-a ao peito, onde ela se aninhou, trêmula. Não se assemelhava à mulher que me deixara aniquilado ao pé da manjedoura onde repousava um Jesus de biscuit, junto a um rio de vidro. Embalei-a como a uma criancinha, passando-lhe pelos cabelos os dedos pesados, numa carícia lenta. E disse-lhe coisas infantis que se sumiram depressa nas névoas daquela embriaguez. Assim estivemos até que as luzes deram sinal para apagar-se.

Cerrei as janelas e levei-a para a alcova.

Quando, com a aproximação da madrugada, me retirei, Luísa veio acompanhar-me. Na calçada, depois do último abraço, lembrei-me da noite em que ela me repeliu naquele mesmo lugar. Tomei-lhe as mãos com arrebatamento e cobri-as de beijos.

Afastei-me, tremendo na escuridão, receando que alguém me encontrasse. À porta de casa retrocedi, com a ideia esquisita de procurar a minha estrela protetora sobre o monte negro. E sorri interiormente. Fui à beira do açude, avistei-a. Tinha mudado de lugar e estava menor.

Contemplei-a, supersticioso, quase convencido de que ela me enviava parabéns lá de cima.

XX

Adrião esteve ausente uma semana. Alta noite, colando-me aos muros para não ser visto, precaução inútil porque era tudo treva, com o coração aos baques eu entrava no jardim, subia as escadas, abafando os passos.

Luísa não mostrou arrependimento, despia-se como se estivesse só, nada ocultava — e eu achava nela uma alma cândida.

Não lhe caí aos pés, com uma devoção mais ou menos fingida. A felicidade perfeita a que aspirei, sem poder concebê-la, rapidamente se desfez no meu espírito. Livre dos atributos que lhe emprestei, Luísa me apareceu tal qual era, uma criatura sensível que, tendo necessidade de amar alguém, me preferira ao dr. Liberato e ao Pinheiro, os indivíduos moços que frequentavam a casa dela.

Não senti vaidade: senti estupefação. Considero-me indigno do favor recebido. Que valho eu? Consideração mortificadora, porque me trazia a ideia de que Luísa me aproveitara como aproveitaria outro nas minhas condições.

Experimentei então alfinetadas no egoísmo, afligiram-me pensamentos de avaro, que debandavam quando, ao penetrar na alcova, eu recebia os beijos dela.

Na intimidade rápida que se estabeleceu entre nós, Luísa me disse:

— O Valério não compreende. Nunca imaginou...

Sentou-se na cama, e a camisa escorregou-lhe de um ombro. Engoli em seco e lamentei intimamente tanto ano perdido, os tormentos que passei.

— A cena de novembro, ali no jardim, Valério. Não percebeu?

— Não percebi, confessei constrangido. Amor de irmão...

Ela sorriu.

— Eu fazia castelos, murmurei. A esperança de lhe arrancar uma palavra... Difícil. Visitas, os criados fervilhando por toda parte... Ganhei cabelos brancos.

E ela:

— Mais cedo ou mais tarde havíamos de chegar a isto. Não estou arrependida, tenho até vergonha de precisar esconder-me.

Quanto a mim nem me lembrava de Adrião. Se às vezes me espicaçavam alguns espinhos, defendia-me com desespero. Que culpa tive eu? Certamente era melhor que não existisse aquela paixão; mas desde que existia, paciência, eu não podia arrancá-la. E por causa do mandamento de um bárbaro, que teve a desfaçatez de afirmar que aquilo vinha do Senhor, não iria eu, civilizado e guarda-livros, conservar-me em abstinência, amofinar-me no deserto.

Tinha-me vindo a tentação, uma tentação de olhos azuis e cabelos louros, e depois de escorregarmos, nada valia ralar-me por uma coisa que a cidade ignorava, que Adrião não suspeitaria.

— Realmente, disse comigo, que prejuízo traz ao mundo a preferência que ela me dá? E Deus liga pouca importância a bichinhos miúdos como nós: tem em que se ocupe e não vai bancar o espião de maridos enganados. É impossível que algum Deus considere as minhas relações com Luísa censuráveis. Ninguém as conhece, só nós podemos julgá-las — e os nossos corações não nos acusam. Padre Atanásio vive a dizer no púlpito que usar mangas curtas é imoralidade. E as mulheres desnudam o colo, mostram os braços, convencidas de que procedem mal. Luísa é inocente: não se envergonha do que faz.

XXI

Um domingo à tarde, como o calor na cidade era grande, entrei no Pinga-Fogo, com a intenção de dar uma volta pelos arredores. À porta da casa de Vitorino encontrei Luísa, d. Josefa e Clementina.

— Para onde vai o senhor por esta zona? gritou-me a Teixeira.

— Por aqui, sem rumo. Boa tarde. Girando, em busca de um canto onde possa morrer sem ser queimado. As senhoras vão sair?

— Vamos. Estávamos procurando um homem, e como o primeiro que passou foi o senhor, venha conosco, que tenho medo dos cachorros do Massa-Fina. Por quem esperam vocês?

Clementina sorriu, vexada com a desenvoltura da outra, e chamou d. Engrácia, que se meteu debaixo do guarda-chuva e marchou na frente. Abrindo a sombrinha, a Teixeira disse em voz baixa:

— Que vem fazer esta velha? Estragou o passeio.

Como a viúva pisava rijo e estava suada, inquiri, julgando ser agradável:

— Essa roupa preta não incomoda, com semelhante quentura, d. Engrácia?

— Talvez fosse melhor andar de vermelho, retorquiu a proprietária furiosa. Era decente.

— Safa! resmunguei encolhendo-me. Que brutalidade!

Luísa riu-se divertida, a Teixeira deu uma gargalhada, Clementina mordeu os beiços.

Passamos o Corte. E adiante, na frescura e na sombra das árvores que marginam a estrada, as três retomaram uma conversação a respeito do casamento de Clementina, casamento trabalhoso, adiado sem motivo. O dr. Castro não se decidia.

— Que diabo quer ele? perguntou d. Josefa. Eu, se fosse comigo, mandava-o pentear macacos.

E a um gesto de reprovação da velha, que abominava aqueles modos, dizia que no tempo dela...

— Já sei, no tempo da senhora era tudo cor-de-rosa. As meninas não sabiam ler, para não escrever aos namorados, e viam a cara do noivo pela primeira vez no dia seguinte ao casamento.

— No dia seguinte? exclamou Luísa.

— Foi a diretora do colégio quem me contou.

— Pois era um costume interessante, d. Josefa, interrompi. E difícil. A senhora aprendeu muito.

— Aprendi. Principalmente história antiga, do tempo da d. Engrácia.

— A propósito, disse Luísa, essa sua companheira que esteve aí, a professora, azulou sem se despedir, hem? Como vai essa joia?

A joia passava bem. Tinha escrito uma carta cheia de lábias. Estava melhor dos intestinos e mais bonita.

— Uma beleza, atalhei. Ultimamente estava ficando linda. Deve ter sido influência sua, d. Josefa. A senhora não volta para o Coração de Jesus?

— Não.

E entrou a falar no C.S.P., a sociedade de esportes que se tinha dissolvido. Íamos passando pelo campo de futebol, agora utilizado com o plantio de mandioca e algodão. Valentim Mendonça tencionava mandar limpar aquilo, reorganizar o clube.

— Faz mal, opinou d. Engrácia. Isto assim está melhor do que cheio de vadios trocando pontapés.

— Decerto, concordou a Teixeira, incorrigível. Antigamente não havia disso.

A viúva encalistrou e apressou o passo. Quando alcançamos o Massa-Fina, tinha transposto o riacho, subido a ladeira.

— Voltando atrás, perguntei, como era o casamento, d. Josefa?

— Foi a diretora quem disse. Os pais faziam o arranjo, vinha o padre e embirava o casal de trouxas. A noiva, morta de medo, não olhava para os lados. Metia-se no quarto, deitava-se, enrolava a cabeça nas cobertas e via o marido no outro dia. Hoje tudo é diferente. A Clementina está cansada de ver o dr. Castro.

Juntaram-se as três de braço dado, formando uma cadeia para evitar algum trambolhão, e desceram de corrida até a beira do riacho, que só tinha uma pinguela para a passagem.

— Como é que se vai atravessar isto? perguntou Clementina, sem se atrever a pisar naquela ponte rústica.

— Vou auxiliá-la, propus. Feche os olhos, se tem vertigens.

Equilibrando-me, segurei as mãos da moça e, andando de costas, cheguei à outra margem. Depois conduzi Luísa. No meio da prancha, com os braços abertos e as mãos nas mãos dela, como se fosse abraçá-la, hesitei, e foi ela que me amparou. Pareceu-me que a minha vida era uma coisa estreita e oscilante, com perigo de um lado, perigo do outro lado, e Luísa junto de mim, a proteger-me. Comprimi-lhe os dedos, toda a minha alma fulgiu para ela num olhar de ternura.

— Vocês querem ficar assim o resto da tarde? bradou a Teixeira.

Tive um sobressalto e tirei-me dali. D. Josefa passou a travessa em quatro pernadas, trepou o monte quase a correr.

Clementina colhia florinhas à beira do caminho.

— Que quer dizer aquilo? perguntei a Luísa. Terá percebido?

— Talvez tenha, fez ela pensativa, sem baixar a voz diante de Clementina, que se aproximou com as mãos cheias de cajás.

A Teixeira estava agora sisuda, sentada num tronco, reconciliada com d. Engrácia, que nos disse, interrompendo uma descrição do Senhor Morto de Palmeira de Fora:

— Pensei que não chegassem hoje.

— Não há pressa, respondeu Luísa. A qualquer hora chegamos bem.

E abriu a sombrinha sob as ramagens escassas. D. Engrácia atacou Clementina:

— Enfeitar os cabelos com flores de mulungu! E comer cajá, uma porcaria que embota os dentes!

Caminhamos em silêncio até o lugar onde existiu o cruzeiro verde, um cajueiro com dois galhos em forma de cruz, que a gente dos sítios próximos vinha adorar. Falei da multidão que ali encontrei uma tarde — mendigos, mulheres com filhos pendurados aos peitos, curiosos, espertalhões que se arvoravam em sacerdotes.

Mas ninguém ligou importância à minha história. Chegamos ao caminho que vai dar à Lagoa, estreito e esburacado. D. Engrácia voltou a descrever o Senhor Morto, imagem terrível, com braços de macaco e olhos de coruja.

A Teixeira interrompeu-a e informou-se de Marta, que estava doente. Ia bem, tomando remédio de botica.

Como Luísa, para saltar um barranco, me pediu a mão, que apertou, sorri. E lembrei-me das músicas, das flores de parafina e dos livros franceses. Pensei no soneto, no carnaval, no Centro da Boa Imprensa, no Marino Faliero e no presépio. Encolhi os ombros. Que me importava Marta Varejão? Que me importava o resto?

Feliz e egoísta, vi o mundo transformado. D. Engrácia, a Teixeira, Clementina, meia dúzia de crianças amarelas e beiçudas que preguiçavam no terreiro de uma cabana, tudo minguou, reduziu-se às dimensões das figurinhas do Cassiano. E a cidade, que divisei embaixo, por uma aberta entre os ramos, era como o tabuleiro de xadrez de Adrião, com algumas peças avultando sobre a mancha negra dos telhados: as duas igrejas, o prédio da usina elétrica, tetos esquivos de chalés, o casarão de Vitorino atravancando o Pinga-Fogo, coqueiros esguios, o cata-vento.

Íamos agora pela estrada larga, plana, escura das árvores que a ladeiam. Retardando o passo, falei baixo a Luísa. E olhava os salpicos de luz nas folhas secas do chão quando, numa volta do caminho, o Neves, escanzelado, verde, de óculos, passou por nós, franziu os beiços, tirou o chapéu.

— Não posso tolerar este indivíduo, disse Luísa com repugnância.

— Quem? o Neves? inquiriu Clementina aproximando-se. É obsequiador, delicado. Vamos até o Sovaco?

Tínhamos desembocado na Lagoa.

— Eu não vou, opôs-se a Teixeira. Estou com as pernas bambas.

E desceu à direita, nem quis ouvir d. Engrácia, que sugeria uma visita a Maria Quebra-Unha. Fomos encontrá-la abotoando um sapato, quase à entrada da rua.

— Que sujeito insuportável! tornou a dizer Luísa com aversão.

E, como Clementina estranhasse aquela antipatia excessiva:

— Não está em mim, é birra. Insuportável!

Mais tarde, quando nos separamos, fiquei pensando no aborrecimento que Luísa tem ao Neves. A vida íntima dele é abjeta. Rosnam coisas. A mulher, robusta ao casar, tornou-se magra, pálida e com olheiras. É um casal que não tem filhos. E picuinhas em cima do homem.

Por que será que Luísa, que não sabe nada, volta o rosto quando o vê, cheia de nojo? Lembrei-me da faculdade que ela possui de sentir a miséria alheia: a fome do sapateiro, os gemidos da tísica, as pancadas do martelo, alta noite. Talvez, por um misterioso instinto, a pobreza moral do Neves se lhe revelasse confusamente, provocando uma repulsão que a generosidade dela não pode vencer.

XXII

O Miranda Nazaré andava com influenza. Fui visitá-lo.

Encontrei-o sentado na cama, os pés metidos em sapatos de banho, pijama sem botões, no peito descoberto uma grenha amarelenta, um fio de baba a escorrer-lhe nos pelos do queixo. Bebia chá e mastigava torradas que estalavam, cobriam de migalhas os lençóis sujos. Numa cadeirinha baixa, Clementina olhava com olhos de cão o dr. Castro.

— Veio a propósito, bradou o doente quando me viu. Eu estava pedindo a Deus uma pessoa que soubesse jogar xadrez.

Soltou a xícara, agarrou-me as mãos, nem me deixou cumprimentar a filha e o futuro genro.

— Faço tudo para domesticar esse homem, continuou. Impossível, não tem embocadura para o xadrez.

O dr. Castro riu, achou aquilo um jogo encrencado que ninguém entendia, pior que latim. Concordei: não me entravam na cabeça aquelas combinações embrulhadas. Afinal sempre me resignava a perder uma partida. Clementina trouxe o tabuleiro.

— Qual! história! exclamou Nazaré.

Encostou-se à mesinha da cabeceira, arrumou as peças:

— Você joga até muito bem, melhor que o Adrião. Branca? Sim senhor, é o que lhe digo, substitui o Teixeira com vantagem. Saia lá, seu felizardo.

Embatuquei, tive a impressão de que me haviam tirado a roupa, deixado nu diante de Clementina e do dr. Castro.

— Xeque.

Avancei um peão. Ali estava o meu segredo babujado pela boca mole daquele velhaco. Que imprudência tinha eu cometido? Fazia tempo que me abstinha de ir à casa de Adrião, e quando ia, ficava de parte, com medo da Teixeira, que não se arredava de lá. Em mês e meio apenas me avistara com Luísa três vezes: duas no jardim, alta noite, e uma no Tanque, ao pé de grandes penhascos entre árvores. O sítio era delicioso, um veio de água gemia na relva, esvoaçavam casais pelos ramos, a verdura de um lindo musgo vestia as pedras velhas.

— Xeque.

Pus o rei junto à dama, em casas da mesma cor, defesa idiota. Xeque de cavalo às duas. Sebo! lá se foi a dama.

Continuei, distraído, com o pensamento naquele retiro campestre, onde passei instantes que voaram, ouvindo a cantiga lenta do riacho e vendo, através da ramagem, pedaços de céu vermelho. Luísa havia engenhado para ir lá um pretexto cheio de complicações. Revoltava-se por ter necessidade de mentir, ela que não mente nunca. E não podíamos recomeçar. É uma desgraça viver em cidade pequena, onde a qualquer hora podem encontrar-se pessoas conhecidas que espreitam.

— Mate.

— Já? Foi surpresa. Pois muito boa noite, disse eu bruscamente, levantando-me.

— Demore aí, vamos jogar outra, convidou Nazaré. Esta não valeu. E dou-lhe partido.

— Obrigado. Que prazer tem o senhor em jogar comigo? Ganha sempre. Vim apenas saber da saúde. Parece que está bom.

— Não é tanto assim, retorquiu Nazaré. Uma semana aqui de molho, a canja e chá com torradas! Veja isto.

Mostrou-me os dedos descarnados. Recostou-se nos travesseiros, de fronhas imundas. Que interior lastimável! O dr. Castro fazia péssimo casamento. Ali a conversar a meia-voz com a noiva, longe do círculo de luz que havia em torno do abat-jour, sem notar a desordem do quarto, o espelho rachado, a mesa coberta de poeira. Como a gente cega! Talvez comigo se desse o mesmo. Não que Luísa fosse como

Clementina. Graças a Deus tenho bons olhos, bom olfato, sei o que está limpo e o que é feio. Mas todas as belas qualidades com que me entretive a enfeitar o meu ídolo seriam o que eu julgava?

— E veja isto, continuou Nazaré exibindo as costelas salientes, as bochechas murchas, as bambinelas do pescoço. Olhe que miséria. Que fazem vocês aí no escuro, taramelando? Venham para cá. Ah! meu caro! se eu tivesse vinte e cinco anos, uma gripezinha não me incomodava. Vinte e cinco anos, hem? Está na idade.

Outra alusão. O dr. Castro aproximou-se, declarou que ser novo era com efeito excelente.

— Para uma farra... Sim, para um divertimento honesto... emendou olhando timidamente Clementina. Os senhores me entendem. Enfim quando o cidadão é novo sempre tem melhor estômago que quando é velho.

— Assim falava Zaratustra, disse o futuro sogro.

— Quem? perguntou o promotor.

Nazaré, que estava rindo, teve um acesso de tosse, levou o lenço à boca e ficou algum tempo a sacolejar-se.

— Quem? tornou a perguntar o bacharel, desconfiado.

— Zaratustra, filho, respondeu o tabelião quando melhorou. Será possível que você não saiba quem foi Zaratustra, um sujeito conhecido? Aqui o João Valério... A propósito de Zaratustra, como vai o Adrião?

Já preparado contra aqueles remoques, encarei Nazaré friamente e, simulando indiferença:

— O senhor frequenta a casa dele tanto quanto eu, ou mais. Há quinze dias que lá não vou. E esse interesse...

— Decerto. Um amigo.

— É isso, concordei hipócrita. Provavelmente ele já o visitou. O senhor assim de cama...

Nazaré enfiou. Os Teixeira não o visitam. Recebem-no, admiram-lhe a inteligência, temem-lhe a língua e desprezam-no.

O doente baixou a cabeça, carrancudo e Clementina entrou ingenuamente a lamentar que Luísa e d. Josefa não tivessem aparecido naquele aperto. Vencendo a timidez natural, animava-se, tinha um calor de ressentimento no fio de voz infantil, um pouco de sangue na face pálida:

— Não é que nós precisássemos de alguma coisa. Não, não precisamos, mercê de Deus. Mas a ingratidão... É duro. Quando se quer bem a uma pessoa, o senhor compreende, a presença dela conforta. Só a presença, não é necessário mais nada.

Pobre rapariga. Desmazelada e histérica, mas uma pérola.

— Conforta, sem dúvida, apoiou o dr. Castro.

Arregalou o olho convencido. Não admitia que um homem vivesse neste mundo sem ser amigo íntimo dos outros:

— Conforta. Mesmo quando se tem tudo, o senhor compreende, conforta muito. Foi o que eu sempre disse. Percebe?

— História! bradou Nazaré aborrecido. Morremos bem sozinhos. Esta é que é a verdade: o resto é fraqueza, maluqueira.

— Sim? exclamei com fingido espanto. Mas, se não me engano, o senhor há pouco pensava de maneira diferente.

Despedi-me apressado, saí, porque não podia aguentar uma discussão com ele.

E senti um ódio violento a todos os miseráveis insetos que andam a picar a dignidade alheia. Veio-me a impressão extravagante de que as mãos do velho haviam tocado o corpo de Luísa.

Desejei vingar-me, insultar Nazaré — canalha, pau-d'água, ladrão; lembrar-lhe o que deve aos Teixeira e não paga, o que furtou aos órfãos e os quinhentos mil-réis que recebeu para abafar um processo. Pensei em voltar à casa dele, dizer-lhe que Cesário Mendonça tinha um bilhete premiado, que padre Atanásio estava à bica para cônego, que o dr. Liberato conseguira meter um artigo no *Brasil-Médico*. Eram três golpes terríveis. Ele não pode ser cônego, naturalmente, não escreve medicina nem joga na loteria; mas certas notícias irritam-no, o êxito dos outros é um tormento para ele.

Patife! Luísa já não era a santa que imaginei. Tinha descido. Mas, quando estava alguns dias sem a ver, eu descobria nela todas as perfeições.

Andei a vagar pelas ruas. Irresistivelmente atraído, cheguei-me ao casarão dos Italianos. Fiquei de longe, rondando, com uma angústia desconhecida, o vago receio de que alguém me visse entrar. Talvez os vultos esquivos, frequentadores do Pernambuco-Novo, julgassem que eu ia satisfazer necessidades torpes como as deles. Estremeci, indignado com uma comparação tão absurda.

— O corpo! o corpo! É a alma que eu quero, disse a mim mesmo numa exaltação absolutamente desarrazoada.

Com efeito a alma dela creio que sempre a tive, e nunca deixei de mortificar-me e desejar mais.

Fui ao portão, hesitei. Toquei a campainha timidamente: ninguém; entrei no jardim: deserto. Sentei-me no banco. Lá estava à beira do lago a garça pensativa e bicuda, com a perna invisível encolhida sob a asa. Lembrei-me da entrevista que ali tive com Luísa, uma noite, enquanto o luar brigava com as nuvens. Agora não havia luar. As palmeiras, crescidas, iam quase ocultando a frontaria do armazém; entre as folhas dos tinhorões brilhavam lâmpadas escondidas; trepadeiras enlaçavam as grades.

— Aí sozinho, João Valério? bradou-me Luísa alegremente do alto da escada. Por que não chamou? Suba.

E antes que eu subisse já ela havia descido.

— Faz muito tempo que chegou?

— Pouco tempo

Tomei-lhe as mãos e apertei-as com força:

— Estava pensando no que lhe disse aqui o ano passado. Isto hoje tem muita diferença. E vinha comunicar-lhe...

— Que tem você? Está com raiva?

— Com raiva? Não é possível.

Ela sentou-se junto a mim:

— Largaram-me. Os criados fugiram, e o Adrião, enfadado, foi jogar solo em casa do Vitorino. Adormeci. Levantei-me agora mesmo. Olhe esta cara amarrotada.

Aproximou-se, risonha, e logo recuou:

— Está com uma carranca de réu.

Agarrei-lhe bruscamente os braços:

— Tenho-lhe muita estima, acredite. Muita estima. Sempre tive.

— Sim, eu sei, balbuciou Luísa com desconfiança. Para que esses modos esquisitos?

— Eu ia dizer há pouco. Tenciono retirar-me daqui, vou-me embora.

Era uma ideia que me havia surgido com a presença dela e que manifestei sabendo que a não realizaria.

— Vai-se embora? Para onde? E por quê? perguntou Luísa erguendo-se. Que resolução foi essa?

Fiquei um instante calado, pensando em Nazaré e olhando as trepadeiras da grade.

— Fale, tornou Luísa com despeito. Não é só bater as asas sem mais nem menos. É preciso que se saiba. Que foi que aconteceu?

— É que receio prejudicá-la. Continuando como vamos... Imagine.

Levantei-me. Estava convencido de que tinha realmente a intenção de abandoná-la.

— Quero que acredite... é para mim um sacrifício, já se vê. Mas se isto continuar... Reflita.

— João Valério, interrompeu Luísa com voz trêmula, eu não creio que esteja aborrecido de mim e procure um pretexto para se afastar.

— Não. Ora essa! Que lembrança!

— Seja franco, diga-me o que há.

— Há apenas isto: teria muito pesar se fosse causa de um desastre na sua vida. Nem sei, já agora sinto remorsos.

— Tem medo?

— Não é isso: é que num lugar pequeno como este hão de desconfiar, hão de mexericar. Há o Miranda, há o Neves...

— Pois, meu filho, eu não estou disposta a sacrificar-me para ser agradável aos outros. Se formos ouvi-los...

Ainda relutei fracamente:

— Podem saber. Há o Miranda, o Miranda é terrível. Se isto se divulgar, que escândalo!

— Se se divulgar...

Estava pálida, com os olhos quebrados, e falava precipitadamente, embrulhando tudo:

— Talvez não se divulgue... Afinal, suceda o que suceder, sofreremos as consequências.

Abracei-a com furor. Sobre o banco do jardim os nossos suspiros morreram. As folhas dos tinhorões agitavam-se em silêncio. E a garça displicente erguia o bico no mesmo conselho mudo, invariável, que nunca pude compreender.

XXIII

Na farmácia Neves, o dr. Liberato saiu do consultório, relendo uma receita, que entregou ao ajudante:

— Despache isto, mande levar à casa do Teixeira.

O rapaz, familiarizado com aqueles garranchos, decifrou sem demora: faltavam duas drogas. O médico tomou o lápis, riscou, substituiu:

— Mande levar logo.

E ia retirar-se quando Nazaré entrou apressado:

— O Neves está?

Tinha ido ao Riacho do Mel, ver umas terras, voltava à noite.

— Novidade? perguntou o dr. Liberato abrindo a portinhola.

— É a reprodução de uma fórmula, explicou o Miranda. O doutor estava aí? Desculpe, não o vi. Muito boa tarde a todos. Vinha tão aporrinhado que não vi ninguém. Uma coisa que o senhor me deu o ano passado, valeriana, bromureto, não sei quê. Lembra-se?

— Perfeitamente. Outro acesso?

— Outro acesso! respondeu o tabelião tirando o chapéu, enxugando o suor que lhe corria pela testa.

Sentou-se no banco, junto a mim e Isidoro, que fumávamos com imensa preguiça, assando ao calor das quatro horas:

— Vejam que infelicidade. Não posso ter um momento de sossego.

— Mas como foi isso? informou-se Isidoro. Há tanto tempo que ela não tinha nada...

— Há seis meses, mais de seis meses. Parecia curada, até engordava. Mas hoje amanheceu triste — algum arrufo com aquele palerma — e de repente, quando menos se espera, lá vão gritos, desatinos e, zás! arranhões na cara do noivo.

— Também ele é culpado, balbuciou Isidoro. Não ata nem desata.

— É o que eu digo, concordou Nazaré. Quem quiser casar case logo, vá noivar no inferno. Retardando, amolando... Levou unha, ficou com o focinho escalavrado. E foi bem feito. A pequena, quando está naquela desordem, gosta de arranhar. Fora daquilo é uma ovelha, uma santa, mas gosta de arranhar. Encontrou a fórmula?

— Encontrei, respondeu o empregado.

— Pois eu mando buscar o remédio daqui a pouco. Até logo.

E saiu.

— Eu nem sei se posso aviar isto, disse o ajudante chegando-se à grade.

— Outras drogas que faltam? inquiriu o doutor.

— Não senhor, é que ele não paga. Já levei a conta um bando de vezes. Não avio: acabou-se a valeriana. É melhor assim: não se gasta nada, e amanhã a moça está boa.

Isidoro indignou-se:

— Que horror! Deixar uma pessoa sofrendo por causa de cinco mil-réis, dez mil-réis! Mande a garrafada. Espere, não me interrompa. Mande. E se ele não pagar, debite-me.

Desculpou-se:

— Tenho negócio com o Miranda. Umas escrituras. Depois desconto.

Pusemo-nos a rir, sabíamos que era mentira.

— Extraordinário! chasqueou o dr. Liberato dando as costas.

De longe, no Quadro, ainda se voltou:

— Você faz sempre dessas transações, Pinheiro?

Censurei Isidoro com amizade. Que prazer extravagante! Deitar dinheiro fora! Nazaré não precisava daquilo, era rico. E não obsequiava ninguém.

Isidoro Pinheiro, de cabeça baixa, defendeu-se:

— Eu devo ao Miranda. E gosto do Miranda. É amigo, é leal, ouro de lei. E a Clementina, coitadinha, tão alegre anteontem, jogando dominó com a gente em casa do Mendonça! Agora batendo, arranhando...

Deixou aquela conversa, que lhe desagradava:

— Outro assunto: eu soube aí umas histórias. Não acreditei, é claro. Protestei.

Levantou-se, foi à porta da rua, olhou para os lados, voltou, sondou o fundo do estabelecimento, certificou-se de que o empregado estava longe, manipulando.

— Como, Pinheiro? perguntei estremecendo.

— Picuinhas, cachorradas. Não acreditei, está visto.

— Diga logo. Para que esses subterfúgios?

— Eu não sou de subterfúgios, todo o mundo sabe, João Valério. Não sou de subterfúgios, não ando com panos mornos. Quem me conhece... Afinal deixemos isto. O que me disseram foi que você estava amigado com a mulher do Adrião.

— Oh! Pinheiro! balbuciei magoado com aquela palavra dura.

— Fui bruto, realmente, confessou Isidoro. Mas não tive tempo de suavizar. Repeti o que me contaram.

— Quem lhe disse? Foi o Miranda?

— Não. Isso não importa. O essencial é terem dito. Ora, se há alguma verdade...

— Qual verdade! qual nada! Calúnia.

— Exatamente o que eu afirmei, calúnia, que o Valério não ia fazer canalhice tão grande com o Adrião. E a mulher dele, virtude inquebrantável, incapaz, absolutamente incapaz de um deslize. Em todo o caso fica você avisado, porque enfim não é bonito que a pobre moça caia na boca do mundo. Eu, se fosse comigo, deixava de ir lá.

Tive o impulso de justificar-me perante aquela alma simples:

— Deixar de ir lá, Pinheiro? Mas se não tenho nada com ela! Julga que devo preocupar-me...

— Julgo que a reputação dela está sendo prejudicada por sua causa.

— Mas que culpa tenho eu? Você é testemunha, quase sempre estamos juntos. Quando os outros jogam, conversam, tocam, recitam, nem sequer fico na sala: vou para a varanda, fumar. Que foi que viram esses excomungados bisbilhoteiros? De mais a mais — que diabo! — não se quebra assim do pé para a mão um hábito de seis anos, sem motivo.

— Motivo há, interrompeu Isidoro.

— Umas suspeitas idiotas, homem, uns aleives. Que motivo! E não posso afastar-me de supetão. Até o marido desconfiava. Outra coisa: imagine que eu goste dela. Não como lhe disseram, mas que goste sem malícia, como nos livros. Imagine.

— Gostar de uma mulher casada! atalhou Isidoro. Você é capaz disso!

— E que ela também goste de mim. É uma hipótese. Sem malícia, naturalmente, como nos romances.

— Patacoadas! Que necessidade pode sentir a Luísa de gostar de você, se já tem um homem? E deixe-se de maluqueira. Não há por aí tanta mulher?

Levantei os ombros com impaciência. Para contentar Isidoro bastava usar saias e ter volume.

— Está bem, Pinheiro, exclamei de mau humor, erguendo-me. Isto não interessa.

— Como não interessa? Interessa muito. Feitas as contas...

— Você não entende nada.

— Não entendo? retorquiu Isidoro, vermelho como um pimentão. Pois muito bem. Quando a pobrezinha estiver para aí, abandonada da família, e você, seu Dom Juan de meia-tigela, de cama, com uma roda de pau no costado, veremos se eu entendo. Você nem sabe em que se meteu. O Adrião é uma fera.

E levantou-se, feroz, carrancudo, soprando ruidosamente, uma chama nos olhos. Passeou alguns instantes em silêncio, da grade para a porta, como um bicho zangado. Depois acendeu um cigarro:

— Eu em questões de honra sou intransigente. E vou tomar conhaque. Quer tomar conhaque?

— Não, bom proveito, agradeci despeitado.

— Está certo. Vamos então chegando a casa, que daqui a pouco é o jantar.

Na rua atirou disfarçadamente um níquel ao bolso de um cego. Diante da pensão, já tranquilo, parou, bateu-me no ombro:

— Pois, menino, o que você me disse é o diabo. Se o Adrião morresse, seria um desastre, sem dúvida, que ele é a melhor pessoa do mundo, mas o seu caso ficava solucionado. Aquilo, sim! Casamento esplêndido. Que olhos! que braços! que toitiço! Você nem sabe quem está ali. Mulher ideal, fêmea sublime. Se fosse viúva... Mas com o Teixeira vivo, realmente não sei. É o diabo.

XXIV

Seria uma felicidade para mim, decerto, a morte de Adrião. Desgraçadamente aquela criatura tinha sete fôlegos. Hoje quase a morrer de olho duro, vela debaixo do travesseiro, a casa cheia, padre ao lado, os amigos escovando a roupa preta — e amanhã arrimado à bengala, perna aqui, perna acolá, manquejando.

Decididamente o dr. Liberato é um sujeito desastrado: deixa que se vão os doentes que fazem falta e adia o fim dos inúteis. Guiomar Mesquita, com dezoito anos, flor de graça e bondade, como diz Xavier filho, depois de quatro meses ora arriba ora abaixo, lá se foi em março. E a mulher do sapateiro, a tísica, ainda vive. Enquanto, carregado de apreensões, eu tentava acrescentar uma página aos meus caetés, ouvia-lhe a tosse cavernosa.

Vendo Adrião estirado, a gente perguntava:

— Há perigo, doutor?

E o dr. Liberato falava no ventrículo, na aurícula, nas válvulas, e opinava:

— Se não sobrevierem complicações, julgo que não há perigo.

Não sobrevinham complicações. A aurícula, o ventrículo, as válvulas, continuavam a funcionar — e Adrião, combalido, existia.

E tudo seria tão fácil se ele desaparecesse! Afinal não era ingratidão minha desejar-lhe o passamento, que não lhe devia favor. Conservava-me porque o meu trabalho lhe era proveitoso. Amizade, proteção, lorota. Hoje não há disso. Se eu não tivesse habilidade para sapecar a correspondência com desembaraço e encoivarar uma partida sem raspar o livro, punha-me na rua.

Eu dava mais do que recebia, na opinião do Mendonça. Em todo o caso nunca ousei descobrir a mim mesmo o fundo do meu coração. Não chegaria a pedir aos santos, se acreditasse nos santos, que abreviassem os padecimentos do Teixeira. Tergiversava. As minhas ideias flutuavam, como flutuam sempre.

À noite passava tempo sem fim sentado à banca, tentando macular a virgindade de uma tira para o jornal de padre Atanásio. Impotência. O relógio batia nove horas, dez horas. O pigarro do dr. Liberato era abominável. Na sala de jantar, Isidoro, Pascoal e d. Maria jogavam as cartas, tinham às vezes contendas medonhas.

Dançavam-me na cabeça imagens indecisas. Palavras desirmanadas, vazias, cantavam-me aos ouvidos. Eu procurava coordená-las, dar-lhes forma aceitável, extrair delas uma ideia. Nada.

Cães ladrando ao longe, galos nos quintais, gatos no telhado, serenatas na rua, o nordeste furioso a soprar, sacudindo as janelas.

"Jurado amigo..." Carta a um juiz de fato, mofina contra o júri, que absolveu Manuel Tavares, assassino. Depois de muito esforço, consegui descrever o tribunal, o presidente magro e asmático, gente nos bancos, o advogado triste e com a barba crescida, o dr. Castro soletrando o libelo. Não ia, emperrava. Tanto melhor, que padre Atanásio, bem relacionado com o Barroca, não havia de querer publicar aquilo. E que me importava que Manuel Tavares saísse livre ou fosse condenado? Um criminoso solto. Não vinha o mundo abaixo por ficar mais um patife em liberdade.

Antes o soneto que abandonei por falta de rima. Torci, espremi — trabalho perdido. Eu sou lá homem para compor versos! Tudo falso, medido.

O que eu devia fazer era atirar-me aos caetés. Difícil. Em 1556 isto por aqui era uma peste. Bicho por toda parte, mundéus traiçoeiros, a floresta povoada de juruparis e curupiras. Mais de cem folhas, quase ilegíveis de tanta emenda, inutilizadas.

Talvez não fosse mau aprender um pouco de história para concluir o romance. Mas não posso aprender história sem estudar. E viver como o dr. Liberato e Nazaré, curvados sobre livros, matutando, anotando, ganhando corcunda, é terrível. Não tenho paciência.

Enfim ler como Nazaré lê, tudo e sempre, é um vício como qualquer outro. Que necessidade tem ele, simples tabelião em Palmeira dos Índios, de ser tão instruído? Quem dizia bem era Adrião: "Essas filosofias não servem para nada e prejudicam o trabalho."

Adrião. Lá vinha novamente o Adrião. Que acaso infeliz amarrara àquele estafermo a mulher que devia ser minha? Cheguei tarde. Quando a conheci, já ela era do outro.

E pensar que há indivíduos que têm tudo quanto necessitam! Para mim, dificuldades, complicações.

Tinha medo do que diziam de Luísa, encolhia-me aterrorizado, evitava os conhecidos, não ousava encarar Nazaré. No escritório, certos modos impacientes de Adrião davam-me tremuras. Santo Deus! Que teria observado aquele animal? que iria fazer quando chegasse a casa? Despropositar, martirizar a pobrezinha com uma cena de ciúme. Isto me revoltava. Que direito tinha ele de se mostrar ciumento? Um sujeito enfermiço, cor de manteiga, com as entranhas escangalhadas...

E eu a esconder-me, a fugir de Isidoro, que me aperreava:

— Se ela fosse viúva... Isto de saias eu conheço bem. Se fosse viúva...

— Mas não é, homem, respondi-lhe por fim, irritado. Deixe-me em paz. Eu não posso casar com uma mulher casada.

E a d. Maria José, que um dia achou inocentemente que eu era feliz, retorqui de um fôlego, com dureza:

— Feliz por quê, d. Maria? Que é que a senhora quer dizer?

Ela espantou-se. Queria somente dizer o que tinha dito, mas se eu sentia prazer em ser infeliz, estava acabado, pedia desculpa. O italiano riu, Isidoro encolheu os ombros, o dr. Liberato fez uma careta e decidiu:

— Você, meu caro, não está regulando. Vou examiná-lo amanhã.

XXV

O Silvério, baixinho, cabeçudo, escovou o pano verde, limpou a tabela, trouxe as bolas e giz.

— Partida em cinquenta pontos? perguntou o italiano.

— Em cem, disse Isidoro arregaçando as mangas da camisa. Saio eu?

Jogou, saltou-lhe a cabeça do taco.

— Ora...

Não conteve uma praga obscena.

— Ó Silvério, por que é que não há aqui um diabo que preste? Está tudo rachado e torto.

Escolheu o taco que lhe pareceu menos ruim. Depois tomou o giz e examinou a qualidade:

— Sim senhor, boa marca. Também é só o que se aproveita neste bilhar, o giz. E o dono, que não é mau. Você quer acabar de uma tacada? Passou? Muito bem. Faça esse recuo, carcamano de uma figa.

Marquei os pontos. E ia admirar o jogo do italiano, o mais forte de nós três, quando o dr. Castro entrou por uma porta e Nicolau Varejão por outra.

— Seja bem aparecido, seu Varejão, gritou Pascoal. Começamos agora. Quer jogar?

— Obrigado, respondeu Nicolau Varejão. Já deixei isso. Antigamente, quando tinha a mão firme e a vista perfeita, não senhor, até carambolava. Naquele tempo havia muito bons jogadores. Eu conheci um homem...

— Sessão de júri amanhã, doutor? inquiriu o italiano.

— Se houver casa. Só faltam dois processos.

— Uma desgraça essa história de júri, gemeu Silvério. Um dia inteiro sem comer. Ontem fui almoçar às sete da noite.

— Pois foi muito bem feito, afirmei com um bocejo. Era melhor que ainda estivesse jejuando. Os senhores absolveram Manuel Tavares. Que é que ia dizendo, seu Varejão? Conheceu um homem...

— Levado da breca, jogava um mês sem parar. Caminhava tanto que o chão se cavava e a tabela batia-lhe no queixo.

— Admirável! exclamou Isidoro. Que diabo tem esta luz que está tremendo tanto? Continue, seu Varejão.

E perdeu uma série bem principiada.

— Quantas carambolas fazia o homem? perguntou Pascoal.

— Todas, respondeu Nicolau Varejão. Três, quatro, cinco, mil, tudo. Quem sabe onde tem as ventas não acaba nunca.

Jogamos algum tempo em silêncio.

— Noventa e nove, gritou o Pinheiro. Estão fritos.

Procurou posição para um giro difícil, trepou-se na tabela e, quase de gatinhas, conseguiu carambolar.

— Cem, com todos os diabos! berrou saltando no chão. Eu bem tinha prometido ensinar estes pexotes.

— Continuamos nós? perguntou o italiano.

— Não vale a pena, respondi. Seu Silvério, o tempo.

E, recolhendo o troco:

— Sempre os senhores puseram na rua o Manuel Tavares, hem?

— Eu não! exclamou o dr. Castro. Foi o júri.

— Manuel Tavares, um caso triste, atalhou Isidoro. Um infeliz, coitado. Afinal de contas... Ó Silvério, mude a água desta bacia. Como é que a gente lava as mãos nesta imundície?

— Um caso triste, sem dúvida. Mas o júri... o júri é soberano, explicou o dr. Castro. Foi o júri.

— O júri? estranhei. O senhor também. Está visto. O senhor apelou?

— Não, não apelei, disse o promotor. Não apelei porque o juiz de direito, os jurados... O senhor compreende. E um crime como aquele... Enfim não apelei.

— E então? Foi o senhor. Manuel Tavares, um assassino, um bandido da pior espécie!

Vendo-me exaltado, Isidoro segredou-me:

— Deixe lá, homem. Que é isso?

— Mas não é verdade, Pinheiro. Não foram os jurados, foi o promotor. Os jurados absolveram, mas quem soltou Manuel Tavares foi aqui o doutor, que se esqueceu de apelar. Foi ou não foi?

— Eu entendo de júri? resmungou Isidoro. O que sei é que vou para casa, tomar um suadouro, que estou constipado.

— Não quer dizer. Pois é claro. Um criminoso que matou um hóspede adormecido... E para roubar!

— Estava no meu direito, urrou o promotor. Não preciso que ninguém me dê lições.

— Livre, sem apelação, continuei. Que diz você, Pascoal?

O italiano pôs-se a assobiar baixinho. Eu andava indignado com as perfídias de Nazaré, e não podendo vingar-me dele, mais de uma vez me havia tornado agressivo contra o dr. Castro, que se defendia mal.

O Silvério sorria constrangido. Isidoro, da porta, chamou-me:

— Vamos embora.

Ia retirar-me, convencido de que o promotor era um grande canalha, quando Nicolau simulou uma tentativa de pacificação, inteiramente inoportuna:

— Não se afobem, meus amigos. Contenham-se. Um fuzuê a esta hora, as portas abertas, gente na rua! Não briguem. Amanhã sabem...

— Quem é que está brigando, seu Varejão? retorqui com mau modo.

— É que os senhores conversam aos gritos. E o Neves passou aí em frente, parou acolá na esquina. Quando andarem fuxicando, não vão pensar que fui eu.

— E o senhor julga que eu me importo com o Neves? Não me importo, não tenho medo dele. Nem dele nem de ninguém, bradei com falsa coragem, porque todos aqui temem o Neves.

— Exatamente o que eu ia dizer, declarou o dr. Castro. Não tenho medo de ninguém. Nem do Neves nem de ninguém. De ninguém! Tenho a minha consciência. Era o que eu ia dizer. A minha consciência. E sou bacharel.

— Ah! é bacharel? Meus parabéns.

E olhei-o com escárnio por cima do ombro do Pascoal, que se meteu de permeio. Aparentando calma, comecei a escovar a gola do paletó, esforçando-me por ter firmes os dedos, que tremiam ligeiramente.

— João Valério, gritou Isidoro com raiva, você vem ou fica?

— Já vou, Pinheiro. Foi você que perguntou ao dr. Castro se ele era bacharel? Eu não fui. Foi você, Pascoal? Foi o senhor, seu Varejão? Também não foi. Está aí.

O dr. Castro deu dois passos, apoiou a mão gorda na tabela do bilhar:

— Senhor Valério!

— É discurso?

— Com mil diabos! exclamou Isidoro.

— Não senhor, gaguejou o promotor, roxo. Não sou nenhum tolo, está ouvindo? E não tenho medo de ninguém, compreende? Nem do senhor, nem do Neves, nem de ninguém. Não sou nenhum tolo.

— O senhor já disse.

— Já. Era o que eu queria dizer. E a minha consciência é limpa.

— Qual consciência! Soltou Manuel Tavares porque lhe mandaram que não apelasse. Ora consciência!

— Consciência, sim senhor. Consciência. E não admito. Sou amigo de todos, não gosto de questões, mas não admito. Nas atribuições inerentes ao meu cargo... É isto mesmo, está certo. Tenho integridade, não vergo, tenho... tenho integridade.

— Bonito! Recebeu ordem...

— Não recebo ordens, não me submeto. Firme, entende como é? Escravo da lei, fique sabendo. Comigo é em cima do direito, percebe? Desde pequeno. A minha vida é clara. Cabeça levantada, com desassombro, na trilha do dever, ali na linha reta, compreende? Ora muito bem. Não ando seduzindo mulheres casadas.

— Como?

— É isto mesmo. Não vivo com saltos de pulga, ninguém encontra em mim rabo de palha. Amigo de todos, mas com seriedade, sem maroteiras.

— E quais são os saltos de pulga? Quais são as maroteiras que um pulha de sua laia descobriu...

— João Valério! bradou Isidoro intervindo.

— Tenha paciência, Pinheiro, isto vai longe.

E afastei o Silvério, que suplicava:

— Aqui não, meus senhores. Vou fechar as portas. Em minha casa não. Se vier a polícia... O promotor metido num rolo!

— Pelo amor de Deus! balbuciou Nicolau Varejão. É um mal-entendido. Eu explico. Calma! No tempo da monarquia... Ouçam, é uma história interessante.

Empurrei brutalmente o Pascoal:

— Deixe-me, com os diabos! Eu sou alguma criança? O que eu quero é que este idiota me diga...

— Idiota é sua mãe.

— ...quais são as maroteiras minhas que ele conhece.

— As que todo o mundo sabe. Safadezas com a mulher do outro. Passeios na Lagoa, no Tanque... E o pobre do Adrião sem desconfiar.

Com um pulo, desprendi-me das mãos do italiano e agarrei um taco, resolvido a quebrá-lo na cabeça do promotor:

— Repita isso, canalha. Repita, seu filho de uma...

Não acabei o insulto. Isidoro segurou o braço do bacharel e cochichou:

— Não repita, doutor, não repita. Porque se repetir, quem lhe parte a cara sou eu, palavra de honra. Aconteça o que acontecer, juro por todos os santos que lhe quebro as costelas. E não torne a aparecer lá. Sou amigo da casa e hei de achar meio... Não apareça. O senhor é um caluniador. Vamos embora, seu Valério.

— Puxa! fez o Pascoal depois de andarmos algum tempo na rua. Que falta de ordem! Um barulho sem motivo.

Isidoro parou e pediu-me fósforo.

— Foi tolice, concordou. Que querem vocês? Eu precisava desabafar com aquele sujeito. É bom rapaz, mas portou-se mal com a Clementina. Parece que desmancha o casamento.

XXVI

"PREZADO AMIGO:

Não tenho ânimo de assinar esta carta nem de escrevê-la com a minha letra. Venho participar-lhe um ingente infortúnio. Prepare-se para receber a notícia mais infausta que um homem de brio pode receber.

Saberá que servem de assunto a boateiros desocupados as relações pecaminosas que existem entre sua esposa e o guarda-livros da firma Teixeira & Irmão. Envidei sumos esforços para reprimir comentários desabonadores. Inutilmente. O indigno auxiliar do estabelecimento que o amigo dirige, com muita competência, esqueceu benefícios inestimáveis e, mordendo a mão caridosa que o protegeu, ação negra, condenada em estrofes imortais pelo nosso imperador, ousou levantar olhos impudicos para aquela que sempre reputamos um modelo de virtudes.

E os sentimentos libidinosos do celerado foram bem acolhidos. Alguém viu esse ingrato passeando com a amante pelos arrabaldes, na aprazível companhia de uma respeitável matrona e duas gentis meninas, ignorantes das maldades que pululam neste mundo de provações. Também se julga com fundamento que o nefando par esteve uma tarde no Tanque, à sombra frondosa das mangueiras, como diz o poeta.

Enfim, meu caro, o seu nome está sendo atassalhado, vilmente atassalhado em todos os recantos da urbe.

Há poucos dias, num bilhar, o sedutor teve discussão acalorada com o digno órgão da justiça pública. Foram quase às vias de fato, e no decurso da contenda surgiram referências prejudiciais à honra de sua excelentíssima consorte.

Penalizado em extremo, trago-lhe estas informações lamentáveis. Peça ao Divino Mestre coragem e resignação.

Sou um dos seus amigos mais sinceros."

Deixei cair a folha datilografada sobre o diário. Depois senti nojo. Afastei-a com as pontas dos dedos e abri o razão. Creio que não pensava em nada. Ou talvez pensasse em tudo, mas era como se não pensasse em nada. Pus-me a tremer com violência e a bater os dentes. Percebi que aquela atitude me condenava e esforcei-me por cerrar os queixos e dominar os músculos, o que não consegui.

— João Valério, gemeu Adrião, peço-lhe que me diga com franqueza...

Esfreguei os olhos para afugentar uma nuvem escura que flutuava entre mim e o livro aberto.

— A verdade, João Valério.

Atentei no velho com espanto: tinha-me esquecido da presença dele.

— A verdade...

E lembrei-me de Nicolau Varejão, do dr. Liberato e do Miranda.

— Sim, João. Leu o papel.

— Que papel?

Meti os dedos pelos cabelos, sacudi-me para vencer um entorpecimento que se apoderava de mim. Adrião Teixeira avançou a mão e levou uma eternidade a apanhar a carta, que me entregou pela segunda vez. Reli aquela imundície e compreendi que era trabalho do farmacêutico. Estabeleci alguma ordem nas minhas ideias e contive os nervos. Afinal Adrião não tinha visto nada.

— Então, Valério, não responde?

— Responder... Ora está aí. De duas uma: ou o senhor não acredita, e neste caso...

Olhei, por cima das grades do escritório, as pipas de aguardente e os sacos de açúcar.

— Ninguém. Foram jantar. Continue, fez Adrião. E deixemo-nos de palavrórios difíceis, que não gosto deles. É verdade ou mentira?

— Mentira, naturalmente.

Depois de longo silêncio, Adrião falou desalentado:

— Sou uma besta. Não vai confessar, é claro. Mas... nem sei. Desde ontem esta miséria! Não dormi.

Acendeu um charuto, sentou-se, pesado, junto à máquina de escrever.

— Vamos, João, exclamou. Eu preciso tomar uma providência, uma providência razoável. Desquite, separação decente.

— Não há nada, assegurei fechando os livros. Era o que eu ia dizer há pouco. Se o senhor não der crédito a esta infâmia, pode dispensar a minha resposta; se der, ainda que eu jure mil vezes...

— E você é capaz de jurar, homem?

— Com certeza.

— Ah! sim! murmurou o infeliz. Não crê em Deus. Não crê em nada. Ninguém crê em nada. E pensar que o tive em conta de filho! pensar que... Vão-se embora.

Interrompeu-se para falar a Vitorino e aos empregados, que entravam:

— Fechem, podem retirar-se. Cinco horas? Bem, deixem uma porta aberta. E você, mano... Fechem isso! Por quem esperam?

Quando eles saíram, soltou o charuto apagado, cruzou as pernas e pôs-se a bater com o calcanhar no tablado do escritório. De repente levantou-se, agitou os punhos:

— E eu o julguei amigo seis anos! É duro! E tinha inteira confiança... Podia imaginar tudo neste mundo, tudo, menos isto. Ainda ontem descansado, longe de sonhar... Defenda-se.

Por amor de Luísa, menti descaradamente:

— Defender-me? E de quê? Eu tenho lá de que me defender! Uma carta anônima. Isto vale nada!

— E a sua cara! Você nem sabe mentir.

— É suposição. Não tem fundamento. Que foi que o senhor viu? Notou alguma transformação em sua casa? Não notou. E então! Quer à fina força que eu confirme esse disparate que o Neves inventou, o Neves, um sujeito conhecido.

— O Neves?

— Não foi outro. Não há aqui ninguém capaz de semelhante patifaria. O Divino Mestre, leia. É ele, não tem dúvida. E o mundo de provações, veja. Não foi senão ele.

— É exato, ciciou Adrião. Deve ter sido ele. Um malandro. Mas o caso é este: andam atassalhando o meu nome por todos os recantos não sei de quê, pelos bilhares. E o culpado é você.

— Eu? Eu tenho nada com isso? E um absurdo, uma acusação injusta, sem prova. Não me defendo. De quê?

E cruzei os braços. Adrião encarou-me:

— É possível que você esteja inocente. Se estiver, perdoe-me. E é possível que seja um traste. De qualquer maneira compreende que não pode ficar nesta casa.

— Compreendo.

— É necessário sair logo.

— Perfeitamente.

— Vamos então balancear isto. E faça-me um favor. Promete?

— Prometo, respondi sem refletir.

— Pois bem. Eu sei que você recebeu uma proposta do Mendonça. Aceite agora a proposta. Amanhã liquida aqui os seus negócios e coloca-se lá. Depois de um mês, deixa o Mendonça e vai para o Recife ou para a Bahia. Acho conveniente não mudar-se logo, para não dar nas vistas. O Mendonça... você entende... melhor ordenado... um pretexto. Fale com ele. Estamos de acordo? O mês vindouro, como ficou resolvido, para a Bahia. Leva uma carta de recomendação.

— Muito obrigado. Estamos de acordo, mas não aceito a recomendação. Vou para o Rio.

— É bom. E amanhã o balanço.

— Até amanhã.

Saí. Entrei no estabelecimento do Mendonça: Mendonça não estava. E Mendonça filho? Também não estava, fora passar uma procuração no cartório do Miranda.

Corri em busca de Isidoro, queria confiar-lhe tudo.

— Ó d. Maria, chame o Pinheiro, gritei da porta.

Tinha ido à casa do Miranda. Respirei com alívio porque de súbito me havia aparecido um grande acanhamento de contar aquela desgraça.

Desci a rua dos Italianos e estive de longe olhando o jardim, a varanda do casarão. Senti um nó na garganta, engoli um soluço e dirigi-me à rua de Baixo, como se fosse tratar de algum negócio urgente. Não ia tratar de coisa nenhuma, mas precisava agitar-me, andar depressa.

Ao passar pela rua Floriano Peixoto, achei conveniente embriagar-me: subi ao Quadro, fui ao Bacurau e pedi conhaque. Bebi um cálice, pedi outro, bebi, pedi o terceiro. Acendi um cigarro e esperei o efeito do álcool. As minhas ideias tornaram-se mais lúcidas; o que senti foi um aperto no coração e desejo de chorar. Bebi o último cálice, levantei-me e enfiei pela rua de Cima.

Adiantei-me até o Melão. Noite fechada. Recuei, decidido a procurar padre Atanásio, distrair-me conversando com ele. Dei uma caminhada ao Xucuru.

— Louvado seja Nosso Senhor Jesus Cristo.

Não se via quem falava, porque a escuridão era grande. Nem se ouviam os passos: o vulto movia-se como uma sombra. Mas pela voz, muito suave, reconheci o caboclo. Que andaria ele fazendo por ali àquela hora? Talvez procurando recurso para me pagar quinze mil-réis que lhe mandei quando esteve preso. Pagava. Mata para roubar, mas não deve dinheiro a ninguém.

— Boa noite, Manuel Tavares. Passeando?

— Sim e não. Sim porque gosto de caminhar; não porque estou de serviço. Vou levar um ofício a Quebrangulo.

Recordei o corpo de gigante, as mãos enormes, os olhos miúdos, o rosto duro, a barba emaranhada, tudo a contrastar com a doçura da voz.

— Do promotor, o ofício?

— Não senhor, do doutor delegado. Eu agora estou ajudando o destacamento.

— Ah! Você é soldado?

— Sou e não sou. Soldado, propriamente, não sou. Pra fazer sentinela não sou. Mas quando há diligência, trabalho do cão, e os macacos do governo amunhecam, sou.

— Pois é um bom emprego, Manuel Tavares. Continue.

Às nove horas entrei na redação da *Semana*. Padre Atanásio, debruçado sobre a mesa, dormia profundamente, o rosto escondido nos braços. Respirava com ruído e tinha roxas as orelhas enormes. Sentei-me à banca que foi minha, lá desocupada desde janeiro. Obedecendo a um velho hábito, abri a gaveta e tirei um maço de aparas de papel.

— Por aqui, seu Valério? exclamou o sargento chegando à porta da tipografia. Pensei que nos tivesse deixado. É uma ingratidão. O seu Pinheiro é que não falha, pontual, firme nas *Sociais*. Quer que acorde o patrão?

Fiz um gesto negativo com a cabeça.

— Sabe se o dr. Castro está na cidade, sargento? perguntei bruscamente, levantando-me.

— Não sei. Ele também aparece aqui às vezes. Até escreveu uma poesia. O senhor leu? Uma história de luar e de sapos. Saiu no fim da quarta página. O reverendo meteu dois versos que faltavam, mas seu Miranda diz que está tudo quebrado. Brigaram. Julgo que o casamento gorou. O senhor não traz nada?

— Não trago nada, sargento. E isso é exato, a briga deles? Adeus.

Que azar de Clementina! Sempre os casamentos que dão em ossos de minhoca! Melhor para ela. Antes continuar arranhando, que um marido como aquilo não presta. E melhor para mim: ia procurar o Pinheiro, o que não faria se receasse encontrar o bacharel.

Ao passar pela casa do Miranda, vi Clementina à janela:

— O Pinheiro está aí, d. Clementina?

— Está, sim senhor. Fizeram um jogo lá dentro, por causa do dr. Barroca, que chegou hoje.

— A senhora faz o obséquio de pedir a ele que venha até aqui?

— Ao dr. Barroca?

— Não senhora, ao Pinheiro.

— Pois não. Por que não entra? Estão na sala de jantar, o Valentim Mendonça também. Entre.

— Ah! O Mendonça está aí?

Acompanhei-a. Diante da mesa de jogo falei duas vezes antes que os parceiros me respondessem: tinham os olhos em chamas e puxavam as cartas uma a uma, lentamente. Finda a partida, Evaristo Barroca estendeu-me a mão com aquele modo de superioridade protetora, que lhe fica bem e que abomino.

— Ó Pinheiro, dá-me aqui fora uma palavra? É um instante.

— Impossível, meu filho, inteiramente impossível. Ocupadíssimo. O poker é uma grande instituição. Faça uma perna.

Detesto as cartas, mas naquela ocasião julguei que elas me seriam úteis. Se o Teixeira soubesse que eu tinha estado a jogar, talvez se imaginasse injusto.

— O senhor entra? perguntou Evaristo baralhando.

— Entrada de quanto?

— Cem mil-réis, disse o tabelião entregando-me as fichas.

Paguei e sentei-me:

— Cinco mil-réis?

— Cinco, respondeu Evaristo. O senhor joga? Pois eu sou forçado a reabrir. Quer cartas?

— Duas.

Evaristo Barroca soltou o baralho:

— Fala o senhor.

— Mesa.

E pensei nas amarguras que me iam aparecer no dia seguinte. O que eu devia fazer era esperar o Neves à saída da sessão de espiritismo e dar-lhe uma sova. Era o que eu devia fazer, mas sou um indivíduo fraco, desgraçadamente.

— Para iniciar aposto apenas uma, disse Evaristo com aquela voz sossegada, aquele olhar tranquilo que nunca mostra o que ele tem por dentro.

— Vejo, doutor.

E atirei a ficha.

— Que tem o senhor? perguntou ele.

Mostrei uma trinca de damas.

— Ganha.

E franziu os beiços delgados.

— Homem, essa agora! exclamou Valentim Mendonça. O doutor estava feito. Como foi que o senhor conheceu que aquilo era bluff? O doutor não pediu.

Abandonei um par de ases:

— Preciso falar com o senhor hoje ou amanhã cedo, seu Mendonça. Com o senhor e com seu pai. Ele está aí?

Mendonça filho levantou o queixo quadrado e propôs que fôssemos procurar Mendonça pai. Se era assunto de interesse, devíamos ir logo.

— Como! bradou o Pinheiro. Negócio a esta hora? É uma indignidade. Outro bluff, doutor? Muito bem. O bluff é uma grande instituição. Dê cartas, Mendonça, que diabo! Você está namorando com o Valério?

Arriscou uma reabertura com trinca branca e atacou o Miranda, que tinha sequência:

— É possível? Você pede duas e faz sequência? E máxima? Abra os dedos, criatura, isso assim na mão ninguém vê. Confiança, naturalmente, todos nós somos de confiança, mas jogo é na mesa, e tenho visto muita sequência errada.

Joguei duas horas, distraído.

O que eu queria era saber por que razão não me vinha o ânimo de esbofetear o Neves uma tarde, à porta da farmácia. No bilhar do Silvério levantei o taco para rachar a cabeça do dr. Castro. E arreceava-me de molestar o Neves. Por que será que aquele velhaco me faz medo?

— Joga?

— Jogo, respondi separando três reis.

Evaristo reabriu.

— Outra reabertura, doutor? Santa Maria! O senhor leva o dinheiro todo, reclamou Valentim Mendonça.

Tirei um rei. Evaristo e Mendonça não quiseram cartas.

Já que me faltava coragem, não seria mau dar cinquenta mil-réis a Manuel Tavares e mandar que ele desancasse o boticário, no Xucuru, que é quase deserto.

— Fala você, João Valério, resmungou o tabelião. Assim, não se acaba isto.

— Aposto duas.

— Duas e mais quatro, disse Evaristo.

Mendonça fugiu.

— Vem ver? perguntou o Barroca.

— Não senhor, reaposto. Mais quatro.

E deitei na salva as oitos fichas que me restavam.

— Vamos então com mais oito, gracejou Evaristo. E desta vez, estou forte, pode crer.

— Ainda reaposta, doutor? Vejo. Dê-me aí oito fichas, Pinheiro. Vejo com um four de reis.

— Perde, fez Evaristo calmamente.

E mostrou um four de ases. Levantei-me.

— Safa! exclamou Valentim Mendonça. Já é ser caipora. Onde estava eu metido! Deixa? Também vou. Os senhores continuam?

E contou as suas fichas, apressado, entregou-as a Nazaré para recolher.

— Ó Pinheiro, chamei, quando você voltar para casa, preciso falar-lhe, ouviu? Boa noite, meus senhores.

Isidoro, que *chorava* as cartas com ferocidade, teve um grunhido que terminou numa praga:

— Ora pílulas! Estas miseráveis estragam tudo no fim. Vão-se embora, hem? É uma traição.

Saímos. Quando nos separamos, à esquina da padaria, Mendonça interrompeu o estribilho que ia cantarolando:

— Então, esse negócio que tem conosco...

— É isto. Os senhores me fizeram uma proposta por intermédio de padre Atanásio.

— Sim, em dezembro.

— E escreveram insistindo. Respondi que não aceitava, mas que, se me desempregasse, contassem comigo. Caso ainda estejam pelo oferecimento... Deixo os Teixeira.

Lembrei-me de que tinha prometido a Adrião só ficar na cidade um mês:

— Isto é, se houver vaga. Não quero prejudicar ninguém.

— Há vaga, confessou Mendonça. O guarda-livros de lá enrascou a escrituração e levou-o o diabo. O senhor teve algum pega com os Teixeira?

— Ah! não! É que há vantagem. E ando necessitado. A crise... Adeus.

— Apareça.

Desci até o fim dos Italianos, encostei-me à esquina do armazém.

Vigia prolongada. Se pudesse falar com Luísa... De quando em quando surgiam sombras entre as palmeiras do jardim, mas era a minha impaciência que se distraía a criar fantasmas. Acerquei-me da grade.

Esperança doida de encontrar Luísa. Que lhe teria dito Adrião? Imaginei-o de pijama e chinelos, coxeando pelo quarto, a bradar com os punhos cerrados: "Pensar que sempre tive confiança na senhora! Defenda-se!" E a carta, cem vezes relida, amarrotada entre os dedos magros.

Desgraçado desejo de conhecer as coisas. Melhor teria sido para ele não acreditar na denúncia e continuar como ia.

Voltei para a calçada do armazém e ruminei o procedimento do Neves. Que interesse tinha ele em revelar aquilo? Nenhum. Mostrar que sabia.

— Animal infeliz! exclamei em voz alta.

Referia-me ao Neves, a Adrião, a mim, ao Miranda Nazaré, a toda a gente. Necessidade idiota de saber e espalhar o que sabemos. Depois de muitos dias ou muitos anos de canseira e conjectura, um sujeito descobre uma lei da natureza — outro faz uma carta anônima contando os amores de Luísa Teixeira com um João Valério como eu.

XXVII

Recolhi-me tarde, deitei-me vestido e às cinco horas consegui adormecer. Antes que o despertador tocasse, Isidoro bateu-me à porta. Levantei-me precipitadamente.

— Que era isso que você queria comigo ontem à noite? perguntou entrando.

E, enquanto eu descerrava a janela:

— Se é o dinheiro que lhe devo, tenha paciência, meu velho, que ontem me arrasaram.

Sosseguei-o.

— Não é? Pois sim. Pelaram-me, arrancaram-me duzentos mil-réis aqueles malvados. Também está decidido, não torno a pegar em cartas. Uma lição. De madrugada quase estouro aqui, berrando. Você estava morto? Que negócio é esse?

Narrei a carta, o furor de Adrião, a minha promessa de ir para o Rio. Isidoro empalideceu:

— Fale baixo: o Pascoal pode ouvir.

Andou, alvoroçado, de um lado para outro, depois sentou-se na cama e pôs-se a dar pancadinhas com a unha do polegar nos dentes.

— É terrível! Você com certeza negou, hem? Naturalmente. E não há nada, é claro. Ele terá percebido alguma coisa?

— Não. Creio que não, só a carta.

— Só a carta... O que você deve fazer é procurar o autor dessa miséria e quebrar-lhe os ossos. Eu queria saber...

— Que é que você queria saber? Foi o Neves.

— O Neves? O Neves é capaz disso? Um tipo circunspecto.

— Foi ele. Havia espiritismo na denúncia: o Divino Mestre e as provações. E no dia da encrenca no bilhar, com o promotor, ele estava de parte, escutando. O Varejão notou. Foi ele. É o único.

Isidoro ergueu-se, aproximou-se da janela, abriu a rótula:

— Pois, menino, agora volto atrás. Se foi o Neves que escreveu isso, o caso é diferente. Eu não creio, mas se foi ele, fez com boa intenção. O Neves é um sujeito de moral muito rija. Que diabo tem aquele povo a correr desembestado?

Acendeu um cigarro, contente por haver encontrado meio de desculpar o boticário:

— Não tenha dúvida. Boa intenção, pode jurar. Os espíritas são assim intransigentes.

Debruçou-se para fora e, noutro tom:

— Mas que demônio é aquilo? Todo o mundo correndo e o Vitorino em mangas de camisa! E é em casa do Adrião. O homem terá feito alguma asneira?

Saímos para a calçada. O dr. Liberato passava, com um estojo na mão.

— Que foi, doutor?

O médico não respondeu.

— Vamos ver, balbuciou Isidoro, lívido.

— Vamos ver.

Com o rosto por lavar, despenteado e sem chapéu, acompanhei-o, aturdido, nem reconheci Xavier filho, que deu de cara comigo.

— Que diabo é aquilo, Xavier? Você esteve lá? perguntou Isidoro.

— Um tiro no peito. Não ouviram? O homem suicidou-se.

— Quem? interroguei apavorado.

— O Adrião. Ainda não souberam? Está num mar de sangue. Vou buscar algodão e gaze.

Apressamos o passo. Entramos com dificuldade, encontrando gente que ia e gente que vinha. No portão havia um começo de rixa. Um sujeito apostava que tinha sido tiro; outro afirmava que fora uma navalhada no pescoço — e não se entendiam. As flores dos canteiros estavam machucadas. Ao pisar a escada, ouvi gritos de mulher lá em cima.

Parei, com um violento tremor nas pernas, segurei-me ao corrimão, tomei a passagem a d. Josefa, que chegava, alva como cera e com um pé descalço. Naturalmente perdera um sapato no caminho. Sem pedir licença, empurrou-me e subiu.

— Pinheiro, murmurei acovardado, julgo que não devo entrar. Não devo entrar aqui.

Isidoro fez uma careta:

— Vamos sempre. Eu também não posso tolerar. Não está em mim. Questão de nervos. Mas vamos.

Galgou quatro degraus:

— Se você não viesse, compreendiam logo. Uma tentativa, percebe? Salvar a reputação dela.

Achamos o salão cheio de intrusos que tinham invadido a casa e se apinhavam nas portas, interrompendo o trânsito. Zacarias trouxe uma bacia de água. D. Josefa veio com uma braçada de toalhas e roupa branca. Depois foi Xavier filho acotovelando tudo, carregado de pacotes.

— Tudo para fora, gritou o dr. Liberato, arreliado e invisível. Façam o favor de desocupar a sala, que não são necessários. Para fora.

Lentamente, a massa de basbaques refluiu. Penetramos na saleta.

— Horrível! murmurou Isidoro. Que insensatez! Logo de manhã, antes do café...

Vitorino, caído para um canto, o rosto escondido entre o braço e o antebraço, soluçava. Tinha a roupa manchada de sangue.

— Que desastre, meu filho! exclamou padre Atanásio entrando e abraçando, atrapalhado, o Pinheiro. Como foi? por que foi?

— Não sei, padre Atanásio, gaguejou o nosso amigo. De improviso, em jejum, sem avisar ninguém. Que loucura! Quando a gente menos esperava, zás! uma bala para dentro. Aqui no peito, foi o Xavier que disse. Um tiro, ninguém sabia. Eu ouvi, mas pensei que fosse bomba, agora pelo S. João.

O vigário, afrontado, soprou ruidosamente, passou o lenço pela testa, levantou os braços e olhou o teto:

— Deus do céu! Quem havia de imaginar! *Sursum corda!* Não é pela morte, porque afinal todos lá vamos quando chegar a hora. Mas vejam vocês, a extrema-unção... Misericórdia!

Caiu numa cadeira, junto a Vitorino, e pôs-se a chorar também. Fui até a porta do salão, espreitei. À entrada do corredor, d. Engrácia, Clementina e Marta gesticulavam. Dirigi-me a elas, nas pontas dos pés.

— Que diz o doutor, d. Engrácia? perguntei ao ouvido da velha.

— Eu sei lá! É trabalho perdido, aquele está pronto.

Veio da alcova um gemido prolongado.

— Não senhora, sussurrou Clementina, pode ser que escape. O Neves tratou de um homem...

Outro gemido cortou-lhe a palavra. Rumor de água, tinir de ferros.

— O Neves tratou de um homem que fez o mesmo e ficou bom, continuou Clementina. O Neves. A senhora acredita? Estava contando há pouco, lá embaixo.

— Pode ser, concordou d. Engrácia. Mas a menina devia estar calada, que num aperto deste ninguém fala. Foi assim que me ensinaram.

Disse isto quase gritando.

Voltei para a saleta como um sonâmbulo. Coisa estranha: ainda não tinha visto Luísa, e nem uma só vez havia pensado nela. Confessei a mim mesmo que era o causador da morte de Adrião, mas no estado em que me achava esqueci a natureza da minha culpa.

Vitorino continuava a soluçar. Num quarto vizinho, Evaristo Barroca falava com d. Josefa. Padre Atanásio assoava-se de manso.

Aproximei-me do sofá, onde Isidoro e Nazaré conversavam em voz baixa, sentei-me ao lado deles. Mas levantei-me de súbito. Ali abracei Luísa pela primeira vez. Revi toda a cena: os beijos que lhe dei, beijos de carnívoro, o desfalecimento que ela teve. Lembrei-me de lhe ter mordido a língua com brutalidade, senti gosto de sangue na boca.

Olhei a roupa manchada de Vitorino e virei o rosto, refugiei-me ao pé da janela que dá para o jardim.

Isidoro, espantado:

— Como tem você coragem de sustentar isso?

E Nazaré, docemente:

— Fez muito bem. Doente, escangalhado, vivendo para aí a vara e a remo! Antes acabar logo.

Evaristo Barroca entrou na sala, inclinou a cabeça de leve, bateu com afeto no ombro de Vitorino e levou-o para o interior.

Olhei o renque de palmeiras, os tinhorões, a garça de bronze, o banco. Voltei as costas.

— Mas um suicídio, homem! exclamou Isidoro.

E Nazaré, erguendo a voz:

— Tanto faz morrer assim como assado. Tudo é morrer. Crucificado ou de prisão de ventre, em combate glorioso ou na forca — o resultado é o mesmo.

Interrompeu-se: o dr. Liberato chegava, ainda com as mangas arregaçadas, enxugando as mãos. Levantaram-se todos:

— Então?

O doutor não parecia contente.

— Onde foi o tiro? começou padre Atanásio.

— O percurso... ia dizendo o dr. Liberato.

Mas Isidoro atalhou:

— Não é isso, o percurso é difícil. Queremos saber se a bala foi ao coração.

— Que disparate! replicou o outro. Se o homem está vivo! Atingiu um pulmão, é lá que ela deve alojar-se.

— Ah! o senhor não extraiu? perguntou Nazaré.

— Extrair o quê? Os senhores pensam que é só meter o ferro ali dentro e ir arrancando à vontade. Vá mexer naquilo. Está lá guardada.

— No pulmão? fez Isidoro com alívio. Então pode ser que se salve. O Poincaré também tem uma bala no pulmão.

— Quem é o Poincaré? disse o vigário.

— Ficou mais calmo, acrescentou o dr. Liberato. Se não sobrevierem complicações...

— Quem é o Poincaré? tornou a perguntar o reverendo.

— Um grande homem, padre Atanásio, explicou Isidoro. O senhor não conhece? Um que foi presidente da república na França... ou na Inglaterra, não estou bem certo. Tem uma bala no peito, eu li num jornal. O Poincaré... ou o Clemenceau, um dos dois.

Clementina chegou-se como uma sombra.

— Ele quer falar com o senhor.

— Comigo, d. Clementina? Quem? exclamei.

— Seu Adrião. Venha depressa.

— Mau! fez o dr. Liberato com arrebatamento. Digam que não está.

— Mas ele quer, insistiu Clementina. E nós dissemos que estava.

— Pinheiro, gemi ao ouvido de Isidoro, não posso, é terrível! Não tenho coragem.

— Meia dúzia de palavras quando muito, concedeu o médico. Um minuto, é só entrar e sair.

Isidoro acompanhou-me ao salão:

— Ânimo! Seja forte. O desejo de um moribundo... Vá. E tenha calma.

Entrei na alcova, cerrei a porta, acerquei-me da cama, tremendo.

— João Valério, ciciou Adrião, é você? Sente-se aqui perto, dê-me a sua mão.

Sentei-me ao pé dele, tomei-lhe os dedos frios.

— Está aí? está ouvindo? Não vejo nada.

— Estou ouvindo.

E curvei-me, quase lhe cheguei a orelha à boca para perceber-lhe a voz indistinta.

— É uma despedida, meu filho. Preciso pedir-lhe desculpa. Separamo-nos zangados. Aperte-me a mão, Valério.

Já lha havia apertado.

— Já? Não senti, não sinto nada do cotovelo pra baixo.

Calou-se, julguei que ele estivesse morrendo, quis levantar-me para chamar o médico.

— Deixe lá, rapaz. Ainda não chegou a hora.

Tentei sossegá-lo com algumas trivialidades que me ocorreram.

— Isso não interessa, murmurou Adrião. E não tenho tempo para conversar muito. Ouça. A história da carta foi tolice. Exaltei-me, perdi os estribos. Luísa está inocente, não é verdade?

— É verdade.

— Acredito. E já agora, com um pé na cova, não devo ter ciúmes. Não faça caso do que lhe disse ontem.

Diligenciei acomodá-lo, mas temi que ele se magoasse.

— Isto passa logo, Valério. De qualquer forma estou bem. E não se aflija com a minha morte. Esta vida é uma peste. Havia de acabar assim. Adeus. Dê-me um abraço. Adeus... até o dia do juízo.

Abracei-o, com o coração rasgado:

— Até a semana vindoura, ou a outra quando muito, que o senhor fica bom.

— Até lá em cima, se nos encontrarmos lá em cima. Padre Atanásio está aí? e o Miranda, os amigos todos? Pois eu quero despedir-me deles.

Saí. Ao atravessar o salão, encostei-me a uma parede porque os móveis em torno começaram a girar. Isidoro, que me esperava à entrada da saleta, amparou-me. Apertei a cabeça com as mãos e entrei a soluçar desesperadamente. Eram soluços secos, ásperos, que me agitavam todo o corpo. Ao mesmo tempo sentia marteladas nas fontes, zumbiam-me os ouvidos.

Como uma criança, acompanhei Isidoro. E como uma criança, comecei a dar pancadas na testa com a mão fechada. Depois tive necessidade de afrouxar a gravata e o colarinho.

Lembrei-me do desejo de Adrião, quis chamar os amigos da casa, mas não pude descerrar os queixos. Para desembaraçar-me da incumbência, puxei o braço de padre Atanásio, que se desviou assustado. Fiz o mesmo com Isidoro e com o Miranda. Creio que eles me tomaram como doido. Mergulhei as mãos nos cabelos. Estaria realmente doido?

— Sossegue, criatura, disse padre Atanásio. Todos nós sentimos muito. Mas enfim... a opinião da ciência... Onde está o Vitorino?

Recobrei a voz a custo.

— Despedida? fez o dr. Liberato. Não. Ele já falou demais.

E a Clementina, que apareceu novamente:

— Tenha paciência, d. Clementina. Doente é calado, na cama.

Clementina sumiu-se.

—O pior é que com esta confusão ainda não almocei, continuou o doutor. Estou moído. E morto de fome.

Chamou a Teixeira:

— O Xavier saiu? Pois eu também vou sair. Volto logo. E não deixe essa gente invadir o quarto, d. Josefa. Até já.

Quando me sentei à mesa, depois de ensaboar a cara e mudar a roupa, o dr. Liberato dava pormenores inúteis.

Que entendo eu de alvéolos? que me importava a pleura? O que eu queria era saber se Adrião morria ou escapava.

Repeli o prato, levantei-me.

— O senhor não almoça? perguntou d. Maria José. Por quê? Ainda hoje não comeu, está de jejum natural. Venha almoçar.

— Não senhora. Vou tomar um banho.

XXVIII

Passados oito dias, Adrião morreu. Morreu pela madrugada, enquanto Nazaré estava no quarto a velar. Eu bocejava, derreado na poltrona de padre Atanásio, quando o tabelião me tocou de leve no ombro:

— Afinal o homem descansou.

Ergui-me, sem compreender. Percebi, vagamente, e bradei:

— Como?

Ele pediu silêncio:

— É bom não fazer espalhafato. Vamos avisar os outros.

E entrou na saleta.

— Que foi, Valério? que foi? perguntou d. Josefa, saindo repentinamente da sombra do corredor.

Depois daquela crise, na promiscuidade e na azáfama dos dias de angústia, existia entre nós todos uma familiaridade estranhável. Dormíamos quase sempre juntos, homens e mulheres, sentados, como selvagens. Muitas necessidades sociais tinham-se extinguido; mostrávamos às vezes impaciência, irritação, aspereza de palavras; pela manhã as senhoras apareciam brancas, arrepiadas, de beiços amarelentos; à noite procurávamos com egoísmo os melhores lugares para repousar. Enfim numa semana havíamos dado um salto de alguns mil anos para atrás.

— Que foi, João Valério? tornou a Teixeira.

— Não sei, respondi procurando esquivar-me. O Miranda disse aí umas coisas, mas eu não entendi. É melhor a senhora ir perguntar a ele.

Ela correu à alcova, voltou e abraçou-se comigo, soluçando.

— É possível? exclamou Isidoro, que veio da saleta com Vitorino. A esta hora! Não acredito. Só vendo.

Mas não foi ver, porque tem horror aos mortos. Tentei acalmar a Teixeira, que já me havia molhado o ombro de lágrimas.

— Vamos chamar Luísa, disse ela afastando-se rápida e recuperando a decisão costumada.

Corajosa. Nem parece filha de Vitorino.

Encontramos Luísa na sala de jantar, encostada à mesa, dormindo sobre um braço estirado. Marta ressonava, deitada num banco. Encolhida entre o guarda-louça e a parede, Clementina cochilava. Levantaram-se. E nem foi preciso que falássemos: pela minha perturbação, pelo rosto alterado da Teixeira, compreenderam logo. No silêncio só se percebia a voz de d. Engrácia, que atormentava as criadas na cozinha.

Fazia uma semana que eu não falava com Luísa. No primeiro dia ela ficara para um canto, cheirando éter e bebendo flor de laranja. Não a vi. Depois, naquela organização de acampamento bárbaro, baixava a cabeça e estremecia quando a encontrava. Creio que ela também fugia de mim. Em consequência as suspeitas haviam esmorecido. O arrufo que d. Josefa mostrara uma tarde, no passeio à Lagoa, desaparecera. Nazaré olhava-me às vezes com modo estranho, franzia a testa e estirava o beiço. O suicídio de Adrião era explicado como efeito de longos padecimentos e embaraços comerciais. "Uma nevrose", dissera o dr. Liberato. E esta frase curta, que poucos entenderam, teve grande utilidade.

— Então? perguntou Luísa.

Como continuássemos calados, tombou na cadeira e começou a chorar. Marta Varejão acercou-se dela, tremendo. Clementina foi até a porta do corredor, recuou com medo de d. Engrácia, que passava, e gaguejou:

— Pode ser que escape. Já se tem visto. O Neves tratou de um homem que fez o mesmo... Às vezes é uma síncope.

Tinha os olhos molhados.

Constrangido entre aquelas duas espécies de dor, voltei para o salão, onde d. Engrácia arengava:

— Mas o senhor deixou o homem morrer sem vela, seu Miranda?

— É verdade.

— E para que estava o senhor no quarto? Bonito enfermeiro! Era melhor que tivesse ficado em casa: passávamos sem o seu auxílio. A vela benta aí há uma semana!

— Deixe lá, replicava Nazaré sem se alterar. Morreu bem sem isso.

Vitorino, na alcova, sacudia o irmão, tentando ainda reanimá-lo. Esgotado por oito dias de sobressaltos e insônia forçada, eu andava às tontas. Não retinha nada no espírito, e aquele desenlace surgia-me como uma cena indistinta entre as névoas de um sonho ruim.

Havia claridade na sala. Abri uma janela, olhei o sol que nascia, num desperdício de tintas derramadas pelos montes. Voltei as costas com indiferença.

— É necessário tratar desses arranjos, disse Isidoro.

O Vitorino não pode. Quer encarregar-se, Miranda? Não?

Hesitou um instante.

— Pois vou eu. Vamos nós, João Valério.

Descemos. No portão encontramos o dr. Liberato.

— Que aborrecimento! exclamou. Quando já ia parecendo fora de perigo!

Seguimos em direção ao Quadro.

— Como é que se faz isso? perguntou Isidoro. Eu de funerais não entendo.

— Nem eu.

— Diabo! Naturalmente é preciso encomendar caixão. E sepultura. Que trapalhada! Afinal foi bom termos vindo: sempre é melhor do que estarmos no meio daquela choradeira. Adeus. Vou acordar padre Atanásio. Ele me ensina.

Afastou-se. E, como eu quisesse acompanhá-lo:

— Não senhor. Enterro é coisa séria.

Entrei em casa, estive deitado meia hora. Pareceu-me ouvir a respiração gorgolejada, as pragas, os gemidos de Adrião. E vi debaixo das cobertas a figura de Luísa, muito modificada. Avaliei que ela devia ter perdido de três para cinco quilos. Pálida, com os cabelos em desalinho, uma ruga na testa.

Alvéolos pulmonares, era assim que o dr. Liberato dizia. Para o inferno!

Levantei-me, peguei a toalha e dirigi-me ao banheiro. De volta, encontrei d. Maria José dando milho ao canário.

— O senhor hoje madrugou, hem? estranhou com um sorriso. Como vai o doente?

— Morreu.

E, para arrefecer-lhe a curiosidade:

— Finou-se, é com Deus, descansou, foi-se embora. E eu quero que a senhora me dê um pouco de conhaque.

— A esta hora? Tome antes uma xícara de café.

— Não senhora. Preciso dormir, e não posso dormir. Traga o conhaque.

Ela trouxe a garrafa, de mau humor. Tinha aconselhado, mas cada qual era senhor do seu nariz. Meteu rodeios e falou de novo na morte de Adrião. Ouvi distraído, bebi o conhaque, tranquei-me no quarto e adormeci profundamente.

Despertei cerca de meio-dia, às pancadas repetidas que o italiano dava na porta. Ergui-me sobressaltado, quase com vergonha: gente de comércio sempre se apoquenta quando acorda tarde. Depois tranquilizei-me: o escritório não se abria. Vesti-me devagar, novamente atormentado com a lembrança daquela outra Luísa, desleixada e de olhos queimados pelas lágrimas.

— Você estava bêbedo? perguntou-me o italiano quando entrei na sala de jantar. Quase derrubo a porta. Que sono! Naturalmente foi a carraspana que tomou pela manhã.

D. Maria José espinhou-se. Invencionice! Contara apenas que eu tinha bebido um cálice de conhaque, e o Pascoal não fazia bem em continuar com aquelas brincadeiras.

O dr. Liberato falou em Adrião. Organismo estragado. Era possível que ele não tivesse morrido em consequência do tiro.

— E de que morreu? inquiriu Pascoal. Ora essa! Todo o mundo está vendo.

— De males antigos, explicou o médico. Uma criatura combalida, todos os meses na cama...

Aludiu às regiões que a bala havia tocado, e isto bastou para que o outro se retraísse.

Mastiguei quatro bocados amargos e voltei o rosto, enojado. Ia beber o último gole de café quando notei a ausência de Isidoro.

E o Pinheiro? informei-me. Onde andava o Pinheiro? Ninguém sabia. O italiano vira-o pela manhã na loja do Mendonça, depois na botica do Neves, à procura de incenso, e por fim a conferenciar com Jau marceneiro, defronte do cinema.

D. Maria José referiu que o sineiro tinha vindo à hospedaria, pedir desculpas: não podia dobrar os sinos por um suicida.

— E é pena. Um homem tão religioso enterrar-se como pagão!

— Interessante, disse o dr. Liberato rindo. Ignorava isso. Vai para lá agora, João Valério?

— Muito cedo. A que horas é o enterro?

— Às quatro, parece.

Quando entramos no casarão, tudo lá estava transformado. Ao desconcerto da longa semana tinha sucedido uma ordem aparente e falhada, que devia durar um dia. Por todo o canto haviam passado as mãos hábeis e diligentes de Marta, recompondo, aumentando, eliminando.

No centro do salão, sobre duas mesas juntas, vestidas de preto, descansava o caixão funerário, entre círios acesos. Dos ângulos pendiam coroas de flores naturais, com fitas roxas. Nas paredes os quadros desapareciam, disfarçados por grandes manchas negras. Uma colcha escura cobria o piano, e as almofadas tinham máscaras de luto. As cortinas, baças, permaneciam. Os tapetes também. Faltava um, vermelho, e no lugar dele avultava outro, enorme e tenebroso. Da alcova, através da porta meio aberta, voava um fio de incenso. E havia um cheiro enjoativo. A disposição dos móveis fora alterada.

Nas cadeiras, em redor do féretro, padre Atanásio, Evaristo Barroca, Nazaré, Cesário Mendonça, o administrador e o dr. Castro conversavam quase em silêncio. Com um papel na perna, Vitorino tentava redigir um telegrama. Senhoras iam e vinham: d. Engrácia, d. Eulália Mendonça, a Teixeira velha, Marta Varejão, d. Josefa. Na saleta de espera Clementina arranjava numa cesta de laços pretos cartas e cartões de pêsames, ainda com os envelopes intactos. Ao pé da janela aberta sobre o jardim, Mendonça filho fumava, às escondidas. Fez-me um aceno e cochichou:

— Quando é isso? O senhor sabe?

Puxou o relógio:

— O convite que recebi marcava para quatro horas. Passam quinze minutos. Se esta maçada continuar, dou o fora.

Atirou pela janela a ponta do cigarro:

— E aquele negócio? Eu falei com o velho. O senhor não apareceu...

— Não pude aparecer. E agora não contem comigo.

— Foi o senhor que se ofereceu. Veio espontaneamente, é bom lembrar.

— De acordo, mas não esperava isto.

Vi Nicolau Varejão lá embaixo, de roupa verde, chapéu branco, sapatos amarelos. Ia convidá-lo a subir quando Isidoro entrou no jardim:

— Por aqui, seu Varejão? Como vai a bizarria? Chegue cá para cima. O senhor aí derrete as banhas.

Nicolau Varejão tirou o chapéu, abanou-se, disse que gostava do calor. Coitado. Ficava ali, ao sol, com medo da filha.

— Então volta a palavra atrás? inquiriu Mendonça filho. Fica o dito por não dito...

— Naturalmente, respondi dando-lhe as costas. Fica o dito por não dito.

E fui ao encontro de Isidoro:

— Você almoçou, Pinheiro?

— Não, comi um pão com sardinha no Bacurau.

Ensopou o lenço no suor que lhe corria pelo rosto, diligenciou aprumar o colarinho empapado:

— Afinal acabei a tarefa, e penso que não esqueci nada. Você viu as cartas de convite que mandei imprimir? Não tive tempo de escrever, a redação é de padre Atanásio. Primorosa. Encontrei na tipografia um clichê bonito e mandei colocá-lo no frontispício — um anjo com as asas abertas em cima de um túmulo. Esplêndido!

Fortunato Mesquita chegava com o doutor juiz de direito, Xavier pai, Xavier filho e o Monteiro agiota.

Nazaré aproximou-se de mim:

— Por quem esperamos? Temos gente de sobra.

Realmente no salão havia pessoas em pé. Estavam lá os indivíduos que vão aos bailes da prefeitura, os que levam o pálio nas procissões e os que frequentam a *Semana* — comerciantes, empregados públicos, proprietários rurais dos sítios próximos. Na calçada do armazém fronteiro estacionavam sujeitos que não tinham querido entrar, por timidez. Quase todos deviam favores aos Teixeira: Silvério do bilhar, o sapateiro protegido de Luísa, o sargento, Bacurau, que às vezes auxiliamos em pagamentos de pequenos saques.

— Que diabo estamos fazendo? perguntou novamente o tabelião. São quase cinco horas. Que é que falta?

— A música, disse Clementina, que ainda arrumava os cartões na cesta. Ele era presidente da Santa Cecília.

— Sem saber música! rosnou o Miranda.

E encolheu os ombros: detestava formalidades.

— Se é só o que falta, podemos sair, interveio Mendonça filho. A filarmônica está no portão.

— Uf! soprou Nazaré. Que trabalho, depois de morto! Pior que um parto.

E levou o Barroca para junto do caixão, segurou com ele as alças da cabeceira. Cesário Mendonça e o administrador pegaram as do meio. Xavier filho chamou-me para as últimas, mas Isidoro tomou o meu lugar.

Vitorino prorrompeu em soluços. Houve uma agitação no corredor.

Os seis homens atravessaram o salão e a antecâmara, desceram a escada.

— Não vem, padre Atanásio?

— Não, vou consolar esta gente.

Na calçada formou-se o cortejo, uma espantosa marcha fúnebre soou. Deixamos a rua dos Italianos e seguimos em direção à pracinha. Defronte da usina elétrica, curiosos levantaram-se, tiraram o chapéu.

Isidoro soltou a alça do caixão, que entregou ao Monteiro, deu-me o braço e foi-se retardando até ficarmos na cauda do préstito, junto a Zacarias, que chorava, carregado de coroas.

Passamos o açude, as casinholas que se encostam ao morro do Sovaco, acercamo-nos do cemitério. Os condutores, fatigados, revezavam-se a cada instante.

Isidoro conservou-se a distância, e ao pé dos muros sujos, das grades de ferro, simulou um horror exagerado à mansão derradeira, como disse, muito sério, acendendo um cigarro.

— Safa! exclamou. Ainda hoje não fumei.

Ajuntou:

— Está dado o grande passo. Com decência. Creio que lhe fizemos um enterro conveniente.

Apontou, através das grades, pequeninas cruzes de pau que apodreciam, velhos sepulcros meio desmantelados, túmulos vistosos, a capelinha em ruína ao fundo:

— Isto não nos interessa. Já cumprimos o nosso dever de amigos e de cristãos.

Voltamos. Outros voltavam também, em grupos, desforrando-se do recolhimento em que tinham vindo.

— Então acabou tudo hoje, hem, Pinheiro?

E esperei confirmação, porque achava extraordinário que Adrião tivesse *realmente* morrido naquele dia. Havia-me habituado a julgá-lo morto desde a semana anterior, cem vezes tinha visto mentalmente o rosário de cenas fúnebres: a família em pranto, roupas de luto, padre Atanásio embrulhando consolações, a vela benta de d. Engrácia.

— Preciso escrever uma notícia, uma notícia comprida, disse Isidoro. E não é só a notícia: o que eu devo fazer é um artigo sobre o Adrião, para domingo, na primeira página.

— Sim senhor! exclamou Nicolau Varejão aproximando-se. Foi-se para a eternidade um cavalheiro muito...

Procurou um adjetivo e embutiu:

— Muito importante. Sempre lhes vou contar um caso.

Improvisou uma história para realçar a importância do finado. Não lhe dei ouvidos.

Dominava-me aquela ideia absurda. Pareceu-me que Adrião iria morrer continuadamente. D. Josefa me chamaria sempre para despertar Luísa, Clementina e Marta, e eu chegaria à varanda todas as manhãs para ver o sol nascer, e sentiria eternamente aquele horrível cheiro de incenso que me estava preso às narinas.

Recuei vendo o Miranda, encostei-me à balaustrada do açude, temi que ele me viesse comunicar pela segunda vez a morte de Adrião.

— Felicitemo-nos, disse Nazaré encostando-se também. Vamos sossegar. Se o nosso amigo teimasse em viver mais algum tempo, eu ia com ele. Não podia aguentar aquilo.

Debruçou-se, ficou a olhar a muralha verde:

— Oito dias sem dormir, mal comido, mal bebido! Isto desmantela um homem. Devo estar com tudo por dentro espatifado. Como vai o espiritismo, Varejão?

Nicolau Varejão confessou que tinha abandonado o espiritismo e agora pendia para os protestantes.

— Diabo! rosnou o tabelião. Você fez isso com o Allan Kardec? Você não é camarada.

E voltou-se para Isidoro:

— O que eu sinto é ter perdido um bom parceiro de xadrez.

— Não fale assim, replicou Isidoro. O Adrião tinha ótimas qualidades.

— Devia ter muitas. Eu conheci uma: jogava xadrez. Para mim é uma qualidade excelente. É por isso que tenho pena dele.

Calou-se. E subitamente, endireitando-se, esfregando as mãos:

— Estava aqui pensando na conta que o dr. Liberato vai mandar à viúva.

Estremeci: Luísa era viúva. Nazaré fechou um olho, calculou:

— Dinheiro como o diabo, aí de cinco para dez contos, além do que o Adrião já rendeu. Esses médicos têm uma sorte danada.

Isidoro indignou-se:

— Como pode você ocupar-se com isso, agora, de volta do cemitério? Você é um monstro.

Nazaré sorriu:

— Eu? Está enganado. Que é um monstro? Uma criatura diferente das outras da sua espécie, não é? Pois eu sou como os outros homens. Um pouco melhor que uns, um pouco pior que outros. Vulgar. Monstro é você, Pinheiro. Você é esquisito, uma espécie de santo. Apesar de todos os seus defeitos, devia ter deixado para nascer daqui a dez mil anos. Você é monstruosamente bom, Pinheiro.

XXIX

Passaram-se dois meses. Uma noite, à entrada do Pinga-Fogo, Isidoro parou junto a um poste da luz elétrica e atacou-me:

— Em que fica essa história?

— Que história, Pinheiro?

— Essa embrulhada. Lembra-se da conversa que tivemos uma tarde na farmácia do Neves? Bulimos com o pobre do Adrião, coitado.

Tossiu, andou dez metros e estacou defronte da igreja de S. Pedro:

— Está visto que sinto a morte dele. Naturalmente. Era um caráter adamantino. Mas enfim — que diabo! — não pode ressuscitar. *Parce sepultis!* como diz o padre Atanásio. E está o seu caso resolvido.

Baixei a cabeça:

— Eu, Pinheiro, se não me engano... Convém proceder com ponderação. Refleti...

— Não há ponderação, atalhou Isidoro. O que há é que você deve casar com a moça, esta é que é a ponderação. Não sei o que houve entre os dois. Provavelmente não houve nada. Ou talvez tenha havido. Isso é lá segredo seu. O que é certo é que rosnaram por aí, você andava doido por ela e o Adrião deu o couro às varas.

— Mas deixaram de falar, retorqui apressado. Você ouviu alguma coisa, Pinheiro? Que diz esse povo?

— Que povo! Quem se importa com o povo? A sua obrigação... Não se faça desentendido. E um homem honrado... Você está hoje de uma estupidez espantosa, Valério.

Nos Italianos, apontou o casarão:

— E onde se encontra mulher como aquela? Procure, veja, compare. Eu, se fosse mais moço, dedicava-lhe um poema.

Muitas vezes me ocorrera o que Isidoro acabava de sugerir-me. Indecisão.

Dois meses sem ver Luísa. À noite distraía-me a repetir a mim mesmo que ainda a amava e havia de ser feliz com ela. Hipocrisia: todos os meus desejos tinham murchado. Tentei renová-los, recompus mentalmente os primeiros encontros, na ausência de Adrião, entrevistas a furto no jardim, a tarde que passamos no Tanque, sob árvores. Mas apenas consegui recordar com viveza um raio de sol que atravessava a ramagem e vinha arrastar-se na pedra coberta de musgo, a garça displicente, um sinal escuro que Luísa tem abaixo do seio esquerdo. Lembrei-me também de me haver ela uma vez plantado os dentes no pescoço. Ao cabo de algumas horas a parte mordida estava vermelha e necessitando o disfarce de uma rodela de pano. Depois a mancha se havia tornado gradualmente esverdeada, amarelada, afinal desaparecera.

Naquele tempo eu vivia no céu.

— Que céu! Como se vai morder uma pessoa, brutalmente?

E achei que não fazer caso da opinião dos outros é censurável.

— Imprudente! disse comigo.

Alterando a palavra, corrigi com severidade:

— Impudente!

Entretanto Isidoro pensava que eu devia casar com ela. E eu penso sempre como Isidoro.

— Você tem razão, Pinheiro. É preciso tratar disso, declarei mais tarde na hospedaria. Vou lá.

— Agora? Vai falar em casamento com a mulher assim de supetão, e de noite?

— Não. É só uma visita, por enquanto.

Fui. E ao chegar já me arrependia de ter dado aquele passo difícil. Zacarias trouxe-me a notícia de que a senhora estava adoentada.

— Diabo! murmurei retirando-me entre despeitado e contente. Isto por aqui também mudou.

No dia seguinte pela manhã voltei:

— A senhora pode receber, Zacarias?

— Está tomando banho, respondeu o preto do alto da escada. É melhor o senhor vir depois.

Muito bem. Eu ia tornar-me importuno, não a deixaria tão cedo, e a responsabilidade do rompimento ficava para ela. Fui ao casarão oito dias a fio. Antes do trabalho, acendia um cigarro, chegava lá, apressado:

— A senhora já saiu do banheiro, Zacarias?

E ia para o escritório.

— Julgo que tenho procedido com cavalheirismo, entrei a matutar uma noite. Amanhã, ponto final nisto. Com certeza ela imagina que vivo doido por encontrá-la.

Quando, no outro dia, penetrei no jardim, fazia a promessa de nunca mais pôr ali os pés.

— A sinhá mandou pedir que esperasse um momento.

Não entendi.

— Como foi que você disse, Zacarias?

— Lá em cima, fez ele mostrando os dentes alvos.

Subi, desconsolado.

Receber-me! E eu que me tinha habituado a ouvir recusas!

Zacarias abriu o salão. Tudo transformado: o piano coberto, outras cortinas, uma tristeza que dava frio.

Sentia-me obtuso. Nem sabia como tratar Luísa. Fulana ou d. Fulana? Complicação. Talvez ela se melindrasse com um tratamento familiar. Mas atirar-lhe dona, cara a cara, sem testemunha, era tolice. Dificuldade.

Ia em plena atrapalhação quando Luísa entrou. Estava de preto e muito pálida, foi só o que vi.

Com a cabeça baixa, aceitei a cadeira que ela me indicou e fiquei a olhar a mancha deixada pela sola do meu sapato numa almofada que desazadamente pisei. Sem me dar a mão, Luísa sentou-se. Creio que também se conservou cabisbaixa. Houve um silêncio estúpido.

— Vim aqui... arrisquei.

— Vem aqui sempre, atalhou ela. Não tenho querido recebê-lo.

Emendou:

— Não tenho podido. É a verdade: não posso.

Mordi os beiços. E, para acabar depressa:

— O que eu queria era declarar que me considero obrigado... moralmente obrigado...

Ela estremeceu, encarou-me:

— Obrigado a quê, João Valério? A casar comigo?

— A acolher qualquer resolução sua, respondi timidamente. Supus... compreende? Não sei... Todos os dias me preparava para vir.

— E vem depois de dois meses, João Valério?

— Que havia de fazer? Um golpe, um abalo tão grande... E tive acanhamento. É natural. Se foi por isso que me fechou a porta uma semana...

— Não, disse ela erguendo-se. Não precisa justificar-se.

E, aproximando-se, falando-me quase ao ouvido:

— É que desapareceu tudo.

— Tem certeza? perguntei levantando-me.

E percebi logo que a pergunta era idiota.

— Eu estava com algum escrúpulo, continuou Luísa. Talvez o Valério ainda fosse o mesmo. Estou agora tranquila. Nenhum de nós sente nada, e o Valério finge tristeza. Para que mentir?

— Faz pena, murmurei comovido.

Pareceu-me ouvir a voz mortiça de Adrião: "Não se preocupe com a minha morte, rapaz. Havia de fazer o que fiz, estava escrito."

— Horrível!

E tentei adornar Luísa com os atributos de que a tinha despojado.

— Para quê? refleti. É melhor assim.

Eu agora era um pequenino João Valério, guarda-livros mesquinho.

— Adeus, balbuciou Luísa com uma lágrima na pálpebra.

— Adeus, gemi.

Apertei-lhe a mão, fria, mas os dedos dela permaneceram inertes sob a pressão dos meus. Quis beijá-los — faltou-me o ânimo.

— Adeus.

Fui até a porta da saleta, voltei-me ainda uma vez. Luísa soluçava, caída para cima do piano. Vacilei um instante e depois saí.

XXX

Decorreram mais três meses. Passei a sócio da casa, que Vitorino não pode dirigi-la só; Luísa é hoje comanditária; a razão social não foi alterada.

Abandonei definitivamente os caetés: um negociante não se deve meter em coisas de arte. Às vezes desenterro-os da gaveta, revejo pedaços da ocara, a matança dos portugueses, o morubixaba de enduape (ou canitar) na cabeça, os destroços do galeão de d. Pero. Vem-me de longe em longe o desejo de retomar aquilo, mas contenho-me. E perco o hábito.

Vou quase todas as noites à redação da *Semana*. Não para escrever, é claro, julgo inconveniente escrever. Limito-me a dar, quando é necessário, algum conselho ao Pinheiro. Há uns verbos que ele estraga, uns pronomes que atrapalha.

Escorregaduras sem importância: na *Semana* de qualquer maneira que estejam estão bem.

E ouço com atenção e respeito as cavaqueiras de Nazaré com o dr. Liberato. Quando têm pouco fundo e posso nelas tomar pé, agrada-me escutá-los, rio interiormente, na ilusão de que não sou ignorante de todo. Depois eles afastam-se, mergulham, somem-se, e eu fico desalentado, olhando tristemente padre Atanásio que procura segui-los, e o ótimo Isidoro, que permanece junto a mim.

Todos os dias, das oito da manhã às cinco da tarde, trabalho no escritório, e trabalho com vigor. Temos ocupação: precisamos inspirar confiança à freguesia e sossegar os fornecedores, mostrar-lhes que podemos gerir o estabelecimento na falta do chefe que desapareceu.

Continuo na pensão de d. Maria José, mas aos domingos janto com Vitorino. Quase sempre vai Isidoro. A Teixeira, excelente dona de casa, traz aquilo muito bonito. Há no salão duas paisagens a óleo. Os móveis da sala de jantar foram substituídos por outros, onde porcelanas e cristais novos brilham. Uma habitação confortável.

Quando chegamos, fazemos uma visita rápida a d. Mariana, que lá está na cama, paralítica, soletrando a correspondência do padre Cícero. O aposento dela antigamente era um buraco de ratos; hoje é um lugar cheio de ar e luz, com as janelas abertas sobre os canteiros do jardim, as paredes forradas de santos.

Depois do jantar, ficamos à mesa, fumando, tomando café, conversando. À noite, na sala, a Teixeira toca, Isidoro recita, Vitorino cochila — serões bem agradáveis.

E se temos a Clementina, são aquelas canções ingênuas que ela diz com um fio de voz muito suave, que nos faz bem à alma e nos enche de piedade e ternura.

Gosto da Teixeira. Tem uma linda perna, uns lindos olhos, várias habilidades, e é alegre como um passarinho. No silêncio do meu quarto, penso às vezes que a vida com ela seria doce. E digo a mim mesmo que ainda podemos ter quatro filhos vermelhos, fortes e louros. Parece-me que vou casar com a Teixeira.

A lembrança da morte de Adrião pouco a pouco se desvaneceu no meu espírito. Afinal não me devo afligir por uma coisa que não pude evitar. A minha culpa realmente não é grande, pois estão vivos numerosos homens que certas infidelidades molestam. E sou incapaz de sofrer por muito tempo. O dr. Liberato falou em nevrose, e eu não tenho razão para pretender saber mais que o dr. Liberato. Repito isto a mim mesmo para justificar-me.

XXXI

Uma tarde, girando por estas ruas, parei na beira do açude, lembrei-me da estrela vermelha e da noite em que Luísa me repeliu. Afastei-me lento, subi pelos Italianos. O casarão estava fechado agora, e as grades do jardim eram um muro verde de trepadeiras. O pequenino lago, os tinhorões, a garça de bronze, tudo invisível. Como aquilo ia longe!

Entrei a vagar pela cidade, maquinalmente, levado por uma onda de recordações. À boca da noite achava-me na calçada da igreja.

Da paisagem admirável apenas se divisavam massas confusas de serras cobertas de sombras.

A estrela vermelha brilhava à esquerda. Pareceu-me pequena, como as outras, uma estrela comum. Comum, como as outras. E estive um dia muito tempo a contemplá-la com respeito supersticioso, contando-lhe cá de baixo os segredos do meu coração. E lamentei não ser selvagem para colocá-la entre os meus deuses e adorá-la.

O vento zumbia no fio telegráfico. À porta do hospital de S. Vicente de Paulo gente discutia. A escuridão chegou.

Não ser selvagem! Que sou eu senão um selvagem, ligeiramente polido, com uma tênue camada de verniz por fora? Quatrocentos anos de civilização, outras raças, outros costumes. E eu disse que não sabia o que se passava na alma de um caeté! Provavelmente o que se passa na minha, com algumas diferenças. Um caeté de olhos azuis, que fala português ruim, sabe escrituração mercantil, lê jornais, ouve missas. É isto, um caeté. Estes desejos excessivos que desaparecem bruscamente... Esta inconstância que me faz doidejar em torno de um soneto incompleto, um artigo que se esquiva, um romance que não posso acabar... O hábito de vagabundear por aqui, por ali, por acolá, da pensão para o Bacurau, da *Semana* para a casa de Vitorino, aos domingos pelos arrabaldes; e depois dias extensos de preguiça e tédio passados no quarto, aborrecimentos sem motivo que me atiram para a cama, embrutecido e pesado... Esta inteligência confusa, pronta a receber sem exame o que lhe impingem... A timidez que me obriga a ficar cinco minutos diante de uma senhora, torcendo as mãos com angústia... Explosões súbitas de dor teatral, logo substituídas por indiferença completa... Admiração exagerada às coisas brilhantes, ao período sonoro, às miçangas literárias, o que me induz a pendurar no que escrevo adjetivos de enfeite, que depois risco...

A cidade estendia-se, lá embaixo, sob uma névoa luminosa. O vento continuava a zumbir no arame. Fazia frio. Violões passaram gemendo.

Um caeté, sem dúvida. O Pinheiro é um santo, e eu às vezes me rio dele, dou razão a Nazaré, que é canalha. Guardo um ódio feroz ao Neves, um ódio irracional, e dissimulo, falo com ele: a falsidade do índio. E um dia me vingarei, se puder. Passo horas escutando as histórias de Nicolau Varejão, chego a convencer-me de que são verdades, gosto de ouvi-las. Agradam-me os desregramentos da imaginação. Um caeté.

Para os lados do Xucuru, meia dúzia de luzes indecisas, espalhadas. Aquilo há pouco tempo era dos índios. Outras luzes na Lagoa, que foi uma taba. No Tanque, montes negros como piche. Ali encontraram, em escavações, vasos de barro e pedras talhadas à feição de meia-lua. Negra também, a Cafurna, onde se arrastam, miseráveis, os remanescentes da tribo que lá existiu.

Que semelhanças não haverá entre mim e eles! Por que procurei os brutos de 1556 para personagens da novela que nunca pude acabar? Por que fui provocar o dr. Castro sem motivo e fiz de um taco ivirapema para rachar-lhe a cabeça?

Um caeté. Com que facilidade esqueci a promessa feita ao Mendonça! E este hábito de fumar imoderadamente, este desejo súbito de embriagar-me quando experimento qualquer abalo, alegria, ou tristeza!

Se Pedro Antônio, Balbino, pobres-diabos que por aí vivem, soubessem exprimir-se, quantos pontos de contato!

Diferenças também, é claro. Outras raças, outros costumes, quatrocentos anos. Mas no íntimo, um caeté. Um caeté descrente.

Descrente? Engano. Não há ninguém mais crédulo que eu. E esta exaltação, quase veneração, com que ouço falar em artistas que não conheço, filósofos que não sei se existiram!

Ateu! Não é verdade. Tenho passado a vida a criar deuses que morrem logo, ídolos que depois derrubo — uma estrela no céu, algumas mulheres na terra...

Uma grande estreia*

Luís Bueno

A história da publicação de *Caetés* é interessante e complicada. No fim da década de 1920, no Rio de Janeiro, alguém descobriu uns relatórios originalíssimos do prefeito de Palmeira dos Índios, interior de Alagoas: um certo Graciliano Ramos. Em 1931, o poeta Augusto Frederico Schmidt abria uma editora, lançando o primeiro livro de contos de Marques Rebelo e anunciando outras duas estreias: *Machiavel e o Brasil*, de Octávio de Faria, e *Os caetés*, romance do agora ex-prefeito. No mesmo ano, os leitores puderam conhecer o primeiro desses livros, mas tiveram que esperar até o apagar das luzes de 1933 para terem nas mãos o segundo.

---

* Posfácio de *Caetés* a partir da 31ª edição, de 2012.

Houve quem visse malícia nessa demora. Afinal, Schmidt era católico e estaria em posição ideológica oposta à do homem de esquerda Graciliano Ramos. Outros afirmam que não foi nada disso. O escritório de Schmidt era uma bagunça, os amigos podiam levar para casa e ler os originais antes de publicados. O de *Caetés* perdeu-se, indo para o prelo assim que encontrado. Seja como for, o livro curtiu cinco anos de gaveta, já que o autor havia dado por terminado seu trabalho ainda em 1928.

Acontece que, entre 1928 e 1933, um verdadeiro furacão se abateu sobre o romance brasileiro. Se o sucesso alcançado por livros como *A bagaceira* (1928), de José Américo de Almeida, e *O quinze* (1930), de Rachel de Queiroz, já indicava que finalmente, depois de décadas, a moda naturalista parecia estar passando, os lançamentos de 1933 jogavam uma definitiva pá de cal nessa tendência. Logo no início do ano, Pagu lançou um romance, *Parque industrial*, que chamou a atenção ao se apresentar como "romance proletário". Em julho, sairia o segundo livro de Jorge Amado, *Cacau*, cuja apresentação se encerrava com a pergunta: "Será um romance proletário?" No mesmo mês, a editora que demorava para publicar *Caetés* aparecia com a maior unanimidade da década, *Os Corumbas*, de Amando Fontes. Depois de tudo isso, o livro de Graciliano, construído no ritmo da pequena cidade do interior, parecia inegavelmente velho, por demais ligado ao romance naturalista, a essa altura morto e enterrado.

Foi exatamente a partir de sua vinculação com a moda naturalista que se construiu uma tradição de leitura que dá a impressão de que *Caetés* é um livro menos interessante do que de fato é. Uma das tendências dessa forma de ler o livro é a de projetar sobre ele o interesse do naturalismo pelo coletivo, a ponto de transformar indivíduos em meros tipos representativos de modos sociais de ser e agir. É bem verdade que, à primeira vista, o grupo parece ser o mais importante em *Caetés*. Afinal, há nele inúmeros jantares, festas, jogos de xadrez ou pôquer, enfim, cenas coletivas. João Valério, o narrador, embora se preocupasse com dois assuntos pessoais — sua paixão por Luísa e seu romance histórico sobre os índios caetés —, deixa-se a todo instante levar pela vida social de Palmeira dos Índios, e isso em grande medida contribui para a construção daquela tradição que conduziu ao julgamento de que há no romance um desequilíbrio a desfavorecer o indivíduo. Mas uma leitura mais atenta notará que esse desequilíbrio jamais acontece no livro, cujo foco de interesse é bem outro.

Ao comentar *Suor*, de Jorge Amado, Graciliano Ramos deixou assinalada sua preocupação com o caso individual, insistindo que o interesse pelo grupo roubaria do romance a introspeção, o que resultaria em um ganho em superfície, mas uma perda em profundidade. Para notar como o ganho em profundidade e a exploração da introspeção estão em primeiro plano em *Caetés*, e não o grupo e a superfície, basta prestar atenção na constituição de seu narrador.

Nesse sentido, o que chama a atenção em primeiro lugar é que se trata de romance em primeira pessoa, construção que favorece o mergulho psicológico, mas era abominada pelos naturalistas, que a consideravam limitadora. Afinal, como olhar para um grande grupo a partir do olhar restrito de um ser que se encontra em posição semelhante aos outros personagens? O melhor seria estabelecer um narrador em terceira pessoa que, podendo ver a tudo e a todos, por dentro e por fora, seria capaz de ao mesmo tempo reger e esmiuçar os movimentos coletivos das criaturas. Se Graciliano escolhe um narrador em primeira pessoa é porque interessa a ele explorar não aquilo que afeta o corpo coletivo, e mas sim como repercute no indivíduo a vida da cidade como um todo.

Mais importante do que constatar essa opção pela primeira pessoa, desviante em relação ao modelo naturalista, é saber quem é esse João Valério, já que nele se conjugarão o que há de mais irredutivelmente individual e mais abrangentemente social na existência humana. É ele o palco em que indivíduo e corpo social atuarão em pé de igualdade, de tal forma que é impossível saber o que deriva de sua constituição psicológica e o que vem da posição que ocupa na sociedade de Palmeira dos Índios.

Para entender como isso se dá, é preciso admitir inicialmente que, embora respeitado por todos e frequentador das melhores casas, Valério sente-se inferiorizado em sua cidade. Aparentemente não há motivos para que ele se sinta assim, afinal, tem um emprego que até pode muito bem ser considerado modesto, mas o coloca em distância segura do trabalho braçal ou da mendicância: é guarda-livros da casa comercial dos irmãos Adrião e Vitorino Teixeira.

O incômodo com essa sua posição se manifesta a todo instante. Logo no segundo capítulo, sente-se inferiorizado diante da astúcia de Adrião ao encaminhar um negócio. Todo o tempo observa o bacharel Evaristo Barroca, que sobe como um foguete na política, e o despreza, embora aqui e ali não consiga deixar de dar vazão à admiração pelo senso de oportunidade que demonstra. Esse desconforto fica especialmente bem registrado no momento em que chega ao jantar de aniversário de Vitorino Teixeira, no capítulo XII. Valério sai da pensão em que mora na companhia de Isidoro Pinheiro. Demoram-se alguns minutos num bar e retomam a direção da casa do aniversariante, encontrando no caminho Adrião e sua mulher, Luísa. Estabelece-se uma curta conversa e logo chegam ao seu destino: "Entramos. E a nossa presença quase passou despercebida entre as efusões com que rodearam Luísa, Adrião, um sujeito gordo e moreno que surgiu logo depois. Evaristo dispensou-me um acolhimento protetor, muito de cima para baixo, e eu me senti humilhado." Valério não demora muito para ficar sabendo que o tal sujeito gordo e moreno é um bacharel, o novo promotor da cidade. Não há como deixar de notar que, mesmo recebido e tratado com consideração por todos na cidade, encontra-se em posição subalterna em relação ao proprietário e sua esposa, por um lado, e aos bacharéis, por outro.

E o que o faz crer que merece maior consideração do que já tem? Certas qualidades: "sou desempenado, gozo saúde e arranho literatura". Também se refere aos cabelos louros e olhos azuis. Enfim, não é rico como Adrião, mas é jovem. Não é bacharel como o Evaristo ou o promotor, mas é um intelectual: colabora no jornal dirigido pelo padre, sabe escrituração mercantil, escreve um romance histórico sobre os índios caetés.

É certo também que muito de sua insatisfação vem do passado. Sobre suas origens sabemos muito pouco. Quando pela primeira vez o vemos dedicar-se à escrita do romance, diz: "Que estupidez capacitar-me de que a construção de um livro era empreitada para mim! Iniciei a coisa depois que fiquei órfão, quando a Felícia me levou o dinheiro da herança, precisei vender a casa, vender o gado, e Adrião me empregou no escritório como guarda-livros."

Mas isso é o suficiente. Entendemos que já foi alguém ou, pelo menos, descende de família que fora abastada o suficiente para lhe deixar herança a ser roubada, além de casa e gado a serem vendidos. Desprovido desses bens concretos, além de outros, como o título de bacharel, vê-se diminuído.

E o que faz ele para conquistar a posição que julga merecer? Nada. Ele não age, apenas contabiliza, como bom guarda-livros, suas duas vantagens: o pendor intelectual e a juventude. E é no por assim dizer exercício dessas duas qualidades que se revela a importância do indivíduo em *Caetés*. Trata-se, todavia, de um exercício passivo. É preciso que o leitor desentranhe da impotência de Valério aquilo que se passa numa região profunda da qual ele próprio não tem consciência e que não aflora à superfície do texto.

O que parece trabalhar surdamente nas profundezas de Valério é a ideia de que, para readquirir a antiga posição, na ausência tanto de bens concretos com que contar quanto de espírito empreendedor para obtê-los, pode valer a pena voltar-se para outro gênero de bens, os simbólicos. É preciso entender que não se trata de mera coincidência que ele se lembre de tentar escrever um romance exatamente no momento em que se concretiza sua queda social. A atividade intelectual, embora não dê camisa a ninguém, pode ao menos trazer prestígio, consideração. Toda vez que o vemos às voltas com o seu livro — seria melhor dizer com as dificuldades que enfrenta para compor um livro que insiste em não sair do segundo capítulo —, jamais percebemos um desejo qualquer de comunicar isto ou aquilo. Embora jamais reflita sobre sua atividade de romancista, dá indícios de que é outra coisa que o motiva, quando reconhece a fraqueza dos resultados: "Sorria-me, entretanto, a esperança de poder transformar esse material arcaico numa brochura de cem a duzentas páginas, cheia de lorotas em bom estilo, editada no Ramalho." Não lhe é difícil, inclusive, admitir a modéstia de suas ambições literárias: "Contentava-me um triunfo caseiro e transitório, que impressionasse Luísa, Marta Varejão, os Mendonça, Evaristo Barroca."

Fora isso, a vida intelectual parece-lhe mesmo coisa sem sentido — embora só manifeste essa visão reservadamente, em seu quarto de pensão. E aí reside mais um sintoma de seu sentimento de inferioridade, já que considera aceitável que alguém como o dr. Liberato, por ser médico formado, preocupe-se com coisas dessa natureza. Mas tal preocupação é injustificável em outras criaturas, que sente mais próximas de si: "Enfim ler como Nazaré lê, tudo e sempre, é um vício como qualquer outro. Que necessidade tem ele, simples tabelião em Palmeira dos Índios, de ser tão instruído?"

Mas a escrita do romance é apenas um dos dois eixos que põem de pé o romance, e apenas uma das duas aspirações pessoais de João Valério, derivada de apenas uma de suas duas qualidades. O elemento central é mesmo outro: o caso com Luísa. E aqui estamos diante daquilo que em geral se considera a mais pura expressão da individualidade: o sentimento. Logo no início da história, ficamos sabendo do amor que há três anos consome o guarda-livros, levando-o a um ato impensado, fruto do estado passional em que se encontra: Adrião se retira e ele dá "dois beijos no cachaço" de Luísa. Atitude desesperada, logo se vê, de quem necessita resolver uma pendência de forma definitiva. A moça, tomada de surpresa, reage com energia, mas logo lágrimas interrompem suas palavras. Valério, ao invés de levar até o fim a situação que ele mesmo criara, simplesmente se retira, solucionando tudo da maneira que lhe é tão cara — fugindo.

O que chama a atenção é que, logo depois desse rompante, Luísa vá ocupar espaço tão pequeno em seus pensamentos. Refere-se rapidamente à perturbação em que teria lançado "uma criaturinha tão doce e sensível" para depois se demorar na projeção das repercussões sociais daquela sua manifestação de amor: "E que escândalo!" Primeiro imagina Luísa contando tudo ao marido, que o coloca para fora do emprego. Em seguida, amplia a desgraça, esparramando mentalmente a notícia por toda a cidade, afinal, "segredo que quatro pessoas sabem transpira". Vê-se, enfim, perdendo até mesmo a posição subalterna que ocupa na cidade, abaixo da qual só lhe restaria uma ainda mais incômoda, a dos vagabundos, contra os quais chega a escrever um artigo.

Em nenhum momento esse apaixonado analisa a reação da mulher amada. Não procura sinais de aceitação ou de recusa ao seu gesto ousado, se ela lhe permitirá repeti-lo. Nem ao menos se interessa em especular se Luísa corresponde a seus sentimentos. Lembra-se dos serões que animam a casa de Adrião toda quinta-feira, passa em revista aqueles que os frequentam e seus pequenos hábitos. Avalia o que perde.

Perambula pela cidade e depois recolhe-se. Tem dificuldade para dormir, mas não porque lhe queimasse o coração: "curti uma insônia atroz, rolei horas no colchão duro, ouvindo os roncos dos companheiros de casa e conjecturando o que me iriam dizer no dia seguinte os irmãos Teixeira".

É preciso que se passe uma semana inteira para que os pensamentos de João Valério voltem a Luísa. Na quinta-feira seguinte, cumprindo à risca seu plano de fuga, não vai à casa do patrão. Fica em conversa com os companheiros de pensão e imagina o que se passaria na sala do Teixeira. Primeiro pensa em Adrião, só depois em Luísa, que lhe aparece lendo um romance ou tocando piano ou, por fim, pensando "indignada nos beijos que lhe dei". Aborrecido, isola-se no quarto. Tenta escrever, só consegue fazer pequenas emendas, desiste. Só então vai, pela primeira vez, preocupar-se com os sentimentos de Luísa, ao perguntar-se por que razão ela nada falara ao marido: "Veio-me um pensamento agradável. Talvez gostasse de mim." Aí, sim, o namorado deixa-se levar pela fantasia, imaginando o marido morto, ela viúva, depois casada com ele, depois os quatro filhos crescidos. Enfim, toda uma vida com Luísa.

E é dessa maneira que a amada desaparece por quatro capítulos, tanto do romance quanto do pensamento de Valério, só ressurgindo em carne e osso no domingo seguinte, já que, instado pelo próprio Adrião, o rapaz vai jantar na casa do outro patrão. E é assim que Luísa aparecerá em *Caetés* daí para a frente: concretamente e não nos devaneios de seu jovem apaixonado. Sua figura se mistura admiravelmente às demais criaturas que transitam pelo romance e Palmeira dos Índios domina irresistivelmente a boca da cena. O sentimento tão ardoroso de Valério se mistura aos eventos comuns da cidade, manifestando-se quase exclusivamente na presença de Luísa.

Finalmente surge a oportunidade para que João Valério seja plenamente aceito por Luísa e eles se tornam amantes. É evidente que, num lugar pequeno como aquele, logo a coisa é percebida e os problemas começam. Até mesmo uma carta anônima é enviada ao marido. Mas a confusão anunciada acaba nem acontecendo. Mais uma vez as dificuldades são removidas sem que Valério tome qualquer iniciativa. Adrião dá um tiro no peito e, depois de oito dias, morre — não sem antes garantir ao empregado que está convencido de que a carta anônima que denunciava o adultério era mentirosa. Assim, subitamente, nosso herói passa de desempregado a sócio da casa comercial em que trabalhava, já que Vitorino Teixeira necessita de ajuda para geri-la. Mais do que isso: surge a oportunidade para concretizar o devaneio que tivera naquela primeira quinta-feira em que faltara ao serão na casa dos Teixeira. Com o marido morto, tudo ficava mais fácil. Bastava esperar o tempo devido e poderia casar-se com Luísa, ter aqueles quatro filhos.

E o que faz Valério? Sua especialidade: nada. Mas agora há um propósito muito razoável para nada fazer. O amor havia cessado: "Dois meses sem ver Luísa. À noite distraía-me a repetir a mim mesmo que ainda a amava e havia de ser feliz com ela. Hipocrisia: todos os meus desejos tinham murchado."

O desejo murcha porque seu objeto profundo desaparecera. Morto Adrião, Luísa não tem mais o encanto que tinha porque era apenas o elemento através do qual Valério faz uso de sua juventude para colocar-se acima do patrão, velho e coxo. O amor por ela se parece muito, no final das contas, com o interesse pela literatura. Depois da morte de Adrião, alçado à posição de proprietário, já não precisa de derivativos. Desinteressa-se de Luísa e também da literatura. O romance dos caetés fica jogado na gaveta, inacabado. A literatura, antes capaz de fazê-lo considerado, agora parece algo indigno: "um negociante não se deve meter em coisas de arte". Continua frequentando a redação do jornal do padre, "não para escrever, é claro, julgo inconveniente escrever".

É preciso, no entanto, ao levar tudo isso em conta, não cometer exageros. Pode parecer que o herói de *Caetés* nunca amou Luísa nem se interessou por literatura e que todos os seus movimentos foram feitos deliberadamente no sentido de atingir um objetivo maior, tomar lugar entre os grandes de Palmeira dos Índios. Não é verdade. Não há cinismo nele. De fato quer escrever um livro e de fato ama Luísa. O desinteresse que surge depois da ascensão social garantida não anula o interesse anterior, ainda que nos ajude a compreender sua natureza.

É que, em Graciliano Ramos, o indivíduo é o interesse central, mas não se trata de elemento isolado, não se dissocia da experiência coletiva, social. A individualidade não é algo relacionado apenas ao caráter pessoal, nem se forma pelo exercício isolado de uma psique que se inventa sozinha. O indivíduo se molda atravessado de lado a lado por sua experiência social e até mesmo pelas experiências familiares acumuladas antes do nascimento. O recalque social pode muito bem estar na base de sentimentos e preferências que à primeira vista se mostram como manifestações da individualidade.

Visto assim, o herói de *Caetés* deixa de parecer apenas uma desculpa ou um filtro para que o romance se debruce sobre a vida miúda e besta da cidade pequena, como acontecera com dezenas de romances publicados na virada do século XIX para o XX. Valério é, na verdade, um herói da mesma estirpe de Paulo Honório, de *S. Bernardo* e, principalmente, do Luís da Silva de *Angústia*. Com o primeiro, partilha um desejo imenso de se integrar e ser aceito — Valério por bem ou por acaso, Paulo por bem ou por mal.

Com Luís da Silva partilha mais: o passado de maior brilho, o interesse pela literatura. Mas Luís é um espírito inquieto, tem uma vida interior agitada e rica, e Valério é um medíocre de marca. Assim, Valério permanece na cidadezinha do interior onde nasce, aceitando a posição subalterna de empregado do comércio, contando que o romance dos caetés possa, um dia, fazê-lo respeitado. Luís, ao contrário, mete-se no mundo, tenta a vida como soldado, decai a vagabundo e se reabilita na capital, como funcionário público e crítico literário. Ele não é capaz nem mesmo de aceitar como válida essa "reabilitação", que o mantém mais próximo da vida inútil do pai do que da posição de mando do avô: jamais se conforma e chega ao homicídio, ponto extremo a que pode chegar a ação individual. Valério aceita a sociedade no armazém dos Teixeira como reabilitação plena e se satisfaz. Na idade em que Luís está rondando o interior, como vagabundo, já está estabelecido. Enquanto Luís gira sempre em torno das mesmas ideias, como um parafuso, remoendo o passado pessoal e familiar sem jamais encontrar descanso, Valério prega esse passado com apenas um golpe de martelo e procura esquecê-lo.

Enfim, *Caetés* e *Angústia* trabalham mais ou menos com a mesma equação: a do intelectual oriundo de uma aristocracia rural decadente que tem dificuldade em ver-se socialmente diminuído. O que muda são alguns termos dessa equação, que resulta bastante linear no primeiro livro e muito complexa no outro. De toda forma, deixa claro que é insuficiente a leitura rebaixadora que prefere alinhar o romance de estreia do mestre alagoano com o naturalismo decadente a entendê-lo como parte integrante da obra que ele viria a construir nos anos seguintes: que se trata de uma grande estreia.

Até para confirmar isso, vale a pena ver, rapidamente, como, no que diz respeito ao sentimento amoroso, o que acontece em *Caetés* se assemelha ao que será explorado nos romances seguintes. Vejamos como Paulo Honório se apaixona por Madalena. O proprietário da fazenda S. Bernardo só resolve pensar em amores quando decide ser necessário fabricar um herdeiro para suas terras. Mas nisso sua personalidade autoritária tropeça diante das dificuldades que teria para dominar esse ser tão desconhecido, afinal, mulher lhe parece um bicho difícil de entender. Mas é claro que isso não pode ser problema incontornável. Passa em revista as solteiras disponíveis. Lembra-se da filha do juiz, o dr. Magalhães, d. Marcela, uma mulher que ele descreve como "um pancadão", um "bichão", com "uma peitaria, um pé de rabo, um toitiço!". Até planeja procurar o pai e se entender com ele. Mas tomará outro caminho. Se as mulheres por si sós já são difíceis de submeter, que dirá uma mulher que tem uma espécie de força que se revela desde sua aparência física. Além do mais, era filha do juiz, uma autoridade constituída. Paulo Honório respeita esse tipo de autoridade, que lhe pode trazer benefícios ou problemas, de tal maneira que o dr. Magalhães é o único vizinho cujas terras ele não invade.

Diante disso, não é isento de surpresa que ele admitirá ter se interessado por Madalena, "precisamente o contrário do que eu andava imaginando". É claro que esse "contrário" não diz respeito à beleza — e Madalena aparece pela primeira vez na história tão desejável quanto d. Marcela, numa conversa entre o Padilha, o Gondim e o Nogueira, em que se elogiam "umas pernas e uns peitos". São bem o tamanho e a impressão de fragilidade que fazem o interesse de Paulo Honório voltar-se para Madalena desde que a vê. Tal impressão se confirma em outros planos. Afinal, Madalena é apenas uma professorinha, criada por uma velha tia que nunca teve ofício certo, prestando pequenos serviços a vida toda, sempre à beira da miséria. É natural que se apaixone por ela: é mais fácil dominá-la. Mais tarde reconhecerá seu erro: "Imaginei-a uma boneca da escola normal. Engano."

E quem poderia afirmar que Paulo Honório não ama Madalena, sabendo dos acontecimentos trágicos que lhe estavam reservados? Ninguém. Há amor ali. O que não há é o sentimento inventado pelos românticos, da comunhão etérea entre almas. É o mesmo amor que Valério sente por Luísa.

Ou que Luís da Silva sente por Marina. Encontrando-se em posição confortável, com algum dinheiro no banco, é natural que o ex-vagabundo se interesse pela jovem vizinha fisicamente exuberante e pobre o suficiente para poder ser protegida por ele. Apaixona-se e depois a perde para alguém que, sendo mais rico, fere-o duplamente: roubando-lhe a mulher e a posição precária de superioridade que conquistara com ela.

Valério, no final, descobre-se apenas um selvagem feito da mesma matéria de que são feitos os índios sobre os quais escrevia. E são todos caetés: Valério, Paulo, Luís, Fabiano. Pobres homens desejando muito e obtendo pouco — ou obtendo o que não desejam. Debatendo-se num esforço inútil por uma realização que não sabem onde está. Incapazes de lutar contra as estruturas que os oprimem e chafurdando numa briga encarniçada em que derrotam apenas a si mesmos e às Luísas e Adriões que cruzam seus caminhos.

VIDA E OBRA DE GRACILIANO RAMOS

Cronologia

1892 Nasce a 27 de outubro em Quebrangulo, Alagoas.

1895 O pai, Sebastião Ramos, compra a Fazenda Pintadinho, em Buíque, no sertão de Pernambuco, e muda com a família. Com a seca, a criação não prospera e o pai acaba por abrir uma loja na vila.

1898 Primeiros exercícios de leitura.

1899 A família se muda para Viçosa, Alagoas.

1904 Publica o conto "Pequeno pedinte" em *O Dilúculo*, jornal do internato onde estudava.

1905 Muda-se para Maceió e passa a estudar no colégio Quinze de Março.

1906 Redige o periódico *Echo Viçosense*, que teve apenas dois números.

Publica sonetos na revista carioca *O Malho*, sob o pseudônimo Feliciano de Olivença.

1909 Passa a colaborar no *Jornal de Alagoas*, publicando o soneto "Céptico", como Almeida Cunha. Nesse jornal, publicou diversos textos com vários pseudônimos.

1910-1914 Cuida da casa comercial do pai em Palmeira dos Índios.

1914 Sai de Palmeira dos Índios no dia 16 de agosto, embarca no navio *Itassucê* para o Rio de Janeiro, no dia 27, com o amigo Joaquim Pinto da Mota Lima Filho. Entra para o *Correio da Manhã*, como revisor. Trabalha também nos jornais *A Tarde* e *O Século*, além de colaborar com os jornais *Paraíba do Sul* e *O Jornal de Alagoas* (cujos textos compõem a obra póstuma *Linhas tortas*).

1915 Retorna às pressas para Palmeira dos Índios. Os irmãos Otacílio, Leonor e Clodoaldo, e o sobrinho Heleno, morrem vítimas da epidemia da peste bubônica.
Casa-se com Maria Augusta de Barros, com quem tem quatro filhos: Márcio, Júnio, Múcio e Maria Augusta.

1917 Assume a loja de tecidos A Sincera.

1920 Morte de Maria Augusta, devido a complicações no parto.

1921 Passa a colaborar com o semanário *O Índio*, sob os pseudônimos J. Calisto e Anastácio Anacleto.

1925 Inicia *Caetés*, concluído em 1928, mas revisto várias vezes, até 1930.

1927 É eleito prefeito de Palmeira dos Índios.

1928 Toma posse do cargo de prefeito.
Casa-se com Heloísa Leite de Medeiros, com quem tem outros quatro filhos: Ricardo, Roberto, Luiza e Clara.

1929 Envia ao governador de Alagoas o relatório de prestação de contas do município. O relatório, pela sua qualidade literária, chega às mãos de Augusto Schmidt, editor, que procura Graciliano para saber se ele tem outros escritos que possam ser publicados.

1930 Publica artigos no *Jornal de Alagoas*.
Renuncia ao cargo de prefeito em 10 de abril.
Em maio, muda-se com a família para Maceió, onde é nomeado diretor da Imprensa Oficial de Alagoas.

1931 Demite-se do cargo de diretor.

1932 Escreve os primeiros capítulos de *S. Bernardo*.

1933 Publicação de *Caetés*.
Início de *Angústia*.
É nomeado diretor da Instrução Pública de Alagoas, cargo equivalente a Secretário Estadual de Educação.

1934 Publicação de *S. Bernardo*.

1936 Em março, é preso em Maceió e levado para o Rio de Janeiro.
Publicação de *Angústia*.

1937 É libertado no Rio de Janeiro.
Escreve *A terra dos meninos pelados*, que recebe o prêmio de Literatura Infantil do Ministério da Educação.

1938 Publicação de *Vidas secas*.

1939 É nomeado Inspetor Federal de Ensino Secundário do Rio de Janeiro.

1940 Traduz *Memórias de um negro*, do norte-americano Booker Washington.

1942 Publicação de *Brandão entre o mar e o amor*, romance em colaboração com Rachel de Queiroz, José Lins do Rego, Jorge Amado e Aníbal Machado, sendo a sua parte intitulada "Mário".

1944 Publicação de *Histórias de Alexandre*.

1945 Publicação de *Infância*.
Publicação de *Dois dedos*.
Filia-se ao Partido Comunista Brasileiro.

1946 Publicação de *Histórias incompletas*.

1947 Publicação de *Insônia*.

1950 Traduz o romance *A peste*, de Albert Camus.

1951 Torna-se presidente da Associação Brasileira de Escritores.

1952 Viaja pela União Soviética, Tchecoslováquia, França e Portugal.

1953 Morre no dia 20 de março, no Rio de Janeiro. Publicação póstuma de *Memórias do cárcere.*

1954 Publicação de *Viagem.*

1962 Publicação de *Linhas tortas* e *Viventes das Alagoas.* *Vidas secas* recebe o Prêmio da Fundação William Faulkner como o livro representativo da literatura brasileira contemporânea.

1980 Heloísa Ramos doa o Arquivo Graciliano Ramos ao Instituto de Estudos Brasileiros da Universidade de São Paulo, reunindo manuscritos, documentos pessoais, correspondência, fotografias, traduções e alguns livros. Publicação de *Cartas.*

1992 Publicação de *Cartas de amor a Heloísa.*

Bibliografia de autoria de Graciliano Ramos

Caetés
Rio de Janeiro: Schmidt, 1933. 2ª ed. Rio de Janeiro: J. Olympio, 1947. 6ª ed. São Paulo: Martins, 1961. 11ª ed. Rio de Janeiro: Record, 1973. [33ª ed., 2015]

S. Bernardo
Rio de Janeiro: Ariel, 1934. 2ª ed. Rio de Janeiro: J. Olympio, 1938. 7ª ed. São Paulo: Martins, 1964. 24ª ed. Rio de Janeiro: Record, 1975. [100ª ed., 2018]

Angústia
Rio de Janeiro: J. Olympio, 1936. 8ª ed. São Paulo: Martins, 1961. 15ª ed. Rio de Janeiro: Record, 1975. [70ª ed., 2017]

Vidas secas
Rio de Janeiro: J. Olympio, 1938. 6ª ed. São Paulo: Martins, 1960. 34ª ed. Rio de Janeiro: Record, 1975. [137ª ed., 2018]

A terra dos meninos pelados
Ilustrações de Nelson Boeira Faedrich. Porto Alegre: Globo, 1939. 2ª ed. Rio de Janeiro: Instituto Estadual do Livro, INL, 1975. 4ª ed.

Ilustrações de Floriano Teixeira. Rio de Janeiro: Record, 1981. 24ª ed. Ilustrações de Roger Mello. Rio de Janeiro: Record, 2000. 46º ed. [1ª ed. Galera Record] Ilustrações de Jean-Claude Ramos Alphen. Rio de Janeiro: Galera Record, 2014. [55ª ed., 2018]

Histórias de Alexandre
Ilustrações de Santa Rosa. Rio de Janeiro: Leitura, 1944. Ilustrações de André Neves. Rio de Janeiro: Record, 2007. [14ª ed., 2017]

Dois dedos
Ilustrações em madeira de Axel de Leskoschek. R. A., 1945. Conteúdo: Dois dedos, O relógio do hospital, Paulo, A prisão de J. Carmo Gomes, Silveira Pereira, Um pobre-diabo, Ciúmes, Minsk, Insônia, Um ladrão.

Infância (memórias)
Rio de Janeiro: J. Olympio, 1945. 5ª ed. São Paulo: Martins, 1961. 10ª ed. Rio de Janeiro: Record, 1975. [48ª ed., 2015]

Histórias incompletas
Rio de Janeiro: Globo, 1946. Conteúdo: Um ladrão, Luciana, Minsk, Cadeia, Festa, Baleia, Um incêndio, Chico Brabo, Um intervalo, Venta-romba.

Insônia
Rio de Janeiro: J. Olympio, 1947. 5ª ed. São Paulo: Martins, 1961. Ed. Crítica. São Paulo: Martins; Brasília: INL, 1973. 16ª ed. Rio de Janeiro: Record, 1980. [32ª ed., 2017]

Memórias do cárcere
Rio de Janeiro: J. Olympio, 1953. 4 v. Conteúdo: v. 1 Viagens; v. 2 Pavilhão dos primários; v. 3 Colônia correcional; v. 4 Casa

de correção. 4ª ed. São Paulo: Martins, 1960. 2 v. 13ª ed. Rio de Janeiro: Record, 1980. 2 v. Conteúdo: v. 1, pt. 1 Viagens; v. 1, pt. 2 Pavilhão dos primários; v. 2, pt. 3 Colônia correcional; v. 2, pt. 4 Casa de correção. [49ª ed., 2015]

Viagem
Rio de Janeiro: J. Olympio, 1954. 3ª ed. São Paulo: Martins, 1961. 10ª ed. Rio de Janeiro: Record, 1980. [21ª ed., 2007]

Contos e novelas (organizador)
Rio de Janeiro: Casa do Estudante do Brasil, 1957. 3 v. Conteúdo: v. 1 Norte e Nordeste; v. 2 Leste; v. 3 Sul e Centro-Oeste.

Linhas tortas
São Paulo: Martins, 1962. 3ª ed. Rio de Janeiro: Record; São Paulo: Martins, 1975. 280 p. 8ª ed. Rio de Janeiro: Record, 1980. [22ª ed., 2015]

Viventes das Alagoas
Quadros e costumes do Nordeste. São Paulo: Martins, 1962. 5ª ed. Rio de Janeiro: Record, 1975. [19ª ed., 2007]

Alexandre e outros heróis
São Paulo: Martins, 1962. 16ª ed. Rio de Janeiro: Record, 1978. [63ª ed., 2016]

Cartas
Desenhos de Portinari... [et al.]; caricaturas de Augusto Rodrigues, Mendez, Alvarus. Rio de Janeiro: Record, 1980. [8ª ed., 2011]

Cartas de amor a Heloísa

Edição comemorativa do centenário de Graciliano Ramos. São Paulo: Secretaria Municipal de Cultura, 1992. 2ª ed. Rio de Janeiro: Record, 1992. [2ª ed., 1996]

O estribo de prata

Ilustrações de Floriano Teixeira. Rio de Janeiro: Record, 1984. (Coleção Abre-te Sésamo). 5ª ed. Ilustrações de Simone Matias. Rio de Janeiro: Galerinha Record, 2012.

Garranchos

Organização de Thiago Mio Salla. Rio de Janeiro: Record, 2012. [2ª ed., 2013]

Cangaços

Organização de Ieda Lebensztayn e Thiago Mio Salla. Rio de Janeiro: Record, 2014.

Conversas

Organização de Ieda Lebensztayn e Thiago Mio Salla. Rio de Janeiro, 2014.

Minsk

Ilustrações de Rosinha. Rio de Janeiro: Galera Record, 2013.

Antologias, entrevistas e obras em colaboração

CHAKER, Mustafá (Org.). *A literatura no Brasil*. Graciliano Ramos ... [et al.]. Kuwait: [s. n.], 1986. 293 p. Conteúdo: Dados biográficos de escritores brasileiros: Castro Alves, Joaquim de Souza Andrade, Carlos Drummond de Andrade, Vinicius de Moraes, Haroldo de Campos, Manuel Bandeira, Manuel de Macedo, José de Alencar, Graciliano Ramos, Cecília Meireles, Jorge Amado, Clarice Lispector e Zélia Gattai. Texto e título em árabe.

FONTES, Amando et al. *10 romancistas falam de seus personagens*. Amando Fontes, Cornélio Penna, Erico Verissimo, Graciliano Ramos, Jorge Amado, José Geraldo Vieira, José Lins do Rego, Lucio Cardoso, Octavio de Faria, Rachel de Queiroz; prefácio de Tristão de Athayde; ilustradores: Athos Bulcão, Augusto Rodrigues, Carlos Leão, Clóvis Graciano, Cornélio Penna, Luís Jardim, Santa Rosa. Rio de Janeiro: Edições Condé, 1946. 66 p., il., folhas soltas.

LEBENSZTAYN, Ieda e SALLA, Thiago Mio. *Conversas*. Rio de Janeiro: Record, 2014.

MACHADO, Aníbal M. et al. *Brandão entre o mar e o amor*. Romance por Aníbal M. Machado, Graciliano Ramos, Jorge Amado, José Lins do Rego e Rachel de Queiroz. São Paulo: Martins, 1942. 154 p. Título da parte de autoria de Graciliano Ramos: "Mário".

QUEIROZ, Rachel de. *Caminho de pedras*. Poesia de Manuel Bandeira; Estudo de Olívio Montenegro; Crônica de Graciliano Ramos. 10ª ed. Rio de Janeiro: J. Olympio, 1987. 96 p. Edição comemorativa do Jubileu de Ouro do Romance.

RAMOS, Graciliano. *Angústia 75 anos*. Edição comemorativa organizada por Elizabeth Ramos. 1ª ed. Rio de Janeiro: Record, 2011. 384 p.

RAMOS, Graciliano. *Coletânea*: seleção de textos. Rio de Janeiro: Civilização Brasileira; Brasília: INL, 1977. 315 p. (Coleção Fortuna Crítica, 2).

RAMOS, Graciliano. "Conversa com Graciliano Ramos". *Temário — Revista de Literatura e Arte*, Rio de Janeiro, v. 2, n. 4, p. 24-29, jan.-abr., 1952. "A entrevista foi conseguida desta forma: perguntas do suposto repórter e respostas literalmente dos romances e contos de Graciliano Ramos."

RAMOS, Graciliano. *Graciliano Ramos*. Coletânea organizada por Sônia Brayner. Rio de Janeiro: Civilização Brasileira; Brasília: INL, 1977. 316 p. (Coleção Fortuna Crítica, 2). Inclui bibliografia. Contém dados biográficos.

RAMOS, Graciliano. *Graciliano Ramos*. 1ª ed. Seleção de textos, notas, estudos biográfico, histórico e crítico e exercícios por: Vivina de Assis Viana. São Paulo: Abril Cultural, 1981. 111 p., il. (Literatura Comentada). Bibliografia: p. 110-111.

RAMOS, Graciliano. *Graciliano Ramos*. Seleção e prefácio de João Alves das Neves. Coimbra: Atlântida, 1963. 212 p. (Antologia do Conto Moderno).

RAMOS, Graciliano. *Graciliano Ramos*: trechos escolhidos. Por Antonio Candido. Rio de Janeiro: Agir, 1961. 99 p. (Nossos Clássicos, 53).

RAMOS, Graciliano. *Histórias agrestes*: contos escolhidos. Seleção e prefácio de Ricardo Ramos. São Paulo: Cultrix, [1960]. 201 p. (Contistas do Brasil, 1).

RAMOS, Graciliano. *Histórias agrestes*: antologia escolar. Seleção e prefácio Ricardo Ramos; ilustrações de Quirino Campofiorito. Rio de Janeiro: Tecnoprint, [1967]. 207 p., il. (Clássicos Brasileiros).

RAMOS, Graciliano. "Ideias Novas". Separata de: *Rev. do Brasil*, [s. l.], ano 5, n. 49, 1942.

RAMOS, Graciliano. *Para gostar de ler*: contos. 4ª ed. São Paulo: Ática, 1988. 95 p., il.

RAMOS, Graciliano. *Para gostar de ler*: contos. 9ª ed. São Paulo: Ática, 1994. 95 p., il. (Para Gostar de Ler, 8).

RAMOS, Graciliano. *Relatórios*. [Organização de Mário Hélio Gomes de Lima.] Rio de Janeiro: Editora Record, 1994. 140 p. Relatórios e artigos publicados entre 1928 e 1953.

RAMOS, Graciliano. *Seleção de contos brasileiros*. Rio de Janeiro: Ed. de Ouro, 1966. 3 v. (333 p.), il. (Contos brasileiros).

RAMOS, Graciliano. [Sete] *7 histórias verdadeiras*. Capa e ilustrações de Percy Deane; [prefácio do autor]. Rio de Janeiro: Ed. Vitória, 1951. 73 p. Contém índice. Conteúdo: Primeira história verdadeira. O olho torto de Alexandre, O estribo de prata, A safra dos tatus, História de uma bota, Uma canoa furada, Moqueca.

RAMOS, Graciliano. "Seu Mota". *Temário — Revista de Literatura e Arte*, Rio de Janeiro, v. 2, n. 4, p. 21-23, jan.-abr., 1952.

RAMOS, Graciliano et al. *Amigos*. Ilustrações de Zeflávio Teixeira. 8ª ed. São Paulo: Atual, 1999. 66 p., il. (Vínculos), brochura.

RAMOS, Graciliano (Org.). *Seleção de contos brasileiros*. Ilustrações de Cleo. Rio de Janeiro: Tecnoprint, [1981]. 3 v.: il. (Ediouro. Coleção Prestígio). "A apresentação segue um critério geográfico, incluindo escritores antigos e modernos de todo o país." Conteúdo: v. 1 Norte e Nordeste; v. 2 Leste; v. 3 Sul e Centro-Oeste.

RAMOS, Graciliano. *Vidas Secas 70 anos*: edição especial. Fotografias de Evandro Teixeira. 1ª ed. Rio de Janeiro: Record, 2008. 208 p.

ROSA, João Guimarães. *Primeiras estórias*. Introdução de Paulo Rónai; poema de Carlos Drummond de Andrade; nota biográfica de Renard Perez; crônica de Graciliano Ramos. 5ª ed. Rio de Janeiro: J. Olympio, 1969. 176 p.

WASHINGTON, Booker T. *Memórias de um negro*. [Tradução de Graciliano Ramos.] São Paulo: Cia. Ed. Nacional, 1940. 226 p.

Obras traduzidas

Alemão

Angst [Angústia]. Surkamp Verlag, 1978.

Karges Leben [Vidas secas]. 1981.

Karges Leben [Vidas secas]. Verlag Klaus Wagenbach, 2013. Obra publicada com o apoio do Ministério da Cultura do Brasil / Fundação Biblioteca Nacional.

Kindheit [Infância]. Verlag Klaus Wagenbach, 2013. Obra publicada com o apoio do Ministério da Cultura do Brasil / Fundação Biblioteca Nacional.

Nach eden ist es weit [Vidas secas]. Horst Erdmann Verlag, 1965.

Raimundo im Land Tatipirún [A terra dos meninos pelados]. Zürich: Verlag Nagel & Kimche. 1996.

São Bernardo: roman. Frankfurt: Fischer Bucherei, 1965.

Búlgaro

Cyx Knbot [Vidas secas]. 1969.

Catalão

Vides seques. Martorell: Adesiara Editorial, 2011.

Dinamarquês

Tørke [Vidas secas]. 1986.

Espanhol

Angustia. Madri: Ediciones Alfaguara, 1978.
Angustia. México: Páramo Ediciones, 2008.
Angustia. Montevidéu: Independencia, 1944.
Infancia. Buenos Aires, Rosario: Beatriz Viterbo Editora, 2010.
Infancia. Buenos Aires: Siglo Veinte, 1948.
San Bernardo. Caracas: Monte Avila Editores, 1980.
Vidas secas. Buenos Aires: Editorial Futuro, 1947.
Vidas secas. Buenos Aires: Editora Capricornio, 1958.
Vidas secas. Havana: Casa de las Américas, [1964].
Vidas secas. Montevidéu: Nuestra América, 1970.
Vidas secas. Madri: Espasa-Calpe, 1974.
Vidas secas. Buenos Aires: Corregidor, 2001.
Vidas secas. Montevidéu: Ediciones de la Banda Oriental, 2004.

Esperanto

Vivoj Sekaj [Vidas secas]. El la portugala tradukis Leopoldo H. Knoedt. Fonto (Gersi Alfredo Bays), Chapecó, SC — Brazilo, 1997.

Finlandês

São Bernardo. Helsinki: Porvoo, 1961.

Flamengo

De Doem van de Droogte [Vidas secas]. 1971.
Vlucht Voor de Droogte [Vidas secas]. Antuérpia: Nederlandse vertaling Het Wereldvenster, Bussum, 1981.

Francês

Angoisse [Angústia]. Paris: Gallimard, 1992.

Enfance [Infância]. Paris: Gallimard.

Insomnie: Nouvelles [Insônia]. Paris: Gallimard, 1998.

Mémoires de Prison [Memórias do Cárcere]. Paris: Gallimard.

São Bernardo. Paris: Gallimard, 1936, 1986.

Secheresse [Vidas secas]. Paris: Gallimard, 1964.

Holandês

Angst [Angústia]. Amsterdam: Coppens & Frenks, Uitgevers, 1995.

Dorre Levens [Vidas secas]. Amsterdam: Coppens & Frenks, Uitgevers, 1998.

Kinderjaren [Infância]. Amsterdam: De Arbeiderspers, Uitgevers, 2007.

São Bernardo. Amsterdam: Coppens & Frenks, Uitgevers, 1996.

Húngaro

Aszaly [Vidas secas]. Budapeste: Europa Könyvriadó, 1967.

Emberfarkas [S. Bernardo]. Budapeste, 1962.

Inglês

Anguish [Angústia]. Nova York: A. A. Knopf, 1946; Westport, Conn.: Greenwood Press, 1972.

Barren Lives [Vidas secas]. Austin: University of Texas Press, 1965; 5ª ed, 1999.

Childhood [Infância]. Londres: P. Owen, 1979.

São Bernardo: a novel. Londres: P. Owen, 1975.

Italiano

Angoscia [Angústia]. Milão: Fratelli Bocca, 1954.

Insonnia [Insônia]. Roma: Edizioni Fahrenheit 451, 2008.

San Bernardo. Turim: Bollati Boringhieri Editore, 1993.

Siccità [Vidas secas]. Milão: Accademia Editrice, 1963.

Terra Bruciata [Vidas secas]. Milão: Nuova Accademia, 1961.

Vite Secche [Vidas secas]. Roma: Biblioteca Del Vascello, 1993.

Polonês

Zwiedle Zycie [Vidas secas]. 1950.

Romeno

Vieti Seci [Vidas secas]. 1966.

Sueco

Förtorkade Liv [Vidas secas]. 1993.

Tcheco

Vyprahlé Zivoty [Vidas secas]. Praga, 1959.

Turco

Kiraç [Vidas secas]. Istambul, 1985.

Bibliografia sobre Graciliano Ramos

Livros, dissertações, teses e artigos de periódicos

ABDALA JÚNIOR, Benjamin. *A escrita neorrealista*: análise socioestilística dos romances de Carlos de Oliveira e Graciliano Ramos. São Paulo: Ática, 1981. xii, 127 p. Bibliografia: p. [120]-127 (Ensaios, 73).

ABDALA JÚNIOR, Benjamin (Org.). *Graciliano Ramos*: muros sociais e aberturas artísticas. Rio de Janeiro: Record, 2017. 336 p. Bibliografia: p. [334]-335.

ABEL, Carlos Alberto dos Santos. *Graciliano Ramos, cidadão e artista*. Rio de Janeiro: UFRJ, 1983. 357 f. Tese (Doutorado) — Faculdade de Letras, Universidade Federal do Rio de Janeiro.

ABEL, Carlos Alberto dos Santos. *Graciliano Ramos, cidadão e artista*. Brasília, DF: Editora UnB, c1997. 384 p. Bibliografia: p. [375]-384.

ABREU, Carmem Lucia Borges de. *Tipos e valores do discurso citado em Angústia*. Niterói: UFF, 1977. 148 f. Dissertação (Mestrado) — Instituto de Letras, Universidade Federal Fluminense.

ALENCAR, Ubireval (Org.). *Motivos de um centenário*: palestras — programação centenária em Alagoas — convidados do simpósio internacional. Alagoas: Universidade Federal de Alagoas: Instituto Arnon de Mello: Estado de Alagoas, Secretaria de Comunicação Social, 1992. 35 p., il.

ALMEIDA FILHO, Leonardo. *Graciliano Ramos e o mundo interior*: o desvão imenso do espírito. Brasília, DF: Editora UnB, 2008. 164 p.

ALVES, Fabio Cesar. *Armas de papel*: Graciliano Ramos, as Memórias do Cárcere e o Partido Comunista Brasileiro. Prefácio de Francisco Alambert. São Paulo: Editora 34, 2016 (1ª edição). 336 p.

ANDREOLI-RALLE, Elena. *Regards sur la littérature brésilienne*. Besançon: Faculté des Lettres et Sciences Humaines; Paris: Diffusion, Les Belles Lettres, 1993. 136 p., il. (Annales Littéraires de l'Université de Besançon, 492). Inclui bibliografia.

AUGUSTO, Maria das Graças de Moraes. *O absurdo na obra de Graciliano Ramos, ou, de como um marxista virou existencialista*. Rio de Janeiro: UFRJ, Instituto de Filosofia e Ciências Sociais, 1981. 198 p.

BARBOSA, Sonia Monnerat. *Edição crítica de Angústia de Graciliano Ramos*. Niterói: UFF, 1977. 2 v. Dissertação (Mestrado) — Instituto de Letras, Universidade Federal Fluminense.

BASTOS, Hermenegildo. *Memórias do cárcere, literatura e testemunho*. Brasília: Editora UnB, c1998. 169 p. Bibliografia: p. [163]-169.

BASTOS, Hermenegildo. *Relíquias de la casa nueva*. La narrativa Latinoamericana: El eje Graciliano-Rulfo. México: Universidad Nacional Autónoma de México, 2005. Centro Coordinador Difusor de Estúdios Latinoamericanos. Traducción de Antelma Cisneros. 160 p. Inclui bibliografia.

BASTOS, Hermenegildo. BRUNACCI, Maria Izabel. ALMEIDA FILHO, Leonardo. *Catálogo de benefícios*: o significado de uma homenagem. Edição conjunta com o livro *Homenagem a Graciliano Ramos*, registro do jantar comemorativo do cinquentenário do escritor, em 1943, quando lhe foi entregue o Prêmio Filipe de Oliveira pelo conjunto da obra. Reedição da publicação original inclui os discursos pronunciados por escritores presentes ao jantar e artigos publicados na imprensa por ocasião da homenagem. Brasília: Hinterlândia Editorial, 2010. 125 p.

BISETTO, Carmen Luc. *Étude quantitative du style de Graciliano Ramos dans Infância*. [S.l.], [s.n.]: 1976.

BOSI, Alfredo. *História concisa da literatura brasileira*. 32ª ed. Editora Cultrix, São Paulo: 1994. 528 p. Graciliano Ramos. p. 400--404. Inclui bibliografia.

BRASIL, Francisco de Assis Almeida. *Graciliano Ramos*: ensaio. Rio de Janeiro: Org. Simões, 1969. 160 p., il. Bibliografia: p. 153-156. Inclui índice.

BRAYNER, Sônia. *Graciliano Ramos*: coletânea. 2ª ed. Rio de Janeiro: Civilização Brasileira, 1978. 316 p. (Coleção Fortuna Crítica).

BRUNACCI, Maria Izabel. *Graciliano Ramos*: um escritor personagem. Belo Horizonte: Autêntica Editora, 2008. Crítica e interpretação. 190 p. Inclui bibliografia.

BUENO, Luís. *Uma história do romance de 30*. São Paulo: Ed. da Universidade de São Paulo; Campinas: Editora da Unicamp, 2006. 712 p. Graciliano Ramos, p. 597-664. Inclui bibliografia.

BUENO-RIBEIRO, Eliana. *Histórias sob o sol*: uma interpretação de Graciliano Ramos. Rio de Janeiro: UFRJ, 1989. 306 f. Tese (Doutorado) — Faculdade de Letras, Universidade Federal do Rio de Janeiro, 1980.

BULHÕES, Marcelo Magalhães. *Literatura em campo minado*: a metalinguagem em Graciliano Ramos e a tradição brasileira. São Paulo: Annablume, FAPESP, 1999.

BUMIRGH, Nádia R.M.C. *S. Bernardo de Graciliano Ramos*: proposta para uma edição crítica. São Paulo: USP, 1998. Dissertação (Mestrado) — Faculdade de Filosofia, Letras e Ciências Humanas, Universidade de São Paulo.

CANDIDO, Antonio. *Ficção e confissão*: ensaio sobre a obra de Graciliano Ramos. Rio de Janeiro: J. Olympio, 1956. 83 p.

CANDIDO, Antonio. *Ficção e confissão*: ensaios sobre Graciliano Ramos. Rio de Janeiro: Editora 34, 1992. 108 p., il. Bibliografia: p. [110]-[111].

CARVALHO, Castelar de. *Ensaios gracilianos*. Rio de Janeiro: Ed. Rio, Faculdades Integradas Estácio de Sá, 1978. 133 p. (Universitária, 6).

CARVALHO, Elizabeth Pereira de. *O foco movente em Liberdade*: estilhaço e ficção em Silviano Santiago. Rio de Janeiro: UFRJ, 1992. 113 p. Dissertação (Mestrado) — Faculdade de Letras, Universidade Federal do Rio de Janeiro.

CARVALHO, Lúcia Helena de Oliveira Vianna. *A ponta do novelo*: uma interpretação da "mise en abîme" em *Angústia* de Graciliano Ramos. Niterói: UFF, 1978. 183 f. Dissertação (Mestrado) — Instituto de Letras, Universidade Federal Fluminense.

CARVALHO, Lúcia Helena de Oliveira Vianna. *A ponta do novelo*: uma interpretação de *Angústia*, de Graciliano Ramos. São Paulo: Ática, 1983. 130 p. (Ensaios, 96). Bibliografia: p. [127]-130.

CARVALHO, Lúcia Helena de Oliveira Vianna. *Roteiro de leitura*: *São Bernardo* de Graciliano Ramos. São Paulo: Ática, 1997. 152 p. Brochura.

CARVALHO, Luciana Ribeiro de. *Reflexos da Revolução Russa no romance brasileiro dos anos trinta*: Jorge Amado e Graciliano Ramos. São Paulo, 2000. 139 f. Dissertação (Mestrado) — Faculdade de Filosofia, Letras e Ciências Humanas, Universidade de São Paulo.

CARVALHO, Sônia Maria Rodrigues de. *Traços de continuidade no universo romanesco de Graciliano Ramos*. São Paulo: Universidade Estadual Paulista, 1990. 119 f. Dissertação (Mestrado) — Universidade Estadual Paulista Júlio Mesquita Filho.

CASTELLO, José Aderaldo. *Homens e intenções*: cinco escritores modernistas. São Paulo: Conselho Estadual de Cultura, Comissão de Literatura, 1959. 107 p. (Coleção Ensaio, 3).

CASTELLO, José Aderaldo. *A literatura brasileira*. Origens e Unidade (1500-1960). Dois vols. Editora da Universidade de São Paulo, SP, 1999. Graciliano Ramos, autor-síntese. Vol. II, p. 298-322.

CENTRE DE RECHERCHES LATINO-AMÉRICAINES. *Graciliano Ramos*: Vidas secas. [S.l.], 1972. 142 p.

CERQUEIRA, Nelson. *Hermenêutica e literatura*: um estudo sobre *Vidas secas* de Graciliano Ramos e *Enquanto agonizo* de William Faulkner. Salvador: Editora Cara, 2003. 356 p.

CÉSAR, Murilo Dias. *São Bernardo*. São Paulo: Imprensa Oficial do Estado, 1997. 64 p. Título de capa: *Adaptação teatral livre de* São Bernardo, *de Graciliano Ramos*.

[CINQUENTA] 50 anos do romance *Caetés*. Maceió: Departamento de Assuntos Culturais, 1984. 106 p. Bibliografia: p. [99]-100.

COELHO, Nelly Novaes. *Tempo, solidão e morte*. São Paulo: Conselho Estadual de Cultura, Comissão de Literatura, [1964]. 75 p. (Coleção Ensaio, 33). Conteúdo: O "eterno instante" na poesia de Cecília Meireles; Solidão e luta em Graciliano Ramos; O tempo e a morte: duas constantes na poesia de Antônio Nobre.

CONRADO, Regina Fátima de Almeida. *O mandacaru e a flor*: a autobiografia *Infância* e os modos de ser Graciliano. São Paulo: Arte & Ciência, 1997. 207 p. (Universidade Aberta, 32. Literatura). Parte da dissertação do autor (Mestrado) — UNESP, 1989. Bibliografia: p. [201]-207.

CORRÊA JUNIOR, Ângelo Caio Mendes. *Graciliano Ramos e o Partido Comunista Brasileiro*: as memórias do cárcere. São Paulo, 2000. 123 p. Dissertação (Mestrado) — Faculdade de Filosofia, Letras e Ciências Humanas, Universidade de São Paulo.

COURTEAU, Joanna. *The World View in the Novels of Graciliano Ramos*. Ann Arbor: Univ. Microfilms Int., 1970. 221 f. Tese (Doutorado) — The University of Wisconsin. Ed. Fac-similar.

COUTINHO, Fernanda. *Imagens da infância em Graciliano Ramos e Antoine de Saint-Exupéry*. Recife: UFPE, 2004. 231 f. Tese (doutorado) — Centro de Artes e Comunicação, Universidade Federal de Pernambuco. Inclui bibliografia.

COUTINHO, Fernanda. *Imagens da infância em Graciliano Ramos e Antoine de Saint-Exupéry*. Fortaleza: Banco do Nordeste do Brasil, 2012. 276p. (Série Textos Nômades). Esta edição comemora os 120 anos de nascimento de Graciliano Ramos.

COUTINHO, Fernanda. *Lembranças pregadas a martelo*: breves considerações sobre o medo em *Infância* de Graciliano Ramos. In *Investigações*: Revista do Programa de Pós-graduação em Letras e Linguística da UFPE. Recife: vol. 13 e 14, dezembro, 2001.

CRISTÓVÃO, Fernando Alves. *Graciliano Ramos*: estrutura e valores de um modo de narrar. Rio de Janeiro: Ed. Brasília; Brasília: INL, 1975. 330 p. il. (Coleção Letras, 3). Inclui índice. Bibliografia: p. 311-328.

CRISTÓVÃO, Fernando Alves. *Graciliano Ramos*: estrutura e valores de um modo de narrar. 2ª ed., rev. Rio de Janeiro: Ed. Brasília/Rio, 1977. xiv, 247 p., il. (Coleção Letras). Bibliografia: p. 233-240.

CRISTÓVÃO, Fernando Alves. *Graciliano Ramos*: estrutura e valores de um modo de narrar. Prefácio de Gilberto Mendonça Teles. 3ª ed., rev. e il. Rio de Janeiro: J. Olympio, 1986. xxxiii, 374 p., il. (Coleção Documentos Brasileiros, 202). Bibliografia: p. 361-374. Apresentado originalmente como tese do autor (Doutorado em Literatura Brasileira) — Universidade Clássica de Lisboa. Brochura.

CRUZ, Liberto; EULÁLIO, Alexandre; AZEVEDO, Vivice M. C. *Études portugaises et brésiliennes*. Rennes: Faculté des Lettres et Sciences Humaines, 1969. 72 p. facsims. Bibliografia:

p. 67-71. Estudo sobre: Júlio Dinis, Blaise Cendrars, Darius Milhaud e Graciliano Ramos. Travaux de la Faculté des Lettres et Sciences Humaines de l'Université de Rennes, Centre d'Études Hispaniques, Hispano-Américaines et Luso-Brésiliennes (Series, 5), (Centre d'Études Hispaniques, Hispano-américaines et Luso-Brésiliennes. [Publications], 5).

DANTAS, Audálio. *A infância de Graciliano Ramos*: biografia. Literatura infantojuvenil. São Paulo: Instituto Callis, 2005.

DIAS, Ângela Maria. *Identidade e memória*: os estilos Graciliano Ramos e Rubem Fonseca. Rio de Janeiro: UFRJ, 1989. 426 f. Tese (Doutorado) — Faculdade de Letras, Universidade Federal do Rio de Janeiro.

D'ONOFRIO, Salvatore. *Conto brasileiro*: quatro leituras (Machado de Assis, Graciliano Ramos, Guimarães Rosa, Osman Lins). Petrópolis: Vozes, 1979. 123 p.

DUARTE, Eduardo de Assis (Org.). *Graciliano revisitado*: coletânea de ensaios. Natal: Ed. Universitária, UFRN, 1995. 227 p. (Humanas letras).

ELLISON, Fred P. *Brazil's New Novel*: Four Northeastern Masters: José Lins do Rego, Jorge Amado, Graciliano Ramos [and] Rachel de Queiroz. Berkeley: University of California Press, 1954. 191 p. Inclui bibliografia.

ELLISON, Fred P. *Brazil's New Novel*: Four Northeastern Masters: José Lins do Rego, Jorge Amado, Graciliano Ramos, Rachel de Queiroz. Westport, Conn.: Greenwood Press, 1979 (1954). xiii, 191 p. Reimpressão da edição publicada pela University of California Press, Berkeley. Inclui índice. Bibliografia: p. 183-186.

FABRIS, M. "Função Social da Arte: Cândido Portinari e Graciliano Ramos". *Rev. do Instituto de Estudos Brasileiros*, São Paulo, n. 38, p. 11-19, 1995.

FARIA, Viviane Fleury. *Um fausto cambembe*: Paulo Honório. Tese (Doutorado) — Brasília: UnB, 2009. Orientação de Hermenegildo Bastos. Programa de Pós-Graduação em Literatura, UnB.

FÁVERO, Afonso Henrique. *Aspectos do memorialismo brasileiro*. São Paulo, 1999. 370 p. Tese (Doutorado) — Faculdade de Filosofia, Letras e Ciências Humanas, Universidade de São Paulo. Graciliano Ramos é um dos três autores que "figuram em primeiro plano na pesquisa, com *Infância* e *Memórias do cárcere*, duas obras de reconhecida importância dentro do gênero".

FELDMANN, Helmut. *Graciliano Ramos*: eine Untersuchung zur Selbstdarstellung in seinem epischen Werk. Genève: Droz, 1965. 135 p. facsims. (Kölner romanistische Arbeiten, n.F., Heft 32). Bibliografia: p. 129-135. Vita. Thesis — Cologne.

FELDMANN, Helmut. *Graciliano Ramos*: reflexos de sua personalidade na obra. [Tradução de Luís Gonzaga Mendes Chaves e José Gomes Magalhães.] Fortaleza: Imprensa Universitária do Ceará, 1967. 227 p. (Coleção Carnaúba, 4). Bibliografia: p. 221-227.

FELINTO, Marilene. *Graciliano Ramos*. São Paulo: Brasiliense, 1983. 78 p., il. "Outros heróis e esse Graciliano". Lista de trabalhos de Graciliano Ramos incluída em "Cronologia": p. 68-75. (Encanto Radical, 30).

FERREIRA, Jair Francelino; BRUNETI, Almir de Campos. *Do meio aos mitos*: Graciliano Ramos e a tradição religiosa. Brasília, 1999. Dissertação (Mestrado) — Universidade de Brasília. 94 p.

FISCHER, Luis Augusto; GASTAL, Susana; COUTINHO, Carlos Nelson (Org.). *Graciliano Ramos*. [Porto Alegre]: SMC, 1993. 80 p. (Cadernos Ponto & Vírgula). Bibliografia: p. 79-80.

FONSECA, Maria Marília Alves da. *Análise semântico-estrutural da preposição "de" em Vidas secas, S. Bernardo e Angústia*. Niterói: UFF, 1980. 164 f. Dissertação (Mestrado) — Instituto de Letras, Universidade Federal Fluminense.

FRAGA, Myriam. *Graciliano Ramos*. São Paulo: Moderna, 2007. Coleção Mestres da Literatura. (Literatura infantojuvenil).

FREIXIEIRO, Fábio. *Da razão à emoção II*: ensaios rosianos e outros ensaios e documentos. Rio de Janeiro: Tempo Brasileiro, 1971. 192 p. (Temas de Todo o Tempo, 15).

GARBUGLIO, José Carlos; BOSI, Alfredo; FACIOLI, Valentim. *Graciliano Ramos*. Participação especial, Antonio Candido [et al.]. São Paulo: Ática, 1987. 480 p., il. (Coleção Autores Brasileiros. Antologia, 38. Estudos, 2). Bibliografia: p. 455-480.

GIMENEZ, Erwin Torralbo. O olho torto de Graciliano Ramos: metáfora e perspectiva. *Revista USP*, São Paulo, nº 63, p. 186-196, set/nov, 2004.

GUEDES, Bernadette P. *A Translation of Graciliano Ramos' Caetes*. Ann Arbor: Univ. Microfilms Int, 1976. 263 f. Tese (Doutorado) — University of South Carolina. Ed. fac-similar.

GUIMARÃES, José Ubireval Alencar. *Graciliano Ramos*: discurso e fala das memórias. Porto Alegre: PUC/RS, 1982. 406 f. Tese (Doutorado) — Instituto de Letras e Artes, Pontifícia Universidade Católica do Rio Grande do Sul.

GUIMARÃES, José Ubireval Alencar. *Graciliano Ramos e a fala das memórias*. Maceió: [Serviços Gráficos de Alagoas], 1988. 305 p., il. Bibliografia: p. [299]-305.

GUIMARÃES, José Ubireval Alencar. *Vidas secas*: um ritual para o mito da seca. Maceió: EDICULTE, 1989. 160 p. Apresentado originalmente como dissertação de Mestrado do autor. — Pontifícia Universidade Católica do Rio Grande do Sul. Bibliografia: p. [155]-157.

HAMILTON JUNIOR, Russell George. *A arte de ficção de Graciliano Ramos*: a apresentação de personagens. Ann Arbor: Univ. Microfilms Int., 1965. Tese (Doutorado) — Yale University. Ed. fac-similar, 255 f.

HESSE, Bernard Hermann. *O escritor e o infante*: uma negociação para a representação em Infância. Brasília, 2007. Tese (Doutorado) — Orientação de Hermenegildo Bastos. Programa de Pós-graduação de Literatura — Universidade de Brasília.

HILLAS, Sylvio Costa. *A natureza interdisciplinar da teoria literária no estudo sobre Vidas secas*. Rio de Janeiro: UFRJ, 1999. 105 f. Dissertação (Mestrado) — Faculdade de Letras, Universidade Federal do Rio de Janeiro.

HOLANDA, Lourival. *Sob o signo do silêncio*: Vidas secas e O estrangeiro. São Paulo: EDUSP, 1992. 91 p. Bibliografia: p. [89]-91. (Criação & Crítica, 8).

LEBENSZTAYN, Ieda. *Graciliano Ramos e a Novidade*: o astrônomo do inferno e os meninos impossíveis. São Paulo: Ed. Hedra em parceria com a Escola da Cidade (ECidade), 2010. 524 p.

LEITÃO, Cláudio Correia. *Origens e fins da memória*: Graciliano Ramos, Joaquim Nabuco e Murilo Mendes. Belo Horizonte, 1997. 230 f. Tese (Doutorado) — Universidade Federal de Minas Gerais.

LEITÃO, Cláudio. *Líquido e incerto*: memória e exílio em Graciliano Ramos. Niterói: EdUFF, São João del Rei: UFSJ, 2003. 138 p.

LIMA, Valdemar de Sousa. *Graciliano Ramos em Palmeira dos Índios*. [Brasília]: Livraria-Editora Marco [1971]. 150 p., il. 2ª ed. Civilização Brasileira, 1980.

LIMA, Yêdda Dias; REIS, Zenir Campos (Coord.). *Catálogo de manuscritos do arquivo Graciliano Ramos*. São Paulo: EDUSP, [1992]. 206 p. (Campi, 8). Inclui bibliografia.

LINS, Osman. *Graciliano, Alexandre e outros*. Vitral ao sol. Recife, Editora Universitária da UFPE, p. 300-307, julho, 2004.

LOUNDO, Dilip. *Tropical rhymes, tropical reasons*. An Anthology of Modern Brazilian Literature. National Book Trust, Índia. Nova Délhi, 2001.

LUCAS, Fabio. *Lições de literatura nordestina*. Salvador: Fundação Casa de Jorge Amado, 2005. Coleção Casa de Palavras, 240 p. "Especificações de Vidas secas", p. 15-35, "A textualidade contida de Graciliano Ramos", p. 39-53, "Graciliano retratado por Ricardo Ramos", p. 87-98. Inclui bibliografia.

MAGALHÃES, Belmira. *Vidas secas*: os desejos de sinha Vitória. HD Livros Editora Curitiba, 2001.

MAIA, Ana Luiza Montalvão; VENTURA, Aglaeda Facó. *O contista Graciliano Ramos*: a introspecção como forma de perceber e dialogar com a realidade. Brasília, 1993. 111 f. Dissertação (Mestrado) — Universidade de Brasília.

MAIA, Pedro Moacir. *Cartas inéditas de Graciliano Ramos a seus tradutores argentinos Benjamín de Garay e Raúl Navarro*. Salvador: EDUFBA, 2008. 164 p.: il.

MALARD, Letícia. *Ensaio de literatura brasileira*: ideologia e realidade em Graciliano Ramos. Belo Horizonte: Itatiaia, [1976]. 164 p. (Coleção Universidade Viva, 1). Bibliografia: p. 155-164. Apresentado originalmente como tese de Doutorado da autora — Universidade Federal de Minas Gerais, 1972.

MANUEL Bandeira, Aluisto [i.e. Aluisio] Azevedo, Graciliano Ramos, Ariano Suassuna: [recueil de travaux présentés au séminaire de 1974]. Poitiers: Centre de Recherches Latino-Américaines de l'Université de Poitiers, 1974. 167 p. (Publications du Centre de Recherches Latino-Américaines de l'Université de Poitiers). Francês ou português. Conteúdo: Roig, A. Manuel Bandeira, ou l'enfant père du poète, Garbuglio, J. C. Bandeira entre o Beco e Pasárgada, Vilhena, M. da C. Duas cantigas medievais de Manuel Bandeira, Mérian, J.-Y. Un roman inachevé de Aluisio Azevedo, Alvès, J. Lecture plurielle d'un passage de *Vidas secas*, David-Peyre, Y. Les personnages et la mort dans *Relíquias de Casa Velha*, de Machado de Assis, Moreau, A. Remarques sur le dernier acte de l'*Auto da*

Compadecida, Azevedo-Batard, V. Apports inédits à l'oeuvre de Graciliano Ramos.

MARINHO, Maria Celina Novaes. *A imagem da linguagem na obra de Graciliano Ramos*: uma análise da heterogeneidade discursiva nos romances *Angústia* e *Vidas secas*. São Paulo: Humanitas, FFLCH/USP, 2000. 110 p. Apresentado originalmente como dissertação do autor (Mestrado) — Universidade de São Paulo, 1995. Bibliografia: p. [105]-110.

MAZZARA, Richard A. *Graciliano Ramos*. Nova York: Twayne Publishers, [1974]. 123 p. (Twayne's World Authors Series, TWAS 324. Brazil). Bibliografia: p. 121-122.

MEDEIROS, Heloísa Marinho de Gusmão. *A mulher na obra de Graciliano Ramos*. Maceió, Universidade Federal de Alagoas/ Deptº de Letras Estrangeiras, 1994.

MELLO, Marisa Schincariol de. *Graciliano Ramos*: criação literária e projeto político (1930-1953). Rio de Janeiro, 2005. Dissertação (Mestrado). História Contemporânea. Universidade Federal Fluminense (UFF).

MERCADANTE, Paulo. *Graciliano Ramos*: o manifesto do trágico. Rio de Janeiro: Topbooks, 1993. 167 p. Inclui bibliografia.

MIRANDA, Wander Melo. *Corpos escritos*: Graciliano Ramos e Silviano Santiago. São Paulo: EDUSP; Belo Horizonte: Editora UFMG, 1992. 174 p. Apresentado originalmente como tese do autor (Doutorado) — Universidade de São Paulo, 1987. Bibliografia: p. [159]-174.

MIRANDA, Wander Melo. *Graciliano Ramos*. São Paulo: Publifolha, 2004. 96 p.

MORAES, Dênis de. *O velho Graça*. Rio de Janeiro: J. Olympio, 1992. xxiii, 407 p., il. Subtítulo de capa: Uma biografia de Graciliano Ramos. Bibliografia: p. 333-354. Inclui índice. São Paulo: Boitempo Editorial, 2012. 2ª ed., 360 p.

MOTTA, Sérgio Vicente. *O engenho da narrativa e sua árvore genealógica*: das origens a Graciliano Ramos e Guimarães Rosa. São Paulo: UNESP, 2006.

MOURÃO, Rui. *Estruturas*: ensaio sobre o romance de Graciliano. Belo Horizonte: Edições Tendências, 1969. 211 p. 2ª ed., Arquivo, INL, 1971. 3ª ed., Ed. UFPR, 2003.

MUNERATTI, Eduardo. *Atos agrestes*: uma abordagem geográfica na obra de Graciliano Ramos. São Paulo, 1994. 134 p. Dissertação (Mestrado em Geografia Humana) — Faculdade de Filosofia, Letras e Ciências Humanas, Universidade de São Paulo.

MURTA, Elício Ângelo de Amorim. *Os nomes (próprios) em Vidas secas*. Concurso monográfico "50 anos de Vidas secas". Universidade Federal de Alagoas, 1987.

NASCIMENTO, Dalma Braune Portugal do. *Fabiano, herói trágico na tentativa do ser*. Rio de Janeiro: UFRJ, 1976. 69 f. Dissertação (Mestrado) — Faculdade de Letras, Universidade Federal do Rio de Janeiro.

NASCIMENTO, Dalma Braune Portugal do. *Fabiano, herói trágico na tentativa do ser*. Rio de Janeiro: Edições Tempo Brasileiro, 1980. 59 p. Bibliografia: p. 55-59.

NEIVA, Cícero Carreiro. *Vidas secas e Pedro Páramo*: tecido de vozes e silêncios na América Latina. Rio de Janeiro: UFRJ, 2001. 92 f. Dissertação (Mestrado) — Faculdade de Letras, Universidade Federal do Rio de Janeiro.

NERY, Vanda Cunha Albieri. *Graça eterno*. No universo infinito da criação. (Doutorado em Comunicação e Semiótica). Pontifícia Universidade Católica de São Paulo, 1995.

NEVES, João Alves das. *Graciliano Ramos*. Coimbra: Atlântida, 1963. 212 p.

NOGUEIRA, Ruth Persice. *Jornadas e sonhos*: a busca da utopia pelo homem comum: estudo comparativo dos romances *As vinhas da ira* de John Steinbeck e *Vidas secas* de Graciliano Ramos. Rio de Janeiro: UFRJ, 1994. 228 f. Tese (Doutorado) — Faculdade de Letras, Universidade Federal do Rio de Janeiro.

NUNES, M. Paulo. *A lição de Graciliano Ramos*. Teresina: Editora Corisco, 2003.

OLIVEIRA, Celso Lemos de. *Understanding Graciliano Ramos*. Columbia, S.C.: University of South Carolina Press, 1988. 188 p. (Understanding Contemporary European and Latin American Literature). Inclui índice. Bibliografia: p. 176-182.

OLIVEIRA NETO, Godofredo de. *A ficção na realidade em São Bernardo*. 1ª ed. Belo Horizonte: Nova Safra; [Blumenau]: Editora da FURB, c1990. 109 p., il. Baseado no capítulo da tese do autor (Doutorado — UFRJ, 1988), apresentado sob o título: *O nome e o verbo na construção de São Bernardo*. Bibliografia: p. 102-106.

OLIVEIRA, Jurema José de. *O espaço do oprimido nas literaturas de língua portuguesa do século XX*: Graciliano Ramos, Alves Redol e Fernando Monteiro de Castro Soromenho. Rio de Janeiro: UFRJ, 1998. 92 p. Dissertação (Mestrado) — Faculdade de Letras, Universidade Federal do Rio de Janeiro.

OLIVEIRA, Luciano. *O bruxo e o rabugento*. Ensaios sobre Machado de Assis e Graciliano Ramos. Rio de Janeiro: Vieira & Lent, 2010.

OLIVEIRA, Maria de Lourdes. *Cacos de Memória*: Uma leitura de *Infância*, de Graciliano Ramos. Belo Horizonte, 1992. 115 f. Dissertação (Mestrado) — Universidade Federal de Minas Gerais.

PALMEIRA DOS ÍNDIOS. Prefeitura. *Dois relatórios ao governador de Alagoas*. Apresentação de Gilberto Marques Paulo. Recife: Prefeitura da Cidade do Recife, Secretaria de Educação e Cultura, Fundação de Cultura Cidade do Recife, 1992. 44 p. "Edição comemorativa ao centenário de nascimento do escritor Graciliano Ramos (1892-1953)." Primeiro trabalho publicado originalmente: Relatório ao Governador do Estado de Alagoas. Maceió: Impr. Official, 1929. Segundo trabalho publicado originalmente: 2º Relatório ao Sr. Governador Álvaro Paes. Maceió: Impr. Official, 1930.

PEÑUELA CAÑIZAL, Eduardo. *Duas leituras semióticas*: Graciliano Ramos e Miguel Ángel Asturias. São Paulo: Perspectiva, Secretaria da Cultura, Ciência e Tecnologia do Estado de São Paulo, 1978. 88 p. (Coleção Elos, 21).

PEREGRINO JÚNIOR. *Três ensaios*: modernismo, Graciliano, Amazônia. Rio de Janeiro: São José, 1969. 134 p.

PEREIRA, Isabel Cristina Santiago de Brito; PATRIOTA, Margarida de Aguiar. *A configuração da personagem no romance de Graciliano Ramos*. Brasília, 1983. Dissertação (Mestrado) — Universidade de Brasília. 83 p.

PINTO, Rolando Morel. *Graciliano Ramos, autor e ator*. [São Paulo: Faculdade de Filosofia, Ciências e Letras de Assis, 1962.] 189 p. fac-sím. Bibliografia: p. 185-189.

PÓLVORA, Hélio. "O conto na obra de Graciliano." Ensaio p. 53-61. *Itinerários do conto: interfaces críticas e teóricas de modern short stories*. Ilhéus: Editus, 2002. 252 p.

PÓLVORA, Hélio. *Graciliano, Machado, Drummond e outros*. Rio de Janeiro: F. Alves, 1975. 158 p.

PÓLVORA, Hélio. "Infância: A maturidade da prosa." "Imagens recorrentes em *Caetés*." "O anti-herói trágico de *Angústia*." Ensaios, p. 81-104. *O espaço interior*. Ilhéus: Editora da Universidade Livre do Mar e da Mata, 1999. 162 p.

PUCCINELLI, Lamberto. *Graciliano Ramos*: relações entre ficção e realidade. São Paulo: Edições Quíron, 1975. xvii, 147 p. (Coleção Escritores de Hoje, 3). "Originalmente a dissertação de Mestrado Graciliano Ramos — figura e fundo, apresentada em 1972 na disciplina de Sociologia da Literatura à Faculdade de

Filosofia, Letras e Ciências Humanas da Universidade de São Paulo." Bibliografia: p. 145-146.

RAMOS, Clara. *Cadeia*. Rio de Janeiro: J. Olympio, 1992. 213 p., il. Inclui bibliografia.

RAMOS, Clara. *Mestre Graciliano*: confirmação humana de uma obra. [Capa, Eugênio Hirsch]. Rio de Janeiro: Civilização Brasileira, 1979. 272 p., il. (Coleção Retratos do Brasil, 134). Inclui bibliografia.

RAMOS, Elizabeth S. *Histórias de bichos em outras terras*: a transculturação na tradução de Graciliano Ramos. Salvador: UFBA, 1999. Dissertação (Mestrado) — Instituto de Letras, Universidade Federal da Bahia.

RAMOS, Elizabeth S. *Vidas Secas e The Grapes of Wrath* — o implícito metafórico e sua tradução. Salvador: UFBA, 2003. 162 f. Tese (Doutorado) — Instituto de Letras, Universidade Federal da Bahia.

RAMOS, Elizabeth S. *Problems of Cultural Translation in Works by Graciliano Ramos*. Yale University-Department of Spanish and Portuguese, Council on Latin American and Iberian Studies. New Haven, EUA, 2004.

RAMOS, Ricardo. *Graciliano*: retrato fragmentado. São Paulo: Globo, 2011. 2ª ed. 270 p.

REALI, Erilde Melillo. *Itinerario nordestino di Graciliano Ramos*. Nápoles [Itália]: Intercontinentalia, 1973. 156 p. (Studi, 4).

REZENDE, Stella Maris; VENTURA, Aglaeda Facó. *Graciliano Ramos e a literatura infantil*. Brasília, 1988. 101 p. Dissertação (Mestrado) — Universidade de Brasília.

RIBEIRO, Magdalaine. Infância de Graciliano Ramos. Autobiografia ou radiografia da realidade nordestina? In: *Identidades e representações na cultura brasileira*. Rita Olivieri-Gadot, Lícia Soares de Souza (Org.). João Pessoa: Ideia, 2001.

RIBEIRO, Maria Fulgência Bomfim. *Escolas da vida e grafias de má morte*: a educação na obra de Graciliano Ramos. Dissertação (Mestrado). Departamento de Letras e Artes, Universidade Estadual de Feira de Santana, 2003.

RISSI, Lurdes Theresinha. *A expressividade da semântica temporal e aspectual em S. Bernardo e Angústia*. Niterói: UFF, 1978. 142 f. Dissertação (Mestrado) — Instituto de Letras, Universidade Federal Fluminense.

SALLA, Thiago Mio. *As marcas de um autor revisor*: Graciliano Ramos à roda dos jornais e das edições de seus próprios livros. Revista de Núcleo de Estudos do Livro e da Edição, n. 5, p. 95--121. USP, 2015.

SALLA, Thiago Mio. *Graciliano Ramos e a cultura política*: mediação editorial e construção do sentido. São Paulo: Editora da Universidade de São Paulo/ Fapesp, 2016. 584 p., il. Inclui bibliografia e índice onomástico.

SANT'ANA, Moacir Medeiros de. *A face oculta de Graciliano Ramos*. Maceió: Secretaria de Comunicação Social: Arquivo Público de Alagoas, 1992. 106 p., il. Subtítulo de capa: Os 80 anos de um inquérito literário. Inclui: "A arte e a literatura em Alagoas", do Jornal de Alagoas, publicado em 18/09/1910 (p. [37]-43). Inclui bibliografia.

SANT'ANA, Moacir Medeiros de. *Graciliano Ramos*: achegas biobibliográficas. Maceió: Arquivo Público de Alagoas, SENEC, 1973. 92 p., il. Inclui bibliografias.

SANT'ANA, Moacir Medeiros de. *Graciliano Ramos*: vida e obra. Maceió: Secretaria de Comunicação Social, 1992. 337 p., il. ret., fac-símiles. Dados retirados da capa. Bibliografia: p. 115-132.

SANT'ANA, Moacir Medeiros de. *Graciliano Ramos antes de Caetés*: catálogo da exposição biobibliográfica de Graciliano Ramos, comemorativa dos 50 anos do romance *Caetés*, realizada pelo Arquivo Público de Alagoas em novembro de 1983. Maceió:

Arquivo Público de Alagoas, 1983. 42 p., il. Título de capa: Catálogo, Graciliano Ramos antes de Cahetés. Inclui bibliografia. Contém dados biográficos.

SANT'ANA, Moacir Medeiros de. *História do romance Caetés*. Maceió: Arquivo Público: Subsecretaria de Comunicação Social, 1983. 38 p., il. Inclui bibliografia.

SANT'ANA, Moacir Medeiros de. *O romance S. Bernardo*. Maceió: Universidade Federal de Alagoas, 1984. 25 p. "Catálogo da Exposição Bibliográfica 50 Anos de *S. Bernardo*" realizada pelo Arquivo Público de Alagoas em dezembro de 1984. Contém dados biográficos. Bibliografia: p. 17-25.

SANT'ANA, Moacir Medeiros de. *Vidas secas*: história do romance. Recife: Sudene, 1999. 150 p., il. "Bibliografia sobre *Vidas secas*": p. [95]-117.

SANTIAGO, Silviano. *Em liberdade*: uma ficção de Silviano Santiago. Rio de Janeiro: Paz e Terra, 1981. 235 p. (Coleção Literatura e Teoria Literária, 41).

SANTOS, Valdete Pinheiro. *A metaforização em Vidas secas*: a metáfora de base animal. Rio de Janeiro: UFRJ, 1979. 65 f. Dissertação (Mestrado) — Faculdade de Letras, Universidade Federal do Rio de Janeiro.

SÉMINAIRE GRACILIANO RAMOS, 1971, Poitiers. *Graciliano Ramos*: Vidas secas. Poitiers [França]: Centre de Recherches Latino-Américaines de l'Université de Poitiers, 1972. 142 p. (Publications du Centre de Recherches Latino-Américaines de l'Université de Poitiers). Seminários: fev.-jun. de 1971. Inclui bibliografia.

SERRA, Tânia Rebelo Costa. *Análise histórica de Vidas secas de Graciliano Ramos*. Brasília, 1980. 17 f.

SILVA, Bélchior Cornelio da. *O pio da coruja:* ensaios literários. Belo Horizonte: Ed. São Vicente, 1967. 170 p.

SILVA, Enaura Quixabeira Rosa e outros. *Angústia 70 anos depois*. Maceió: Ed. Catavento, 2006. 262 p.

SILVA, Hélcio Pereira da. *Graciliano Ramos*: ensaio crítico-psicanalítico. Rio de Janeiro, Aurora, 1950. 134 p., 2ª ed. rev., Ed. G. T. L., 1954.

SILVEIRA, Paulo de Castro. *Graciliano Ramos*: nascimento, vida, glória e morte. Maceió: Fundação Teatro Deodoro, 1982. 210 p.: il.

SOUZA, Tânia Regina de. *A infância do velho Graciliano*: memórias em letras de forma, Florianópolis: Editora da UFSC, 2001.

STEGAGNO-PICCHIO, Luciana. *História da literatura brasileira*. Rio de Janeiro: Nova Aguilar, 2ª ed., 2004. 744 p. "O Nordeste em ponta seca: Graciliano Ramos." p. 531-533. Inclui bibliografia.

TÁTI, Miécio. "Aspectos do romance de Graciliano Ramos". *Temário — Revista de Literatura e Arte*, Rio de Janeiro, v. 2, n. 4, p. 1-19, jan.-abr., 1952.

UNIVERSIDADE DE BRASÍLIA. *Roteiro de Vidas secas*: seminário sobre o livro de Graciliano Ramos e o filme de Nelson Pereira dos Santos. Brasília, 1965. 63 p.

UNIVERSITÉ DE POITIERS. *Manuel Bandeira, Aluísio Azevedo, Graciliano Ramos, Ariano Suassuna*. Poitiers, 1974. Texto em francês e português. 167 p.

VENTURA, Susanna Ramos. *Escritores revisitam escritores*: a leitura de Fernando Pessoa e Ricardo Reis, por José Saramago, e de Graciliano Ramos e Cláudio Manuel da Costa, por Silviano Santiago. São Paulo, 2000. 194 p. Anexos. Dissertação (Mestrado) — Faculdade de Filosofia, Letras e Ciências Humanas, Universidade de São Paulo.

VERDI, Eunaldo. *Graciliano Ramos e a crítica literária*. Prefácio de Edda Arzúa Ferreira. Florianópolis: Ed. da UFSC, 1989. 184 p., il. Apresentado originalmente como dissertação de Mestrado do autor — Universidade Federal de Santa Catarina, 1983. Bibliografia: p. 166-180.

VIANA, Vivina de Assis. *Graciliano Ramos*. São Paulo: Nova Cultural, 1990. 144 p.

VIANNA, Lúcia Helena. *Roteiro de leitura: São Bernardo* de Graciliano Ramos. São Paulo: Ática, 1997. 152 p., il.

ZILBERMAN, Regina. *São Bernardo e os processos da comunicação*. Porto Alegre: Movimento, 1975. 66 p. (Coleção Augusto Meyer: Ensaios, 8). Inclui bibliografia.

Produções cinematográficas

Vidas secas — Direção de Nelson Pereira dos Santos, 1963.

São Bernardo — Direção, adaptação e roteiro de Leon Hirszman, 1972.

Memórias do cárcere — Direção de Nelson Pereira dos Santos, 1983.

Produção para rádio e TV

São Bernardo — novela em capítulos baseada no romance, adaptado para a Rádio Globo do Rio de Janeiro por Amaral Gurgel, em 1949.

São Bernardo — Quarta Nobre baseada no romance, adaptado em um episódio para a TV Globo por Lauro César Muniz, em 29 de junho de 1983.

A terra dos meninos pelados — musical infantil baseado na obra homônima, adaptada em quatro episódios para a TV Globo por Cláudio Lobato e Márcio Trigo, em 2003.

Graciliano Ramos — Relatos da Sequidão. DVD — Vídeo. Direção, roteiro e entrevistas de Maurício Melo Júnior. TV Senado, 2010.

Prêmios literários

Prêmio Lima Barreto, pela Revista Acadêmica (conferido a *Angústia*, 1936).

Prêmio de Literatura Infantil, do Ministério da Educação (conferido a *A terra dos meninos pelados*, 1937).

Prêmio Felipe de Oliveira (pelo conjunto da obra, 1942).
Prêmio Fundação William Faulkner (conferido a *Vidas secas*, 1962).
Por iniciativa do governo do Estado de Alagoas, os Serviços Gráficos de Alagoas S.A. (SERGASA) passaram a se chamar, em 1999, Imprensa Oficial Graciliano Ramos (Iogra).
Em 2001 é instituído pelo governo do Estado de Alagoas o ano Graciliano Ramos, em decreto de 25 de outubro. Neste mesmo ano, em votação popular, Graciliano é eleito o alagoano do século.
Medalha Chico Mendes de Resistência, conferida pelo grupo Tortura Nunca Mais, em 2003.
Prêmio Recordista 2003, Categoria Diamante, pelo conjunto da obra.

Exposições

Exposição Graciliano Ramos, 1962, Rio de Janeiro, Biblioteca Nacional.
Exposição Retrospectiva das Obras de Graciliano Ramos, 1963, Curitiba (10º aniversário de sua morte).
Mestre Graça: "Vida e Obra" — comemoração ao centenário do nascimento de Graciliano Ramos, 1992. Maceió, Governo de Alagoas.
Lembrando Graciliano Ramos — 1892-1992. Seminário em homenagem ao centenário de seu nascimento. Fundação Cultural do Estado da Bahia. Salvador, 1992.
Semana de Cultura da Universidade de São Paulo. Exposição Interdisciplinar Construindo Graciliano Ramos: *Vidas secas*. Instituto de Estudos Brasileiros/USP, 2001-2002.
Colóquio Graciliano Ramos — Semana comemorativa de homenagem pelo cinquentenário de sua morte. Academia de Letras da Bahia, Fundação Casa de Jorge Amado. Salvador, 2003.
Exposição O Chão de Graciliano, 2003, São Paulo, SESC Pompeia. Projeto e curadoria de Audálio Dantas.
Exposição O Chão de Graciliano, 2003, Araraquara, SP. SESC — Apoio UNESP. Projeto e curadoria de Audálio Dantas.

Exposição O Chão de Graciliano, 2003/04, Fortaleza, CE. SESC e Centro Cultural Banco do Nordeste. Projeto e curadoria de Audálio Dantas.

Exposição O Chão de Graciliano, 2003, Maceió, SESC São Paulo e Secretaria de Cultura do Estado de Alagoas. Projeto e curadoria de Audálio Dantas.

Exposição O Chão de Graciliano, 2004, Recife, SESC São Paulo, Fundação Joaquim Nabuco e Banco do Nordeste. Projeto e curadoria de Audálio Dantas.

4º Salão do Livro de Minas Gerais. Graciliano Ramos — 50 anos de sua morte, 50 anos de *Memórias do cárcere*, 2003. Câmara Brasileira do Livro. Prefeitura de Belo Horizonte.

Entre a morte e a vida. Cinquentenário da morte: Graciliano Ramos. Centenário do nascimento: Domingos Monteiro, João Gaspar Simões, Roberto Nobre. Exposição Bibliográfica e Documental. Museu Ferreira de Castro. Portugal, 2003.

Exposição Conversas de Graciliano Ramos, 2014, São Paulo, Museu da Imagem e do Som. Projeto e curadoria de Selma Caetano.

Exposição O Cronista Graciliano, 2015, Rio de Janeiro, Arte SESC. Projeto e curadoria de Selma Caetano.

Home page

www.graciliano.com.br

www.gracilianoramos.com.br

Este livro foi composto na tipografia Minion Pro,
em corpo 11,5/17,5, e impresso em
papel off-white no Sistema Cameron da
Divisão Gráfica da Distribuidora Record.